LA SOLITUDE DU LABYRINTHE

ISBN 2-7427-5255-2

PAUL AUSTER
ET GÉRARD DE CORTANZE

LA SOLITUDE DU LABYRINTHE

ESSAI ET ENTRETIENS

NOUVELLE ÉDITION AUGMENTÉE

BABEL

FROM PARC MONTSOURIS TO PARK SLOPE

"Saturday, Oct. 21, will be okay for me. After the interview, perhaps we can look through some photographs together and see what might be useful..."

Les notes sont toutes regroupées en pages 319-321.

Il pleut
Les ormes sont nuages de brindilles ;
Les pelouses vides[1].

CHARLES REZNIKOFF

Le premier contact avec une œuvre – ou son auteur – porte en lui ce presque rien qui souvent déterminera le rapport qu'on entretiendra, par la suite, au fil des lectures et des retrouvailles, avec elle – avec lui. Dans quelles circonstances ai-je découvert Paul Auster ? Quels ont été les motifs, si singuliers qu'ils retiennent à jamais l'attention, qui m'ont fait dire du livre que je découvrais que j'en étais le premier lecteur, indubitablement, et que je n'avais de cesse de le terminer puisqu'il me happait, m'intimant l'ordre d'aller jusqu'à son terme ? Ma vie "littéraire" fut jalonnée de rencontres de toutes sortes, de toutes natures, quelques-unes me viennent, comme on dit, "à l'esprit", qui me permettront, tout en différant la résolution de l'énigme – car il en s'agit bien d'une ! –, de cerner avec plus de précision encore le chemin qui me mena jusqu'à l'auteur de *L'Invention de la solitude*…

Ma première "rencontre" avec Allen Ginsberg, le chantre de la *beat generation*, par exemple, fut tardive et traversière. Convoquée par les tigres en papier de la bibliothèque comme dragon (Lezama

Lima) et les souvenirs encyclopédiques, elle passa par le long poème en prose qu'écrivit Roque Dalton – le poète san-salvadorien assassiné –, au milieu des discussions théoriques et des verres de bière de la taverne pragoise *U Fleku*, un soir d'automne 1966 :

Une nuit à Prague
Ginsberg le poète a couché avec quatorze garçons
ce type n'est pas un pédé
c'est un avaleur de sabres
pourtant j'avais bien aimé son recueil Howl.

"Rencontre" qui, son caractère événementiel dépassé, définissait assez bien ce que pouvait être, à mes yeux, la poétique d'Allen Ginsberg : une construction fragmentaire du voyage et de la discussion, une défense et illustration de l'écriture nourrie par l'histoire individuelle et collective.

J'ai rencontré Juan José Saer, pour la première fois en 1974, lors d'une lecture de poèmes à la librairie *Shakespeare and Company*, encore hantée par les fantômes de James Joyce et de Sylvia Beach... Il m'offrit un exemplaire du *Limonero real*, en me disant : "Je n'écris pas pour exhiber mon argentinité." Nous ne connaissions que peu de chose sur cet Argentin "habité". Il était arrivé en France six ans auparavant et y avait élu domicile. *Les Grands Paradis* – titre français de *El Limonero real* – était son septième livre. Le choc fut immédiat et Juan José Saer fit partie, aux côtés de Cesar Vallejo, Alfredo Bryce Echenique et Eduardo

Mendoza, des quatre premiers auteurs que je publiai dans la collection "Barroco" aux éditions Flammarion. Cet Argentin, adepte d'une musilienne "littérature sans qualités", je le compris plus tard, n'est pas sans évoquer cette narration sans certitude acquise, sans contrainte, rejetant toute détermination, pratiquée par… Paul Auster. De la librairie du célèbre quai de Seine à Park Slope, n'y aurait-il qu'un pas ? Paul Auster, c'est *Jacques le Fataliste* contre Zola : un écrivain de l'inexpérience et non du savoir, faisant de la littérature un mode de relation de l'homme avec le monde.

Tel n'est pas le cas d'Alvaro Mutis, *el Gaviero*, que je rencontrai en deux temps, à dix ans de distance… En 1978, l'Espagne post-franquiste publiait beaucoup de livres politiques et nombre de traductions que la censure avait jusqu'alors stoppés à la frontière. Quelle ne fut pas ma surprise de trouver, perdu sur les rayonnages d'une minuscule librairie malaguène, un petit livre au titre étrange, *La Mansión de Araucaíma*. Je le dévorai sur la plaza de la Merced, à quelques mètres de la maison natale de Pablo Picasso. De retour en France, je reçus de la part des éditeurs auxquels je proposai le livre des refus polis. Personne n'avait entendu parler de ce Colombien de cinquante-cinq ans qui n'avait, à ce jour, publié que des poèmes qu'il venait de rassembler sous un titre qui lui serait désormais associé : *Obras completas de Maqroll el Gaviero*. Je retrouvai Alvaro Mutis à Paris, lorsque Sylvie Messinger – nous travaillions alors tous deux dans le même groupe éditorial – fit découvrir au public français *La Neige de l'amiral.* Grand lecteur de Proust, intrigué par les mécanismes de la mémoire, il me confia s'intéresser davantage "aux déplacements de la caravane qu'à ses chameaux et à ses chameliers". Ce à quoi Paul Auster répond (cf. ici notre entretien) : "Oui, je suis d'accord. C'est très juste. Ce n'est même pas le livre fini, c'est plutôt le trajet de l'écriture."

Découverte de l'Amérique dans Roque Dalton citant Ginsberg (rencontre du livre au livre) ; découverte du monde austérien sans certitude acquise, chez Juan José Saer (rencontre de posture à posture) ; découverte de l'écriture en son trajet, dans le dialogue prémédité Auster-Mutis (rencontre d'entretien à entretien) ; ma "fausse" rencontre avec Jorge Luis Borges – multiple, échelonnée, dansante, laborieuse – pourrait figurer comme le quatorzième chapitre de *The Red Notebook*...

J'ai traduit plusieurs textes épars de Jorge Luis Borges et trois livres. Le premier, *Rose et bleu*, se voyait traversé par la rose de Paracelse et le tigre de Kipling. Le second, *Quatre manifestes ultraïstes*, nous plongeait dans le Madrid des avant-gardes autour de Ramón Gómez de la Serna. Le troisième, enfin, est sans doute le plus borgésien des trois. Ce livre est un livre qui n'existe pas : il s'appelle *La Mémoire de Shakespeare* (du nom d'une de ses nouvelles, écrite en mars 1980). Pourtant, il est bien réel. Il compte cent dix pages, un éditeur (Flammarion), un numéro d'ISBN, un achevé d'imprimer (le 23 février 1981)… L'éditeur, prévenu par Gallimard qu'il ne pouvait rassembler ces vingt et un textes inédits, dut renoncer à la publication. Le tirage fut pilonné ; on ne conserva qu'un seul exemplaire ! Un vrai livre de sable, un vrai livre comme preuve de son inexistence ! Mon seul regret est de ne pas avoir pu l'offrir à Jorge Luis Borges avant sa mort. Lui, qui avait érigé l'inquisition en système d'écriture, qui avait su, à l'image de Coleridge, que son destin serait littéraire et non politique, se retrouve affublé d'un livre qui n'existe pas, qu'il n'a pas vraiment écrit. En mai 1986, préfaçant le premier tome de ses *Œuvres complètes* en Pléiade, il donna, sans le savoir, la clé de l'énigme : "La publication n'est pas la partie essentielle du destin d'un écrivain." Paul Auster, qui a, lui aussi, publié un "livre de sable", un roman policier écrit sous pseudonyme et qui fut longtemps effacé de ses bibliographies *(Fausse balle)*, confesse, dans notre entretien, sa version des faits : "Voir mon nom sur la couverture d'un livre me fait l'effet de quelque chose de très extérieur à moi. Moi, je suis toujours ici, en moi. Les choses autour sont réelles, mais ça ne me touche guère…"

Venons-en au fait, à ce concours de circonstances, de "contingences" dirait Paul Auster, qui présida à notre rencontre. Il y a quelques années, désireux de vivre dans un espace plus vaste, je cherchai un appartement. Les mois passant, fatigué de ne rien trouver, je décidai tout simplement de traverser la rue et – acte qui aurait dû être le premier de mes recherches – de sonner chez le concierge de l'immeuble bourgeois faisant face au mien. "J'ai quelque chose pour vous, m'assura-t-il, avec un accent portugais prononcé, au quatrième, un diplomate, je crois, un Mexicain ou un Argentin… qui retourne chez lui… del Pueso, del Piso…" "Fernando del Paso ?" dis-je, presque par provocation… "Oui, c'est ça ! Del Paso !" me répondit le concierge, médusé. "Vous le connaissez ?"

Depuis six ans qu'il vivait à Paris, Fernando m'avait plusieurs fois invité chez lui, je n'avais jamais pu répondre positivement à ses charmantes sollicitations ! Nous nous étions croisés souvent dans des lectures de poèmes, des colloques, des débats, des cocktails. Je l'avais toujours joint à son bureau et ne pouvais nullement soupçonner qu'il était depuis si longtemps mon "voisin d'en face" ! Rentré chez moi, et en possession de son numéro de téléphone donné par le concierge zélé, je l'appelai. "Fernando ?" "Si…" "C'est Gérard, tu vas bien, etc." Dix minutes plus tard, j'étais chez l'auteur de *Palinure de Mexico*, confortablement assis en train de boire un café préparé par sa femme Socorro, aux immenses talents culinaires hérités de sa mère doña Guadalupe Castillo Meré de Quijano, petite-fille de Français ! Nous bavardâmes, essayant de rattraper le temps perdu et riant des étranges coïncidences de la vie. Il devait repartir, dans moins d'une semaine, pour le Mexique, à Guadalajara, où il venait d'être nommé conservateur d'une très importante bibliothèque…

Nous parlâmes du charme de ce quatorzième arrondissement de Paris qui avait gardé des manières d'autrefois et qui à bien des égards ressemblait à un village ; des artisans qui y travaillaient encore, de ses habitants, dont certains étaient très âgés, du parc Montsouris, orné d'un lac artificiel qui se vida imprévisiblement le jour de son inauguration par Napoléon III – l'entrepreneur qui l'avait construit se suicida de désespoir, sur-le-champ... Puis Fernando se leva et se rapprocha de la baie vitrée qui ouvrait son salon à la lumière de ce clair après-midi de printemps : "Depuis plusieurs années que nous sommes ici, nous avons remarqué, ma femme, mes enfants et moi, un homme qui tape à la machine jusque tard dans la nuit... et très souvent... Ce doit être un écrivain, ma parole ! C'est devenu un jeu entre nous. On essaie de le repérer, chez le boucher, le boulanger, dans le parc, chez le teinturier. Nous sommes toujours revenus bredouilles. Nous repartirons au Mexique sans avoir rencontré notre bonhomme." Et Socorro, désespérée, d'acquiescer : "Ce pourrait être le sujet d'un livre..." Puis Fernando me montra la fenêtre de "l'écrivain"... Au premier étage, un voilage grisâtre, des volets blancs à demi fermés... "Là, juste au-dessus de la porte d'entrée noire, la porte 1920..." Il s'agissait de ma propre fenêtre ! Fernando et Socorro avaient fini par trouver leur écrivain, la filature avait porté ses fruits... Leur appartement ne me convenant pas, j'étais contraint de poursuivre mes recherches... "Ne t'inquiète pas, tu trouveras, non loin d'ici.

J'en suis sûr… Je le sens… Quelque chose me dit que…"

Fernando déménagea une semaine plus tard, emportant dans de lourds camions rouge et noir toute sa nostalgie parisienne. Le jour se levait à peine. J'étais trop triste pour descendre le voir, lui et sa femme, une dernière fois ; je restai derrière mes voilages grisâtres et mes volets à demi fermés… Il avait laissé chez le gardien de Lisbonne une belle marque d'amitié : une lettre chaleureuse ainsi qu'une bouteille de château-rabaud-promis, l'un des meilleurs grands crus classés de sauternes… Le lendemain une des annonces des pages immobilières du *Figaro* retint mon attention… On y proposait un appartement, situé à quelques rues de celui que j'occupais… La visite eut lieu rapidement et le coup de foudre fut immédiat. Le jour de la signature du bail, la propriétaire m'offrit un livre qu'elle avait particulièrement aimé, qui l'avait comblée. Il fallait absolument que je le lise. J'étais écrivain, n'est-ce pas ? aussi ne pouvait-il que me bouleverser… Et mon amie était américaine, alors ! Edité à Los Angeles, en 1985, par les éditions Sun & Moon, il avait pour titre *City of Glass* et pour auteur un certain Paul Auster, dont le nom commençait à circuler, dont le succès grandissait… Je n'avais, à ce jour, rien "lu" de cet auteur… dont le nom, pourtant, me "disait" quelque chose. Autrement que par le bouche à oreille… Non, plutôt une marque visuelle, une image… Où ? Comment ? De retour dans l'appartement – celui de la fenêtre éclairée tard dans la nuit et qui avait tant intrigué Fernando del Paso –, j'ouvris les cartons de livres entassés, prêts pour le déménagement. Il fallait que je sache ! Tandis que P., ma compagne, dévorait les pages de *City of Glass*, confirmant que notre propriétaire-lectrice avait vu juste, et déjà toute perdue dans les déplacements de Quinn parti à la recherche des déambulations de Stillman, je finis par mettre la main sur ma "lettre perdue-volée"... Je retrouvai le livre et le nom : *Espaces blancs*, de Paul Auster, traduit de l'américain par Françoise de Laroque et publié en 1985 aux éditions Unes... Je touchai la couverture et le papier, lus et relus les mention de copyright, et le titre original *White Spaces*, Station Hill, 1980... Comme les personnages de *Fahrenheit 451*, le film de François Truffaut, qui redécouvrent le livre et en lisent la moindre page, la moindre notule. Oui, cela existe bien. Oui, il faut tout lire. "Imprimerie Le temps qu'il fait. Cognac." Désormais, tout revenait. Ma mémoire ne m'avait pas entièrement trahi. Tout revenait... Les pages sur la mort de sir Walter Raleigh, dont Voltaire rappelle, dans *Candide*, qu'il approcha le pays appelé "El Dorado"... La "Lumière du Nord", dérive poétique consacrée à l'œuvre du peintre Jean Paul Riopelle... "Espace", enfin, et cet extrait souligné à l'encre verte, que je retranscris ici : "Dire ce qu'il y a de plus simple. Ne jamais dépasser ce que je trouve devant moi. A commencer par cette scène, par exemple. Ou encore noter ce qui est très proche. Comme si dans le monde restreint que j'ai sous les yeux, je pouvais trouver une image de la vie au-delà de moi. Comme pour me convaincre que chaque chose de ma vie se rattache à l'ensemble des choses, me liant à mon tour au vaste monde, au monde sans limites qui se lève dans l'esprit, aussi menaçant et inconnaissable que le désir lui-même."

Les voies qui mènent à un auteur sont pénétrables, trop, perméables, jamais étanches, diffuses... L'été qui suivit la redécouverte de Paul Auster, nous parcourûmes la Toscane. P. lut Auster à Sienne et à Florence, à Montepulciano, à Montefolonico... Je choisis la Suisse, quelques semaines plus tard. Dans le Valais. A quelques kilomètres des montagnes où Rilke écrivit ses *Sonnets à Orphée* ; à quelques encablures du petit château de Muzot où la légende raconte qu'il se blessa à la main avec les épines des roses qu'il coupait dans le jardin ; tout près de l'église de Rarogne enfin, au pied de laquelle il fut enterré, selon son souhait, le 2 janvier 1927. Entre cimes enneigées lointaines et attentes fébriles des marmottes et des bouquetins ; entre marches sur les versants ensoleillés et descentes glacées dans les lits pierreux des glaciers attendant l'hiver, je me plongeai dans l'œuvre de Paul Auster : *Country of Last Things* sur laquelle plane l'épigraphe de *L'Invention de la solitude*, tirée de l'œuvre d'Héraclite – "qui cherche la vérité doit être prêt à l'inattendu, car elle est difficile à trouver et, quand on la rencontre, déconcertante".

Dans cette "rencontre", je découvrais des différences et des similitudes. Des similitudes : Auster avait, lui aussi, pratiqué la traduction et s'était adonné à l'essai ; il avait écrit de la poésie et côtoyé, en France, des groupes littéraires qui ne m'étaient pas étrangers ; il avait écrit sur des auteurs qui m'avaient profondément marqué – Kafka et Wolfson, Hugo Ball et Georges Perec, Apollinaire et Jabès. Il avait donné une version américaine de *Pour un tombeau d'Anatole*, livre que j'avais disséqué théâtralement, avec le groupe "Signes" de Gilbert Bourson, dans les années soixante-dix. Il avait perdu, retrouvé, perdu, retrouvé, perdu un père qui lui avait laissé un petit héritage. Expérience similaire que j'avais vécue dans la douleur, avec l'impression d'avoir retrouvé mon père trop tard, et ce même héritage paternel, après sa mort, qui m'avait littéralement "sauvé" à une époque où partait par cartons entiers chez les libraires d'occasion une bibliothèque dont la vente me procurait quelque argent. Il y avait aussi l'enfant du divorce, et la souffrance de ne le voir que par intermittence, comme arraché – l'enfant :

To find only
absence –
– in presence
of little clothes
– etc. –

*

no – I will not
give up
nothingness

father – I
feel nothingness
invade me[2]

Et tant d'autres choses encore, intimes ou non, réelles ou non, relevant de la fausse réalité ou de la vraie fiction. Quiproquos et fausses pistes qui font qu'on se sent proche d'une œuvre, de ce qu'elle dit, de ce qu'elle vous fait écrire ou éviter d'écrire, de ce qu'elle suscite, comme désespoirs et comme espoirs. Désir des similitudes – la distance séparant la place Denfert-Rochereau du parc Montsouris (1 091 mètres) est au mètre près la longueur du pont de Brooklyn… –, besoin de connaître davantage encore le *carne y huesos* de la littérature, nécessité des échanges réels, nostalgie du temps des grandes activités littéraires, de la reconnaissance féconde, des affinités électives… Le jour où Paul Auster répondit aux questions que je lui posai, je sentis qu'il n'y avait ni masque ni complaisance, ni affectation ; que ces "entretiens" tentaient de cerner au plus près des réponses données, offertes, sans faux-fuyant. C'est de cette clarté de l'innocence et de la mémoire qu'il s'agit ici. Ces pages, au-delà du chemin qui mène du parc Montsouris aux quartiers victoriens de Park Slope, témoignent d'une rencontre et révèlent nombre de facettes d'un écrivain aujourd'hui "universellement reconnu", comme l'écrit à juste titre son éditeur français. Au terme de cette introduction, au seuil de ces entretiens, deux citations affleurent à ma mémoire. Que je livre, telles quelles. La première est de Dante : "Et par là, nous sortîmes à revoir les étoiles." La seconde est de Paul Auster : "Nul ne veut faire partie d'une fiction, encore moins si cette fiction est réelle."

Tandis que je corrigeais les épreuves du *New York de Paul Auster*, un fait étrange, qui n'a d'intérêt que parce qu'il concerne notre auteur, me fit douter, quelques heures durant, de mes facultés mentales. Délaissant momentanément mon fastidieux travail de relecture, je me plongeai dans *Le Diable par la queue*. Paul m'avait parlé de cet essai lors de notre dernière entrevue à Brooklyn. Je savais le livre terminé et le voyant sur ma table avais tout simplement hâte de me plonger dans des pages où Paul tentait de définir son ambigu, difficile, complexe rapport à l'argent. Arrivé aux deux tiers du livre, alors qu'il évoque son séjour en France, entre 1971 et 1974, ainsi que les "quantités d'emplois et de petits boulots" qu'il y effectue afin de survivre, il rappelle un souvenir qui, pour un lecteur ordinaire, n'est ni plus intéressant ni moins que celui qui le précède ou que celui qui le suit…

Un certain M. X, producteur de son état, demande à Paul Auster de faire une version anglaise lisible d'une bien mauvaise pièce écrite en vers par une certaine Mme X, mexicaine et femme de M. X, afin que le chef-d'œuvre soit monté au Roundabout Theatre de Londres… Le sujet de la pièce est Quetzalcóatl, le mythique serpent à plumes… Paul Auster accepte. Il est payé pour son travail. La pièce est montée avec un certain succès. L'histoire pourrait s'arrêter là.

A la même époque, Alejandro Jodorowsky, qui quelques années auparavant m'avait envoyé un de ces petits télégrammes bleus aujourd'hui disparus afin que je travaille avec lui à des projets cinématographiques, était devenu un ami que je pourrais qualifier d'intime. Il connaissait mes difficultés financières et me donna un jour rendez-vous au café *Le Rostand* situé rue Médicis face à l'entrée des jardins du Luxembourg à quelques pas de la célèbre fontaine. Il avait une proposition à me faire. Un ami producteur avait une femme qui se piquait d'écrire des pièces de théâtre. Une traduction anglaise était en cours, qu'il pouvait d'ailleurs me procurer et, comme une grande partie de la pièce était en vers et écrite en espagnol, il souhaitait que j'en fasse une version française. J'avais la plus grande liberté pour remanier une pièce bancale, mais aussi très peu de temps. La production avançait, la pièce serait sans doute jouée à Londres et on envisageait même de la monter à Paris. La pièce avait pour sujet Quetzalcóatl, le mythique serpent à plumes et l'auteur était une Mexicaine dont le mari n'était autre que M. X…

Paul Auster raconte qu'il poursuivit l'expérience et accompagna Mme X à Cuernavaca pour l'aider à transformer la pièce en un récit en prose… en vain : “On ne peut pas aider quelqu'un qui n'a pas envie d'écrire un livre.” La suite est intéressante… M. X et Paul Auster soldèrent leurs comptes lors d'une promenade dans Paris, sur le siège arrière d'une “Jaguar fauve avec des garnitures de cuir”.

Je ne montai pas dans la Jaguar, mais la description de la voiture correspond bien à celle d'où je vis descendre le même M. X, mi-conspirateur mi-gangster, qui me remit, en échange de ma traduction, une enveloppe contenant huit mille francs en petites coupures, ce qui, à l'époque, représentait pour moi une petite fortune ; n'oubliant pas de me demander de les compter devant lui car, enfin, "les bons comptes font les bons amis"…

Racontant cette curieuse coïncidence à Paul, au téléphone, cette étrange rencontre, il y a vingt-trois ans, par traductions interposées, il poursuivit le jeu afin que la chaîne ne se rompe pas : "Tu ne me croiras pas. Comme tu sais, je suis allé au Festival de Venise où j'étais membre du jury. J'étais dans ma chambre quand tout à coup le téléphone sonne. Une femme au bout du fil me demande si j'étais bien le même Paul Auster qui avait traduit, il y a longtemps, une pièce de théâtre qu'elle avait écrite et qui avait pour sujet Quetzalcóatl. M. X m'avait retrouvé."

Tout cela ne relève que de l'anecdote, celle que J. et E. de Goncourt qualifient de "boutique à un sou de l'Histoire". Mais une telle anecdote résonne d'une bien singulière façon et prouve, une nouvelle fois, que le temps découvre les secrets, obscurcit plus qu'il n'éclaire, donne un sens aux choses qui devraient peut-être ne pas en avoir.

LA SOLITUDE DU LABYRINTHE

"En 1994, j'ai retrouvé un vieux cahier du temps où j'étais étudiant. J'y prenais des notes, j'y enfermais des idées. Une citation m'a particulièrement troublé : «Le monde est dans ma tête. Mon corps est dans le monde.» J'avais dix-neuf ans et cela continue d'être ma philosophie. Mes livres ne sont rien d'autre que le développement de cette constatation."

L'écriture ne guérit jamais de rien.

PAUL AUSTER

IL ÉTAIT UNE FOIS LES CONTES DE FÉES

Dans sa préface aux *Contes* de Grimm, Marthe Robert rapporte que les deux frères croient pouvoir expliquer les contes par les mythes dont ils dérivent. Ainsi, l'affaire serait entendue et pourrait être ramenée à une seule théorie : "Contes et mythes sont la représentation du grand drame cosmique ou météorologique que l'homme, dès l'enfance de son histoire, ne se lasse pas d'imaginer." Cette théorie n'a plus guère, aujourd'hui, qu'une valeur historique mais, poursuit Marthe Robert, au moins a-t-elle eu le mérite de mettre en lumière, et cela dès la première moitié du XIXe siècle, que le conte voile et dévoile l'expérience humaine ici assimilée à une quête, à un ensemble de rites de passage, à des épreuves qu'on imagine insurmontables. L'homme, pour exister dans sa vie, pour vivre, tout simplement, doit passer des épreuves périlleuses dont l'archétype reste la forêt profonde.

Sans doute pourrait-on relire l'œuvre de Paul Auster selon une grille qui serait celle du conte de fées. Imaginons quelques cas... Nashe et Pozzi, contraints, dans *La Musique du hasard*, de construire un mur qui, une fois édifié, les délivrerait et de leur dette et de la présence de Flower et de Stone, ogres excentriques enfermés dans leur château d'Ockham. Ou Anna Blume, partant à la recherche de son frère William Blume, dans ce "pays des choses dernières" hanté par les "chasseurs d'objets", les "ramasseurs d'ordures", les "sauteurs" et autres "agents de Résurrection" qui sont autant de prédateurs contre lesquels elle doit lutter. Et le voyage initiatique de Marco Stanley Fogg, dans *Moon Palace*, sorte de *scenic railway* de l'identité où le père joue le rôle d'un passé enfoui à découvrir ; une quête dans la généalogie pour vivre, ne serait-ce que plus sereinement, son présent. Le conte austérien s'adresse à chacun d'entre nous, à notre part d'humanité, à la face lumineuse que chacun porte en soi.

Si le long isolement dans un lieu hostile est une des épreuves majeures du conte, en constitue la raison d'être et la matière même de son enseignement, le séjour de Fogg, dans Central Park, a valeur d'exemple : "Le parc m'offrait une chance de retrouver ma vie intérieure, de m'appréhender sur le plan de ce qui se passait au-dedans de moi." Le parc, cette forêt préméditée, en plein centre urbain de Manhattan, refuge de nature et lieu de tous les dangers (cf. l'épisode où Fogg est pourchassé dans Sheep Meadow), permet de sortir d'un état pour s'installer dans un autre. La liste est interminable des signes, éléments, indices qui permettent d'établir de multiples correspondances entre le conte et le roman tel que le conçoit Paul Auster : l'intérêt pour le clochard, sorte de "Peau-de-mille-bêtes" des temps modernes, vêtu d'une carapace dont il doit se défaire ; les parcours dans la ville, qui sont autant de jeux de piste permettant de résoudre une énigme (Stillman et Quinn dans *Cité de verre*, Peter Aaron, Sachs et Maria Turner dans *Léviathan*, Fogg et Effing dans *Moon Palace*) ; le rôle joué par l'argent qui fait bifurquer des destinées par le biais d'héritages toujours inattendus ; les héros prenant des identités qui ne sont pas les leurs, qui usurpent ou se cachent (Peter Aaron et Benjamin Sachs, Quinn et "Paul Auster")…

Mais deux autres points, essentiels, rapprochent l'univers de Paul Auster de celui du conte : la place laissée à l'imagination du lecteur et celle faite à la famille humaine. Rappelons au passage que notre auteur fut un grand lecteur de Kafka qui écrivit lui-même des contes, sous l'influence directe des *Märchen*.

Paul Auster, parlant de son écriture, aime recourir à une expression : "*swift and lean*", littéralement "rapide et dégraissé", "vite et maigre". L'écriture, en effet, ne doit pas tout donner, mais laisser, entre les phrases, des espaces. Ainsi le lecteur fait-il le livre. Paul Auster a retenu la leçon du conte, "où la place du lecteur existe", où il comble les vides. Ainsi, par exemple, en est-il de la première phrase qui ouvre le récit. Dans *Mr Vertigo*, "j'avais douze ans la première fois que j'ai marché sur l'eau" ou le mystérieux, "c'est un faux numéro qui a tout déclenché, le téléphone sonnant trois fois au cœur de la nuit et la voix à l'autre bout demandant quelqu'un qu'il n'était pas" *(Cité de verre)*, rappellent les premières phrases de nombreux contes. "Il était une fois deux frères, un riche et un pauvre" (*Les Deux Frères*, Grimm) ou, "bien loin d'ici, au lieu vers où s'envolent les cygnes quand nous sommes en hiver, habitait un roi qui avait onze fils et une fille, Elisa" (*Les Cygnes sauvages*, Andersen), ou encore, dans *La Belle et la Bête*, de Mme de Villeneuve : "Dans un pays fort éloigné de celui-ci, l'on voit une grande ville, où le commerce florissant entretient l'abondance." Le mystère naît de l'histoire, de la façon de la poser dès les premiers mots. Mais rien n'est dit, tout est suggéré. Paul Auster qui, lorsqu'il écrit, une fois dans sa "chambre à soi", repousse le monde réel, fabrique de la "réalité imaginaire" à laquelle le lecteur est invité à ajouter la sienne.

Le deuxième point, soulevé plus haut, concerne la place faite à la "famille humaine". Le conte se meut dans un univers restreint. Le royaume du conte, soutient Marthe Robert, est celui d'un "univers familial bien clos et bien délimité où se joue le drame premier de l'homme". Paul Auster ne parle pas d'autre chose. Aussi est-il faux de voir en son œuvre le résultat d'un parcours intellectuel. Tenter de lire Auster, par le biais de références culturelles chargées, est à mes yeux une entreprise vouée à l'échec mais aussi un contresens. Paul Auster n'écrit pas pour un cercle restreint de lettrés ; sans barrière ni chicane, il s'adresse au cœur des gens. Tout, chez lui, converge vers ce centre fragile de l'humain. Lorsqu'il évoque son écriture, il ne fait jamais appel à on ne sait quelle théorie du langage, de la structure ou de la narration, il préfère parler de la musique, affirme qu'une grande partie de l'écrit est dans l'oreille et que le rythme donne tout autant que le savoir du sens au mot : "On écrit aussi avec son corps. C'est l'oreille qui domine plus que l'œil" ; et encore : "Je refuse le cynisme. Il est trop facile d'être cynique."

Comme dans le conte, l'écrivain ment sans accréditer pour autant l'illusion : il reste toujours vrai. Il fait une œuvre pédagogique car il nous parle de nous en nous parlant de lui, de ses propres doutes, de sa culpabilité et de ses remords. De quoi est-on fabriqué ? nous dit-il. De quoi est faite cette substance qui est la matière dans laquelle sont fabriqués mes livres ? A vingt-cinq ans, il rencontra Samuel Beckett, à Paris, qui venait d'écrire la version anglaise de *Mercier et Camier*, amputée du quart par rapport à la version française initiale. Auster, jeune écrivain inexpérimenté, confessa à Beckett qu'il ne comprenait pas ces coupures, que le texte entier était superbe. "Vous croyez ? Vous en êtes sûr ?" lui demanda Beckett, inquiet et plein de doute... Ecrivain de contes de fées, Auster nous touche parce qu'il éprouve après chaque livre ce même sentiment d'échec, parce qu'il sait que sans ce vide, sans cette dépression qui suit la naissance du livre, il cesserait d'écrire. Chercher, en pensant n'avoir jamais trouvé, comme Beckett. Chercher, en créant des personnages – Quinn, Sachs, Nashe, Aaron, Fogg, etc. – qui, chacun à leur manière, sont et ne sont pas Paul Auster : "Même Paul Auster, celui de *Cité de verre*, n'est pas moi."

VERTIGO, VERTIGES DE L'ŒUVRE

Lorsque, dès les premières pages de *Mr Vertigo*, maître Yehudi découvre Walt – un jeune orphelin de neuf ans mendiant dans les rues de Saint Louis en 1924 –, sa décision est prise. Après lui avoir lancé "tu ne vaux pas mieux qu'un animal, tu n'es qu'un bout de néant humain", il sait qu'il tient l'élève auquel il va apprendre à voler. Lévitation au propre ou au figuré, peu importe car, qu'est-ce qu'apprendre à voler : perdre pied ou les garder sur terre ? Comme dans le livre de Paulo Coelho, *L'Alchimiste*, où l'on voit un jeune berger andalou partir à la recherche d'un trésor enfoui au pied des Pyramides, nous sommes en présence d'une quête, donc d'une parabole, donc de signes du destin, donc de merveilleux… Lorsqu'au terme de sa vie, soixante-huit ans après son premier survol d'un petit étang dans le Kansas, Walt décide de se transformer en écrivain et de nous raconter ses exploits, sans doute ne fait-il rien d'autre que de nous dévoiler sa part de vérité.

Se connaître soi-même, telle est la première leçon de maître Yehudi. Le père gazé en 1917, la mère prostituée assassinée par un agent de police, le maître semble tout connaître de l'élève : "Tu n'arriveras jamais à rien avec moi si tu as peur de la vérité." Se connaître soi-même, telle est la ligne de mire, telle est la cible de toute l'œuvre de Paul Auster. *Mr Vertigo* concentre en ses pages la substance d'une thématique qui s'est fixé comme but d'aller au-delà des apparences et de reconstituer le passé de son futur. "Sans jamais manipuler de marionnettes", mais toujours à la recherche de la nécessité intérieure d'écrire, Paul Auster, l'écrivain, assigne à la littérature le rôle que Montaigne attribuait à la philosophie, "apprendre à vivre" : "Montaigne soutenait, alors qu'il était encore jeune, que le but de la philosophie était d'apprendre à mourir. L'âge venant, il s'est rétracté : «Le vrai but de la philosophie, c'est d'apprendre à vivre.» J'ai bientôt cinquante ans et je suis d'accord avec sa deuxième analyse."

Deuxième leçon : en se connaissant soi-même, on peut toucher du doigt la vérité des autres. Enfant de la ville qui aime le jazz et le brouhaha des foules, les trolleybus et les néons, "la puanteur du whisky de contrebande suintant dans les rigoles", Walt se décrit lui-même comme un "loustic au pied léger, un *scatman* miniature à la langue bien pendue" : mélange haut en couleur, mais que rien ne prédispose à une acceptation de la différence, aux complexités d'une Amérique bientôt touchée par la crise. “Tu vis dans la maison d’un Juif, un Noir et une Indienne, et plus vite tu accepteras cette idée, plus vite ton existence s’améliorera”, dit le maître Yehudi à Walt, tout en tentant de lui inculquer le respect. Maman Sue, l’Indienne de la tribu des Oglaga, Esope “un authentique Ethiopien”, maître Yehudi, le Juif, c’est toute l’histoire de l’Amérique qui se trouve concentrée dans les champs qui entourent Wichita, “ce Plouc-ville, cette pustule d’ennui sur une fesse nue et blanche”.

Rien n’est plus américain que les romans de Paul Auster : l’Amérique de la campagne et des villes, du Ku Klux Klan et des truands de Chicago, la traversée de Charles Lindbergh et les multiples versions de tant de statues des Libertés ; l’Amérique des grandes étendues semi-désertiques et celle des profondes errances du *baseball* et des *diners*, de Lone Ranger et des Indiens, d’Ellis Island et du cerisier de George Washington… On a trop souvent fait de Paul Auster le plus européen des auteurs américains. Sous prétexte qu’il a traduit Mallarmé et Flaubert, qu’il a lu Pascal et Montaigne, on a même trouvé dans son écriture un raffinement évoquant le XVIIIe français ! Insensiblement, se sont mis en place des indices, des traces, des preuves édifiant un mythe : hasard, thriller, découverte de l’écriture à quinze ans en lisant *Crime et Châtiment*… N’en a-t-on pas fait un envoyé spécial du *New york Times* à Paris, dans les années soixante-dix, alors qu’il n’en avait été, par besoin d’argent, que l’éphémère standardiste… Un militant de la

Studient Democratic Society luttant contre la discrimination raciale alors qu'il protesta essentiellement contre la guerre du Viêt-nam quand il poursuivait des études à la Columbia University... Sans parler de son engagement, pour six mois, sur un pétrolier qui, quoique n'hésitent pas à le rapporter certains biographes pressés, ne l'a pas conduit dans le golfe Persique, mais bien plus près des côtes du continent américain : "Je n'ai pas beaucoup voyagé, je suis essentiellement resté dans le golfe du Mexique : Texas, Floride, Caroline du Sud, New York." Etc. On aime les tiroirs... Jorge Luis Borges avait eu, lui aussi, à souffrir d'un tel regard, sinon torve du moins singulièrement voilé. On nous le présenta cosmopolite, anglophone, germanophile, parlant le vieux saxon, arpentant des bibliothèques appuyé sur sa canne blanche, perdant des tigres dans des labyrinthes, jouant avec le temps comme l'horloge tournant à rebours de l'hôtel de ville de l'ancien ghetto de Prague. Jean-Pierre Bernes, avec le premier tome des *Obras completas* du maître en Pléiade, le rendit à son argentinité fondamentale. *Mr Vertigo*, centre centrifuge de l'œuvre de Paul Auster, contribue à la replacer dans l'histoire profonde de la littérature américaine, aux côtés de ses riches ancêtres et de ses contemporains : Melville, H. D. Thoreau, Charles Reznikoff, George Oppen, John Ashbery, Don DeLillo, Russell Banks et quelques autres. Vertigo, vertiges de l'Amérique traversée sans relâche ; vertigo, de l'errance et de la quête ; vertigo de la marche et de l'art de marcher “les yeux ouverts”, depuis que “chacun tente de déchiffrer son propre chaos dans celui des autres”.

L'IGNORANCE QUI FAIT LES LIVRES

Comme Goytisolo qui préfère observer l'Espagne de Marrakech ou de Paris – avec une distance nécessaire –, Paul Auster habite Brooklyn pour mieux contempler New York de l'autre côté de la rivière et ainsi explorer la fin des grands mythes américains : on n'aurait pas dû marcher sur la Lune, nous dit-il dans *Moon Palace*. L'Amérique, oui, Auster la traverse sans relâche. Errance urbaine dans la *Trilogie new-yorkaise* ; errance fantastique dans *Le Voyage d'Anna Blume* ; errance sans fin dans *La Musique du hasard* ; cavalcade dans *Moon Palace* ; traversée généalogique dans *Smoke* ; descente aux enfers du terrorisme et du refus dans *Léviathan*...

L'errance est une quête, de soi, des autres. Fasciné par une étrange solitude, une irréductible impossibilité à tuer le père blessé et en conservant toute sa vie une immense culpabilité, Walt, le personnage de *Mr Vertigo,* erre dans l'épaisse forêt des contes de fées. Souvenez-vous de la curieuse et très pure phrase du livre – “J'avais douze ans la première fois que j'ai marché sur l'eau” : elle rappelle la parole évidente de nos albums d'enfants pleins de mystères et de rituels. C'est au lecteur de combler les trous du récit, de la narration, tandis que le héros subit une foule d'épreuves dont il sort victorieux.

Avant que de marcher sur les eaux, Walt doit passer sous les fourches caudines d'une initiation qu'il vit comme une incessante avalanche de sévices : "Pendant un an, j'ai subi toutes les indignités qu'un homme peut connaître. J'ai été enterré, j'ai été brûlé, j'ai été mutilé, et je reste aussi collé à la terre plus que jamais." Ces "sévices" sont en réalité des portes ouvertes sur une richesse intérieure qui se révélera être une inquiétante image du vide. Dans *Moon Palace*, l'autre orphelin, Marco Stanley Fogg, accédant à l'âge adulte, ne découvrait pas la sagesse mais bien le vide. Ne serait-ce pas le terrible butoir des romans, aussi picaresques que symboliques, de Paul Auster ? *Revenants* enquêtait sur un autre qui est soi ; *La Chambre dérobée* mettait au jour un changement irréversible d'identité ; *Mr Vertigo* est un voyage initiatique dans les ténèbres d'un personnage qui peut être chacun d'entre nous. Walt est sans cesse menacé d'être dérobé par un autre Walt : en volant, il devient voleur lui-même ; il dérobe et il se dérobe. Les romans de Paul Auster se terminent donc souvent sur des disparitions : "Puis, il se leva pour la dernière fois" *(L'Invention de la solitude)*, "Et à partir de ce moment, nous ne savons plus rien" *(Revenants)* ; *Mr Vertigo* enfin, "Et alors, petit à petit, on s'élève"…

Romans d'apprentissage aux fins erronées, corrodées, tronquées – on y apprend à "ne pas être soi-même" –, les livres de Paul Auster sont des chants profonds à l'absence. C'est elle, en effet, l'absence, qui pousse Walt, Nashe, Quinn, Anna, Peter Aaron,

Benjamin Sachs… Tout comme on peut penser que c'est cette même absence qui contraint Auster à continuer d'écrire, à travailler dans le noir, à fomenter des livres sans solution. Sauf le premier, un polar écrit sous pseudonyme et qui désobéissait aux lois du genre : "Mon plaisir d'écrivain, le seul, je le trouve dans ce quelque chose qui me pousse à écrire", ou encore, cette question, dans *L'Invention de la solitude* : "Est-il vrai qu'on doit plonger dans les profondeurs de la mer pour sauver son père avant de devenir un vrai garçon ?"

Plus que jamais, chez cet écrivain qui creuse l'absolu pour tenter de connaître la vérité sur soi et sur le monde, les héros sont isolés au milieu d'une réalité changeante. On sait qu'il y a chez Paul Auster des contingences et des croisées des chemins nécessaires au sein desquelles des personnages cherchent à donner un sens à leur vie. Dans cette pratique de l'art du labyrinthe, on pourrait appliquer à Walt, le héros de *Mr Vertigo*, l'enfant des rues sorti de sa condition pour y retourner ensuite, ce qu'Auster fait dire à un des personnages de *Léviathan* : "Nul ne peut dire d'où vient un livre, surtout pas celui qui l'écrit. Les livres viennent de l'ignorance."

Romancier de leur vie, les personnages de Paul Auster, en frères Grimm d'eux-mêmes, savent avant tout se raconter une (leur) histoire, méditer sur l'écriture et sur la vie. Face au monde et à sa multitude d'êtres égarés qui endossent des personnalités étrangères pour se sentir exister, ils ne parlent finalement que de la permanence des êtres. Hommes volants ou Icare de la chute, ils sont immobiles ou aspirent à la pérennité et leur biographie ne leur procure que des réponses qui n'en sont pas : "La plupart de mes romans adoptent la forme de la biographie de quelqu'un."

Paul Auster, qui, de livre en livre, ne cesse de renouer avec la tradition du roman initiatique – ce qui n'exclut pas la violence, signe visible d'une immense angoisse : la mort de Sue et d'Esope, celle de maître Yehudi, dans *Mr Vertigo* –, réussit, dans ses livres, le grand rapprochement d'une puissante tradition orale et de celle du conte de fées : "Je n'ai jamais écrit aussi vite", dit-il. Comme poussé par la nécessité, et à la différence d'autres livres – la déprime de Jim Nashe dans *La Musique du hasard* –, l'histoire "aérienne" de *Mr Vertigo* ne commence pas de manière banale pour dévier ensuite dans l'incompréhensible, l'illusion, au contraire, l'Américain volant revient à soi, se retrouve en se perdant. C'est un fait, les livres de Paul Auster sont de grands livres mystiques. Comme saint Jean de la Croix, ses héros (ses antihéros) découvrent que plus les choses en soi sont claires et manifestes, plus elles sont naturellement obscures et cachées à l'âme. Plus la lumière est claire et plus elle éblouit et obscurcit la pupille du hibou : "Regardez cet infini savoir et ce secret caché…" *(Dichos de Luz y amor).*

Comme toujours chez Paul Auster, il ne faut pas se fier aux apparences. Chez lui, l'insignifiant fait sens et sa démarche d'écrivain n'est pas sans rappeler celle d'un certain sémioticien italien qui publia à la fin des années soixante un livre fondamental qui n'avait alors rien à voir ni avec le latin, ni avec le Moyen Age, ni avec les roses : *La Struttura assente*. Comme Umberto Eco, Paul Auster rappelle que les sons, les objets, les gestes, les images sont des systèmes de signes entre lesquels l'émotion trouve sa place. Que la vie possède des codes qu'il faut déchiffrer, que le monde des choses et celui de la culture sont intimement liés, que la littérature se doit d'ouvrir de nouveaux territoires romanesques, que la structure absente du livre est là pour perpétrer du dépaysement.

Pour raconter son époque, car il s'agit bien d'une certaine façon de cela, Paul Auster joue les agents secrets de la littérature, les agents doubles des sentiments, l'écrivain-détective et le détective-écrivain : "Les deux métiers possèdent certains points communs. Chacun cherche une vérité, qui souvent se cache derrière les choses, et qu'il est difficile de saisir. L'écrivain, comme le détective, doit aller au-delà des apparences." Manuel Vázquez Montalbán qui est tout sauf un écrivain de romans policiers, qu'il avoue d'ailleurs ne pas aimer lire, répondit à Paul Auster par entretien interposé : "L'écrivain comme le privé cherchent tous deux une vérité, me dit-il. Paul Auster a entièrement raison. Le détective n'est qu'un point de vue, nourri par son histoire conditionnelle, son histoire personnelle, son background. Il n'est que la proposition d'un regard sur la réalité. L'écrivain se pose les mêmes questions : à travers une enquête, il se construit un discours intérieur."

Comme dans *Fenêtre sur cour*, le film d'Hitchcock, Paul Auster observe : le futur incertain et le vent des contingences, les bricolages de la vie et les migrations romanesques. Certes, il lui arrive de "dénoncer" la fiction *(Cité de verre, Léviathan, Moon Palace)*, mais du côté de Cervantes et de Sterne : "J'ai un esprit largement ouvert à la digression." Tel un musicien de jazz, connaissant les choses du *scat*, il improvise, non sur des onomatopées, comme le fit Louis Armstrong un certain après-midi de janvier 1926, mais sur la vie et ses incertitudes. Il sait immobiliser les images et utiliser le *travelling,* se promener dans la ville (New York, surtout), imiter, faire des écarts, jouer les espions, analyser les faits mais avant tout raconter des histoires – narrations dans la jungle dense du réel, narrations de la vie dans la vie : "Ce sentiment de la fragilité de la vie ne cesse de me hanter."

Paul Auster est un narrateur, qui renoue avec le roman d'aventures et le roman d'initiation (au sens premier "d'admission aux mystères". Cf. *Le Jeu des perles de verre* de Herman Hesse), qui construit des récits sur l'espionnage de l'âme et la tragédie de l'homme baroque perdu dans un monde dont il n'est plus le centre. L'auteur de *Black-out* et de *Wall Writing*, de *The Art of Hunger* et de *White Spaces* (texte datant de 1980 et de l'initiation à la prose) a une manière bien à lui de s'approcher de notre contemporanéité, de son langage et de son rythme, de sa respiration dans ce qu'elle possède d'indissolublement moderne et dans ce qu'elle conserve d'un passé souvent caduc. En prenant comme musique de fond la société urbaine contemporaine, il nous envoie une *letter from the City* et crée une sorte de fétichisme de l'objet et de la posture. Mais Manhattan n'est pas Brooklyn. L'univers de *Cité de verre*, un Manhattan bruyant et violent, est très éloigné de la nonchalance bigarrée qui sied si bien à Brooklyn. L'East River franchi, et le pont reliant deux mondes que tout oppose aidant, il n'est pas étonnant que le personnage de Quinn – écrivain de romans policiers devenant le détective Paul Auster grâce à une certaine méprise – ait d'ailleurs poussé Paul Karasik et David Mazzucchelli à donner du premier roman de la *Trilogie new-yorkaise* une version *graphic mystery*. Le trait en noir et blanc à l'âpreté sans faille fait certes pencher le récit du côté du thriller métaphysique dont Paul Auster se soucie comme de son premier gant SSK de baseball, mais surtout rend sensiblement compte de la dureté d'une mégapole à laquelle nombre de personnages de Paul Auster se trouvent confrontés : "Parce que New York est le plus désespéré, le plus abandonné de tous les lieux, le plus abject." Quant à la trajectoire humaine, elle tient souvent en cette équation : passer d'une vie banale à une existence extraordinaire grâce à une logique nouvelle aussi soudaine que perturbante. "La femme et l'enfant de Quinn sont morts. Il a perdu tous liens avec une vie normale. Il est comme «vidé». Aussi, lorsqu'il reçoit le coup de téléphone, répond-il sans hésiter. Cette vacuité – exemplaire de nombres de trames de romans de Paul Auster – le rend disponible et l'histoire peut commencer" : *It was a wrong number that started it…*

Dans cet univers déroutant, plein de sons et de mouvements, qui oscille entre parole et écriture, des personnages se poursuivent, se cherchent, ont une façon particulière de se parler tout comme Paul Auster en a une de les décrire. Dans *Moon Palace* : "J'avais sauté du haut d'une falaise, et puis juste au moment où j'allais m'écraser en bas, il s'est passé un événement extraordinaire : j'ai appris que les gens m'aimaient." Dans *La Musique du hasard* : "Chaque soir avant de se coucher, il notait le nombre de pierres qu'il avait ajoutées au mur ce jour-là." Dans *Le Carnet rouge*, enfin : "Seulement, cette fois, je me suis mis à réfléchir à ce qui serait arrivé si j'avais dit oui. Et si je m'étais fait passer pour un détective de l'agence Pinkerton ?" Paul Auster nous lâche dans le grand bain du livre et nous oblige à nager. Provocateur lucide, il nous rappelle sans cesse que la vie a de ces dérapages étranges que rien n'annonce, qu'on ne maîtrise jamais, qui nous font basculer dans la tragédie ou la comédie, que des espaces inconnus peuvent s'ouvrir sous nos pieds comme des précipices. Il en est le chroniqueur, chroniqueur infidèle de la vie et de ses bouleversements.

SCHIMMELPENNINCK BOOGIE : *SMOKING NO SMOKING*

Emu aux larmes et pris de fou rire à la lecture du *Conte de Noël d'Auggie Wren* publié dans le *New York Times*, le cinéaste Wayne Wang décide, un soir de décembre 1990, d'en contacter l'auteur. Il ne le connaît pas et souhaite le persuader d'écrire un scénario à partir de cette histoire "de vérité et de mensonges, de générosité et de vol". Cela ressemble aux premières pages d'un livre de Paul Auster, ce qui n'a rien d'étonnant puisque c'était effectivement l'auteur du conte. Séduit par la proposition, puis par l'expérience du tournage de *Smoke*, Auster improvise, en deux fois trois jours, avec les mêmes acteurs et le même metteur en scène, et en passant lui-même parfois derrière la caméra, un deuxième film *Brooklyn Boogie*, dont le titre anglais, *Blue in the Face*, suggère un état limite de tension nerveuse…

Les inconditionnels du plus américain des auteurs américains se perdront avec délices dans les pages de ces deux scénarios, augmentées de notes et de feuilles arrachées à un journal de tournage qui prolongent à merveille l'univers d'imposture et de fidélité, de solitude et de blessures toujours ouvertes, d'un auteur tenté par le cinéma. Qui a remarqué, par exemple, que le conducteur de l'automobile qui prend en stop, à la fin du film, le personnage principal de *La Musique du hasard* (réalisé en 1993 par Philippe Haas) n'est autre que Paul Auster ?

Le cinéma nous fait pénétrer dans l'intimité de Paul Auster et de son œuvre par une drôle de porte. Ecrits pour moitié dans son studio de Brooklyn et "sur le siège arrière d'une voiture roulant dans les embouteillages du centre-ville", les scénarios de *Smoke* et de *Blue in the Face* nous rappellent aussi que Paul Auster avait rédigé, alors qu'il était âgé de vingt ans, des synopsis de films muets et qu'il avait échoué au concours d'entrée de l'IDHEC – tout comme Wim Wenders ! Bénéficiant d'une distribution étonnante – Lou Reed, Harvey Keitel, Giancarlo Esposito, Jim Jarmusch, Madonna –, ces romans de cinéma, comme aurait pu les appeler Cocteau, sorte "d'hommes et de femmes au bord de la crise d'existence", sont un bel hommage à son quartier fétiche, situé à quelque distance du pont de Brooklyn et de sa passerelle surélevée, considérée par Walt Whitman comme "le meilleur et le plus efficace des remèdes" pour l'âme ; là où Stillman – dans *Cité de verre* – se suicide "et meurt avant même de toucher l'eau" ; là enfin où Paul Benjamin, double du double – l'écrivain, joué par William Hurt dans *Smoke* – vient acheter ses Schimmelpenninck, à l'angle de Court Street...

Afin d'écarter une vieille chimère d'école – l'horreur de la nature pour le vide –, Pascal inventa trois expériences dont l'une dite "du vide dans le vide". Ainsi, son univers matériel et spirituel, au-delà même de l'invention du baromètre, fruit d'une psychologie intellectuelle géomètre et mathématicienne, était-il semblable à l'Univers de Dante avec ses grands cercles concentriques dont on ne s'échappe que par miracle. Lecteur passionné des *Pensées*, Paul Auster, à l'image du frère des gens de Port-Royal, qui pilla, bien qu'en s'en démarquant, son maître Montaigne, et imita le plus âpre Pierre Charron, attribue à la "folle du logis" une infinité d'effets hétéroclites, de fausses apparences, de "piperies", et cela d'autant plus que la maîtresse d'erreurs ne l'est pas toujours. Parmi ces effets, le vertige sur une poutre en est un. Pour sortir de l'ennui qui, notons-le au passage, fut la maladie de l'époque classique – Pascal en fait le second élément de la triade humaine : "Condition de l'homme : inconstance, ennui, inquiétude" –, le héros austérien n'hésite pas à sauter dans le vide. Dès les premières pages de *La Musique du hasard*, Nashe, estimant n'avoir plus rien à perdre, se lance, sans le moindre frisson d'inquiétude, "ferme les yeux et saute". Dans *Moon Palace*, Barber fait une chute, se brise le dos et finit par mourir. Dans *Le Voyage d'Anna Blume*, Anna saute par la fenêtre à travers la vitre à la suite du Sauteur Ferdinand "qui marche audacieusement vers le précipice". Dans *Léviathan*, Benjamin Sachs en fait autant... Quant au petit mendiant orphelin découvert dans les rues de Saint Louis par le maître Yehudi *(Mr Vertigo)*, il propose une chute inversée : il marche sur l'eau et parvient à de prodigieux exercices de lévitation. Faut-il rappeler enfin que dans l'une des trois versions de la mort du grand-père paternel, celui-ci "tombe d'une échelle"...

L'obsession de la chute, récurrente chez beaucoup de ces personnages, est autant celle de l'homme que celle de l'être familial, celle du père, notamment, évoquée en ces termes par Paul Auster dans son fameux petit *Carnet rouge* : "... Mon père travaillait sur le toit d'un immeuble à Jersey City. Pour une raison ou une autre (je n'en ai pas été témoin), il a glissé du rebord et fait le plongeon vers le sol. Une fois encore, il allait à la catastrophe, et une fois encore, il s'en est sorti. Une corde à linge a amorti sa chute, et il s'est tiré de cet accident avec quelques plaies et bosses. Sans même une commotion. Sans la moindre fracture." Ce souvenir n'a jamais quitté Paul Auster. Comme celui d'un certain faux héros d'Albert Camus, lequel, témoin d'un drame muet – le bruit d'un corps penché sur un parapet et qui finit par s'abattre sur l'eau –, en fait la confession dans un bar d'Amsterdam. Comme *la noia*, cette insatisfaction, plus mystérieuse encore que la satisfaction, de laquelle Alberto Moravia extirpa son plus troublant roman : *L'Ennui*. Comme le souvenir initial de sa conception, évoqué dans *Portrait d'un homme invisible* : "J'y pense parfois : j'ai été conçu aux chutes du Niagara." La chute selon Auster baigne tous ses romans dans l'atmosphère d'une terrible innocence d'après la faute. En accédant à l'âge adulte, ses personnages ne découvrent aucune sagesse, sinon celle du vide comme est vide l'océan Pacifique face auquel se tient le héros de *Moon Palace* à la dernière page du livre. Regardant sans les regarder l'Orient et la Chine, il observe son propre vide. Celui des conspirations du destin après la chute. Avec, au cœur de ces pistes brouillées, un léger espoir : "Seul l'amour peut stopper un homme dans sa chute", constate le clochard érudit.

L'AMÉRIQUE : *IN THE COUNTRY OF FIRST THINGS*

Dans *L'Histoire naturelle et morale des Indes occidentales*, publié à Séville en 1589, le jésuite Joseph de Acosta, pensant écrire le premier ouvrage scientifique sur le Nouveau Monde, dégagé ainsi des mythes et légendes colportés par les premiers découvreurs, expliquait toutefois les richesses minérales des Indes par la "volonté du Créateur" qui avait, soutenait-il, "réparti ses dons comme il lui a plu" ; la présence de l'or dans l'eau par le "Déluge" et la venue des Espagnols par la proximité de l'arche de Noé ! Cette Amérique-là tenait de l'El Dorado ; celle de la fontaine de Jouvence et des Sept Cités merveilleuses, celle du "pays de la cannelle" et d'une certaine exploration "don quichottesque" que Candide lui-même découvrira en 1759 alors qu'il cherchait Mlle Cunégonde "aux frontières des Oreillons"... Ainsi en est-il, tout du moins, sur une de ses faces, de l'Amérique de Paul Auster. Depuis la conquête de l'Ouest jusqu'au premier pas de l'homme sur la Lune, l'auteur de *Moon Palace* joue avec les mythes de l'Amérique. Le génocide des Indiens, la bombe atomique et le Viêt-nam, la statue de la Liberté et celle de John Brown, voilà plusieurs mythes constructeurs dont Paul Auster donne une version plus tragique. Plus que jamais chez lui, l'Amérique est un pays inventé, une idée plus qu'un lieu, un concept en filigrane où la distance entre les idéaux et la réalité se creuse de jour en jour. Philippe Petit[3] a raison : l'Amérique, dans cette œuvre, n'est pas une nation qui progresse – elle répète son acte de naissance. Continuateur de la tradition poétique et du roman intellectuel à la Edgar Poe – qui s'inspira de la vie du chevalier Raleigh[4], dont le fils fut tué lors d'une attaque contre les Espagnols, pour écrire son *Eldorado*. Dans cette Amérique de la vie et de la mort, ce pays des *last things* – le titre original du *Voyage d'Anna Blume* est *In the Country of Last Things* –, le mythe de l'Eldorado est inversé. L'or-couleur, symbole solaire, y devient l'or-monnaie, symbole de perversion et d'exaltation impure des désirs. L'or devient de la boue. Marco (comme Polo) Stanley (comme le sauveur de Livingstone) Fogg (comme le héros de Jules Verne) est un Christophe Colomb qui se hâte : il transforme la ruée vers l'or en ruée vers la mort. Croyant chercher le Paradis perdu, il découvre l'Enfer, "O Inferno de Wall Street". Il invente une histoire qui n'est pas la vraie histoire. En plein territoire new-yorkais, il découvre l'Amérique. Ou plutôt, une Amérique, celle qui n'est plus la Terre sainte que le désobéissant H. D. Thoreau décrit dans *Walking*[5] : "Peut-être apparaîtra-t-il au voyageur un je ne sais quoi de *loeta* et de *glabra*, de joyeux et de serein dans notre visage même. Sinon dans quel but le monde tourne-t-il et pourquoi l'Amérique fut-elle découverte ?..."

LA BOUTEILLE JETÉE AU PÈRE

L'Invention de la solitude est une méditation sur le père – celui de Paul Auster, mort subitement à l'âge de soixante-sept ans. Une mort apprise par téléphone. Un livre écrit par nécessité. Dans les trois livres de la *Trilogie new-yorkaise*, le père mystérieux est là : menaçant, absent ou mort. *Moon Palace* raconte l'histoire d'un orphelin élevé par un oncle musicien raté, et qui, à travers une série de péripéties et de rencontres, retrouve son grand-père et son père. *Smoke* met en scène un jeune Noir, Rachid, qui finit par découvrir en Cyrus Cole le père qu'il cherchait. Paul Auster est hanté par les histoires de filiation et de paternité, par ces fils et ces pères qui, comme le voulait Henry James, recherchent *L'Image dans le tapis*. Paul Auster qui fait de son père cet homme éternellement "invisible" écrit, dans *Le Diable par la queue*, au sujet de son père de substitution, l'homme avec lequel sa mère s'est remariée en 1965 : "Sa mort prématurée en 1982 (il avait cinquante-cinq ans) demeure l'un des grands chagrins de ma vie." Pères absents et coupables, fils abandonnés à leur interrogation, pères juifs qu'"on ne hait pas", comme l'écrit Philip Roth, et qui éprouvent tant de souffrances à l'égard de la transmission, pères excentriques comme Effing qui a eu un fils autrefois, qui ne l'a jamais vu, qui est devenu écrivain et dont il envisage de financer en secret l'activité par le biais d'une fondation. Effing, père absent-présent de *Moon Palace* qui dicte à Marco Stanley Fogg ses Mémoires afin qu'après sa mort ils parviennent à ce fils inconnu. L'écriture, le livre, devenant le moyen – la bouteille au père – de rétablir la communication rompue, de combler le livre. C'est Mallarmé, père meurtri lançant à son fils disparu le chant sépulcral de *Pour un tombeau d'Anatole* : "Fosse creusée par lui / vie cesse là." *Pour un tombeau d'Anatole*, histoire inversée de *L'Invention de la solitude*, fait, chez Auster[6], le lien entre le Sartre sans père et le Kierkegaard qui avance : "Celui qui est décidé à travailler donne naissance à son propre père." En écrivant sur le lien existentiel attachant un père à son fils et sur sa tentative d'élucidation, sur les avatars et les difficultés de la filiation, Paul Auster n'écrit pas "directement" sur le père : il réfléchit sur le fait d'écrire sur un autre. Car l'écrivain écrit toujours sur un autre : “De l’examen de mon père, je suis passé à l’examen de ma propre conscience du monde.”

BROOKLYN : LA RÉPUBLIQUE POPULAIRE SANS NUMÉRO

L’histoire de la mémoire est celle du regard. Par le langage, l’homme existe dans l’univers, qui peut être une chambre – celle d’Anne Frank, donnant sur la façade arrière d’une maison où vécut Descartes – ou une ville. Non plus Amsterdam, ni Paris, mais New York, espace inhabituel, “labyrinthe de pas infinis” (cf. *Trilogie new-yorkaise*) où l’homme se perd non seulement en lui-même, mais encore dans la cité, Brooklyn, qu’on parcourt comme on le ferait de son propre corps. Ville à la luminosité immense et épaisse que Stillman, dans *Cité de verre*, a choisi sans ambiguïté : “Parce que c’est le plus désespéré, le plus abandonné de tous les lieux, le plus abject. Ici, tout est cassé et le désarroi est universel.” Brooklyn, personnage à part entière de certaines pages de Paul Auster, qui serait la quatrième ville des Etats-Unis si elle était une municipalité autonome, et qui existe presque physiquement dans *Smoke* et dans *Brooklyn Boogie*. Autour du gérant de bureau de tabac (Auggie Wren) et de l’écrivain (Paul Benjamin), Paul Auster nous immerge littéralement dans l’univers cosmopolite de Breuckelen, cette “terre coupée” fondée en 1636 par les colons hollandais, et qui constitue un monde à part, là où l'East River achève sa course pour se confondre dans les eaux de la baie de New York, là où le célèbre pont a remplacé le bac qui permettait aux riches habitants de Manhattan de rejoindre leur résidence de campagne. Des Russes de Brighton Beach aux Haïtiens de Crown Heights, de la communauté juive du pont de Williamsburg aux Italiens de Bensonhurst et de Coney Island, Brooklyn est un *special world* au charme duquel succombèrent nombre d'écrivains. Betty Smith évidemment, dans son célèbre *A Tree Grows in Brooklyn*, et Hart Crane, dont l'épique *Bridge* (1930) constitue une réplique optimiste à *Waste Land* d'Eliot, mais aussi Arthur Miller et Norman Mailer, Truman Capote et Thomas Wolfe, John Dos Passos, Henry Miller, Walt Whitman – essentiellement d'ailleurs pour son *Brooklyn Heights*. Paul Auster a préféré, lui, le quartier de Park Slope, victorien et désuet, moitié Londres et moitié Bruxelles, avec ses petites maisons à pilastres et escaliers ornés de balustrades en fer forgé, longeant le Prospect Park West, dessiné par Frederick Law Olmstead et Calvert Vaux, les paysagistes de Central Park : "J'aime tous ces gens si divers qui vivent ici, dit Auster : Noirs, Blancs, Jaunes ; toutes les religions, toutes les langues. C'est une partie de la ville qui ne se prend pas au sérieux, qui est plus calme. Mes deux films sont une sorte d'hommage à ce Brooklyn-là, à ce qu'il représente." Le Brooklyn de Park Slope, c'est donc celui de la *Brooklyn Cigar Company* : un magasin qui n'était qu'un décor de cinéma mais dont les étagères furent tout de même remplies de vrais sacs de chewing-gums, de tablettes de chocolat et de bocaux de bonbons. Un masque derrière un masque. Une ville qui dit adieu à sa réalité imaginaire et qui entre dans le monde d'une fiction réelle. Ville enclose dans l'histoire de sa vie, en devenant l'instrument invisible après avoir déambulé au hasard : *broken land*.

LA CHAMBRE, *THE ROOM IN WHICH I AM WRITING THIS*

Tandis qu'un hiver des plus rigoureux tue presque un quart de la population du "Pays des choses dernières", Anna Blume, héroïne du *Voyage d'Anna Blume*, finit par habiter dans la Bibliothèque nationale. Dans ce lieu impressionnant, avec son haut plafond en forme de dôme, son sol en marbre et ses rangées de colonnes à l'italienne, survit une population hétéroclite. Des chercheurs et des écrivains, "rescapés du Mouvement de Purification", mais aussi des juifs – "je croyais que tous les juifs étaient morts", murmure Anna Blume… – y ont trouvé un refuge précaire. Anna Blume y rencontre Samuel Fan, un journaliste qui travaille à un livre. Cette bibliothèque, comme la chambre, toujours chez Paul Auster, n'est qu'un lieu transitoire qui sera cependant, durant les six mois où Anna Blume y séjourne, "le centre de l'univers". Tandis qu'à l'extérieur règnent le froid, les déprédations et le désespoir, les survivants ne résistent à la mort – ou plutôt en retardent l'échéance – qu'au prix de blasphèmes irréparables, d'actions épouvantables. Un occupant juif finit par vendre un exemplaire de la Bible et sa conclusion est sans appel : "Il y a des choses plus importantes que les livres, après tout. La nourriture vient avant les prières." Quant à Anna Blume, allant chercher à tâtons parmi les livres qui jonchent chaotiquement le plancher ou amoncelés en tas désordonnés, des combustibles, elle s'empare d'exemplaires qui vont l'aider à se chauffer pendant l'hiver. Dans ce monde détruit, l'univers auquel les livres avaient appartenu n'existe plus. Ici, aucune exception. A la différence du *Quichotte*, aucun livre n'est conservé, ni Hérodote, ni Cyrano de Bergerac dont Anna lit cependant "le curieux petit livre" écrit sur ses voyages dans la Lune et le Soleil : "En fin de compte tout aboutissait au poêle, tout partait en fumée." Pour sauver sa peau, l'habitant de la bibliothèque doit se séparer d'elle. Tout comme Paul Auster qui après avoir pris, à l'aube de l'année 1979, une chambre minuscule au 6 de la rue Varick doit l'abandonner, un an plus tard, pour venir s'installer à Brooklyn où les loyers sont moins chers qu'à Manhattan.

Entre-temps, cette adresse aura marqué à jamais notre auteur qui y fait, dans son œuvre, de nombreuses fois référence : dans *L'Invention de la solitude*, dans *Moon Palace*, dans *Léviathan*. Paul Auster lors d'une de nos rencontres à Brooklyn, me déclara, ému, complice, soucieux de faire partager ce souvenir fondamental : "J'ai éprouvé là des choses très importantes pour moi, formatrices. Je suis très attaché à ce lieu qui a aujourd'hui été complètement transformé et remplacé par des lofts, vastes, lumineux et coûteux. A l'époque, les appartements étaient vétustes. Il se dégageait de tout cela une impression de pauvreté et de détresse. J'y ai vécu plusieurs mois, en 1979. C'est au 6, Varick Street que j'ai écrit, dans la minuscule chambre qui était la mienne, la plus grande partie de *L'Invention de la solitude*. C'était horrible. La misère absolue. Je payais cent dollars par mois de loyer. Cent dollars ! Il n'y avait évidemment pas de salle de bains. Quant aux W.-C., il fallait sortir sur le palier et ils étaient communs. C'était horrible."

Pascal, donc. Parce que, avant Paul Auster, il a poursuivi à sa façon une méditation sur la chambre, comme lieu où le moi, alternativement, se perd et se retrouve, se dissout, tente de se rassembler. La partie que nous jouons dans la vie n'est pas une partie qui commence mais une partie en son milieu. Dans les *Pensées*, Pascal presse son interlocuteur qui refuse de parier : "Vous êtes embarqué", lui dit-il. Et cette parole, brusque, a des retentissements infinis. Chez Auster, comme chez Pascal, la réflexion humaine débute en pleine mer *(L'Enéide)*, en pleine forêt, au milieu de la vie *(La Divine Comédie)*. Mais cette forêt et cette mer sont le branle incessant qui accable la conscience de l'homme qui a su s'enfermer dans sa chambre en compagnie de l'impénétrable secret : "Tout être, quel qu'il soit, du gouffre est le milieu" (Victor Hugo). Si Daniel Buren raconte qu'il quitta sa cave du 18e arrondissement de Paris, son sol en terre battue, sa minuscule verrière, pour ne pas, selon ses propres termes, "y moisir", et ainsi travailler dans les rues de la ville, sur les places, *in situ*, Paul Auster a choisi, et fait choisir à ses personnages, l'espace réduit de la chambre. Dans *Revenants*, Noir raconte, émerveillé, à Bleu, comment, ses études universitaires terminées, Hawthorne est revenu à Salem et "s'est enfermé dans sa chambre et n'en est pas sorti pendant douze ans" ! Ayant lui-même vécu toute une année dans une chambre de bonne à Paris, où il y écrivit son premier recueil de poèmes, Paul Auster se rend à présent chaque matin, délaissant les *brownstones* à pilastres plaqués et corniches à l'antique de Park Slope, dans son "trou à rats", une pièce nue transformée en bureau où il travaille de 9 heures à 16 heures, "*six hours a day, five to seven days a week*". Derrière sa pile de cahiers Clairefontaine grand format achetés en France et les volutes de ses chers Schimmelpenninck – petits cigares hollandais provenant de la boutique de la *Brooklyn Cigar Company* –, Paul Auster retrouve la chambre de bonne parisienne dans laquelle le père de M. s'était caché plusieurs mois pour échapper aux nazis et que M. avait occupée à son tour, par on ne sait quelle étourdissante coïncidence, lorsque celui-ci, plus de vingt années après était venu étudier à Paris. La chambre est la chambre du véritable drame humain. Celle où Hölderlin – pièce que lui avait ménagée le charpentier Zimmer dans une tour de Tübingen – alla jusqu'à la dissolution. Celle que Pascal, méditant sur "la chasse et la prise", ayant reconnu la duperie du divertissement et afin de s'y soustraire, propose à l'homme d'investir. Roi dépossédé, l'homme "seul dans une chambre" fera l'expérience "de l'ennui, de la noirceur, de la tristesse, du chagrin, du dépit, du désespoir" ; mais, comme dans *The Locked Room*, la connaissance de la lumière est à ce prix. Après trois jours d'enfermement dans sa chambre d'hôtel, le narrateur peut enfin se dire : "A certain moment, allongé sur le lit, les yeux tournés vers les lames des persiennes closes, j'ai compris que j'en étais sorti vivant."

L'ERRANCE A LA FRONTIÈRE

Si l'idée du vagabondage remonte aux romans picaresques du XVIe siècle, ou à ce que les Allemands appelaient, à la fin du XVIIIe, le roman de formation, le thème de l'errance est un des éléments constitutifs de la littérature américaine. Les personnages aux identités fuyantes et écartelés de la *beat generation* ne font rien d'autre que reprendre l'allégorie inévitable d'une Amérique construite sur la notion de *frontière*. Une frontière que ses citoyens sont condamnés à faire reculer, et que Bret Harte, fondateur de la littérature dite de western, s'emploiera à décrire, à travers les archétypes légendaires du joueur professionnel, de l'enfant, du chercheur d'or et de la femme fatale[7]. Paul Auster assigne à ses personnages une tâche légendaire : traverser un espace qui n'est autre que celui de la solitude. La vie apparaissant alors telle une énigme à déchiffrer : l'énigme du totalitarisme dans *Le Voyage d'Anna Blume*, l'énigme du mur à construire dans *La Musique du hasard*, l'énigme du père dans *Moon Palace* et dans *Smoke*, l'énigme de la surveillance dans la *Trilogie new-yorkaise*, l'énigme de l'eau sur laquelle il faut marcher dans *Mr Vertigo*, l'énigme d'un ancien champion de base-ball maquillant son suicide en crime dans *Fausse balle* – énigme de l'énigme.

Qu'ils traversent les Etats-Unis ou ne quittent pas Manhattan (Brooklyn parfois), les héros austériens cherchent leur identité dans l'errance urbaine, fantastique, continentale – comme dans *Moon Palace* –, ou finissent, extrémistes de l'ascétisme, par marcher dans leur tête : "Un corps entre en mouvement. Ou reste immobile. S'il se meut, quelque chose commence. S'il reste immobile, quelque chose commence aussi" *(Espaces blancs)*. Nashe, l'ex-pompier de *La Musique du hasard* qui a tout plaqué – femme, travail, amis, illusions, vie – pour traverser l'Amérique au volant d'une Saab flambant neuve, finit par se noyer dans une panique brutale et dans le néant. Quant aux héros de *Cité de verre* et de *Moon Palace*, l'un termine sa vie dans une poubelle et l'autre devient clochard à Central Park. L'errance est une recherche d'identité qui conduit à reconstruire le monde en traçant dans les rues de New York le mot Babel *(Cité de verre)* ; à changer d'identité jusqu'à en perdre la sienne *(Moon Palace)* ; à tenter d'apprendre à devenir quelqu'un *(Moon Palace)*. A marcher sur la Lune enfin, une nuit de 1969, tel un animal affolé : "La présence omniprésente de la Lune dans mes livres, soulignant ainsi le fait qu'elle était la dernière frontière à atteindre pour l'Amérique et que malheureusement il n'y avait rien de très intéressant à découvrir là-bas."

GOD IN THE FACE

Espaces blancs était, certes, une réflexion sur la mort, "sur le froid, l'ensevelissement par le froid", écrit Bernard Delvaille (*Magazine littéraire*, déc. 1995), mais aussi sur les déchirures de l'homme sans Dieu. Nombre de personnages sont, chez Paul Auster, livrés à eux-mêmes, en proie aux fantômes de la perte et du manque à combler, sans attachements familiaux... Quinn a perdu sa femme et son fils, Fogg son oncle et sa femme et (pour ainsi dire) sa "fille". Dans les contrées traversées ou les métropoles titanesques déchiffrées comme autant de rébus métaphysiques, le héros austérien erre vers nulle part, se retire, de préférence n'importe où, laisse des blancs : "Ton fantôme se faufilait net à travers la soie du néant." Voyage initiatique dans nos propres ténèbres, le roman selon Paul Auster est un lieu où l'homme seul cherche à se détruire. Si Dieu n'existe pas, tout est permis, soutenait Dostoïevski. Tel est bien le défi lancé à la douloureuse virtuosité devant habiter le héros austérien, lequel, après avoir chargé ses gestes routiniers de la plus rare émotion, devient quelqu'un d'inconnu à lui-même, une créature presque imaginaire. Ce ne sont pas les faits qui comptent mais la manière de les penser ou de les vivre. A la base, une pratique de soi qui conduit à une clairvoyance sans exhibitionnisme. "Je me roulle en moy mesme", insiste Montaigne, tout en précisant : "C'est une humeur mélancolique... produite par le chagrin de la solitude, qui m'a mis premièrement en teste cette resverie de me mesler d'écrire." Libre et en pleine neige, dans la fêlure d'une douleur intime, l'homme austérien est dans la chasse captivante de lui-même. Il évite de trop regarder en arrière *(Le Voyage d'Anna Blume)* : "On se voit tel qu'on était, et on est horrifié." Il tente de se délier de l'obligation de défendre son mensonge *(Cité de verre)*. Il essaie, pour reprendre le titre anglais de *Brooklyn Boogie*, *Blue in the Face*, de sortir coûte que coûte de cet état limite de tension nerveuse. Il échappe à la loi, et fait sauter des répliques de la statue de la Liberté *(Léviathan)*, dans la mesure où la foi ne signifie *exactement* rien pour lui. Dieu, comme chez Montaigne, n'est jamais, à ses yeux, une préoccupation : seulement un mot, un concept – bon pour les philosophes. Il n'a rien à en dire et tout à en faire. Il détourne l'homme de toute tentation métaphysique et le renvoie à sa principale charge : "Mener l'humaine vie selon l'humaine condition."

La notion de "hasard objectif", qu'on pourrait rattacher à la crise des sciences qui s'est ouverte dès la fin du XIXe siècle mais aussi à la "synchronie" comme principe d'enchaînement a-causal élaboré par Jung, emprunte, d'après Breton, à Engels ("la forme de manifestation de la nécessité") et à Freud (l'analyse nous permet de trouver un "désir" à l'acte qui ne semblait résulter que d'une coïncidence) : "C'est le besoin d'interroger passionnément certaines situations de la vie que caractérise le fait qu'elles paraissent appartenir à la fois à la série réelle et à une série idéale d'événements, qu'elles constituent le seul poste d'observation qui nous soit offert à l'intérieur de ce prodigieux domaine d'Arnheim mental qu'est le *hasard objectif*" *(Limites non frontières du surréalisme*, 1937). Dans *Nadja* (1928), puis dans *Les Vases communicants* (1932), Breton s'était plu à révéler quantité de coïncidences de faits et de signes, de rencontres et d'événements inattendus, mais c'est dans *L'Amour fou* (1937) qu'il systématise ce qui deviendra un des principaux champs d'investigation du surréalisme. Le hasard austérien n'est pas "objectif", il n'en est pas un, il n'existe pas, il tient du "fortuit" et de la "nécessité" : de l'*accident*. Il fait preuve de "contingence", au sens où l'entend la philosophie lorsqu'elle prouve l'existence de Dieu par la contingence du monde. Ce faux-vrai-hasard-tronqué agit comme une cause nécessaire, une contrainte : "Paul Auster et le hasard… ah oui, je trouve ça très agaçant ! Il y a nécessité et contingences et la vie n'est que contingences… Non, vraiment, cette idée de «hasard» ne m'intéresse pas."

Fasciné par la contrainte ou l'absence de celle-ci et de ses effets, le héros austérien, complètement libre – dans un premier "temps" –, trouve sur sa route un grain de sable (un accident) qui va le contraindre par une tâche à laquelle il ne peut ensuite se soustraire. La logique trouve une autre logique. Auster prévient le lecteur : la liberté peut être dangereuse. Si vous ne faites pas attention, elle peut vous tuer. Dans *Léviathan* et dans *La Musique du hasard*, le personnage qui reçoit la foudre se croit libre parce qu'il est seul alors qu'il est perdu. Le faux hasard austérien, alors synonyme de liberté d'action et de rêve – ce qu'il n'est jamais chez Edgar Poe ou chez E. T. A. Hoffman –, est le double capricieux d'une logique qu'il n'a de cesse de défier. Comme Hänsel et Gretel dans le conte de Grimm, les deux héros égarés de *La Musique du hasard* sont victimes d'un mauvais sort. Envoûtement et sortilège, tel est le piège dressé par le hasard microscopique qui fait basculer le destin des personnages. Dans *Un roi sans divertissement*, Jean Giono donne de la beauté une définition éblouissante qui pourrait être celle de l'*accident* selon Auster : "Il suffit d'un frisson de brise, d'une mauvaise utilisation de la lumière du soir, d'un *porte-à-faux* dans l'inclinaison des feuilles pour que la beauté, renversée, ne soit plus du tout étonnante." Tel est bien le sens donné par Peter Aaron, dans *Léviathan*, au carnet noir de Sophie-Maria : "Elle est sortie un matin afin d'acheter des films pour son appareil, a aperçu un petit carnet d'adresses noir gisant sur le sol et l'a ramassé. Tel est l'événement qui a déclenché toute cette lamentable histoire. Maria a ouvert le carnet et le diable en a surgi, fléau de violence, de folie et de mort."

L'HÉRITAGE EN HÉRITAGE

L'héritage entraîne toujours pour le personnage principal une suspension de la routine : "Avoir de l'argent, ce n'est pas seulement pouvoir acheter : cela signifie être hors d'atteinte de la réalité" *(L'Invention de la solitude)*. Le coup de chance est un coup du destin qui va déclencher un processus irréversible ; après dissipation progressive de l'héritage, l'intéressé se retrouve sans rien, peut-être une hantise, certainement une certitude : l'héritage – équation terrible – a sauvé la vie d'un personnage en quête d'existence qui ne sait plus quoi faire de cette rémission inattendue, de cette prolongation, de cette absence différée qui finira par laisser un grand blanc que les autres tenteront de remplir. Ainsi, par exemple, de la disparition de Quinn dans *Cité de verre* : de l'histoire à la chambre sans adresse puis au-dedans d'une poubelle. Mais avant le vertige, le patrimoine, laissé par la personne décédée qui fait de soi un *hoir*, intervient dans le courant du récit. Lorsque l'ancien baron se suicide, dans *La Chambre dérobée*, Fanshawe hérite de son manteau : "Un long machin noir qui me descend presque jusqu'aux chevilles. Ça me donne l'air d'un espion." Marco Stanley Fogg, avant une période de désolation financière et morale qui l'oblige à quitter son appartement *(Moon Palace)*, hérite des livres de son oncle, musicien de l'ombre subitement emporté par une crise cardiaque. Jim Nashe *(La Musique du hasard)*, le pompier mélomane, hérite de deux cent mille dollars d'un père qu'il n'a jamais connu et décide d'en finir quand il aura tout dépensé. Jack Pozzi, professionnel du poker, attend dix mille dollars de mise pour se refaire – presque exactement la somme (en fait quatorze mille dollars) restant à Jim Nashe au terme de ses semaines d'errance. Quinn *(Cité de verre)* vide son compte en banque – trois cent quarante-neuf dollars – avant de retourner dans son appartement de la 107e Rue. Rachid *(Smoke)*, qui a ramassé un sac tombé à terre contenant cinq mille huit cent quatorze dollars, le donne à Auggie en réparation des caisses de cigares cubains qu'il a malencontreusement inondées, sac qu'Auggie confie à son ex-amie, Ruby, pour qu'elle offre, à celle qui pourrait être leur fille, une cure de désintoxication, "afin qu'elle atteigne sa dix-neuvième année". L'argent circule et sauve. L'héritage change la vie – peut la changer du tout au tout. Auster lui-même hérita, à la mort de son père, à l'âge de trente et un ans, d'une somme modeste, qui a relancé sa vie sur une tout autre trajectoire : "Cet argent m'a donné une impression de sécurité, et pour la première fois de ma vie j'ai eu le temps d'écrire, d'entreprendre des projets de longue haleine sans me demander comment j'allais payer le loyer. En un sens, tous les romans que j'ai écrits viennent de cet argent que mon père m'a laissé. Il m'a donné deux ou trois ans, et ça a suffi pour me remettre sur pied. Il m'est impossible de me mettre à écrire sans y penser[8]."

LE MUR DU FRISSON

Le mur, traditionnellement, est une enceinte protectrice : il clôt un monde et évite que n'y pénètrent les influences néfastes. Assurant la défense d'un domaine, il le limite d'autant plus. Mais il peut être aussi symbole de séparation. Ainsi en était-il du Mur blanc qui séparait la Haute et la Basse-Egypte. Ainsi en est-il du mur des Lamentations qui sépare les frères exilés de ceux qui sont restés. Le mur austérien est une image récurrente. Un de ses premiers livres de poèmes, publié en 1976, s'appelait *Wall Writing* – littéralement, "écrire sur les murs" –, traduit en français par *Murales*[9]. Le narrateur y taillait des pierres "pour défier la terre", les enfouissait et les brisait ; y lisait la nuit, en braille, des blessures, "sur le mur intérieur de ton cri". Paul Auster écrivait aussi : "C'est un mur. Et le mur est la mort." Ou encore : "Car le mur est une parole." En présence de ce mur répété, il pressentait "la somme monstrueuse des détails". Le mur hölderlinien tenait des tables de la Loi et le poursuivit. Ainsi, lorsque Auster tente d'écrire des pièces de théâtre en 1976, raconte-t-il, dans *Laurel et Hardy vont au paradis*, pièce jouée au cours d'une représentation privée, l'histoire de deux hommes qui passent tout le temps du spectacle à construire un mur qui, à la fin, se dresse entre le public et eux ! La dernière didascalie est significative : "Laurel et Hardy vont chercher la dernière pierre. Ils la soulèvent ensemble à grand-peine. Ils s'approchent du mur par-derrière, invisibles du public. On ne voit rien d'autre que la dernière pierre installée à sa place. Longue pause. Laurel et Hardy se parlent derrière le mur, dans la pénombre." Lorsque les deux héros malheureux de *La Musique du hasard* perdent leur singulière partie de poker face aux deux milliardaires maniaques et pervers, ceux-ci les contraignent, pour rembourser leur dette de jeu, à bâtir un énorme mur avec les cent mille pierres d'un château acheté en Irlande et déposées en vrac sur leur propriété de Pennsylvanie, fermée tel un camp de concentration. Quant au programme de travaux publics lancé par le nouveau gouvernement autoritaire, dans *Le Voyage d'Anna Blume*, il n'est autre qu'un "Projet de Mur marin"... Le mur, prison où l'on inscrit des graffiti, comme pour prouver qu'on existe, enferme le héros austérien qui finit par s'y anéantir. Mais quel sens donner à cet enfermement sur lequel se clôt l'aventure de Nashe et de Pozzi, commencée dans les grands espaces ? Paul Auster écrit dans *Murales* : "Le langage des murs ou un dernier mot / coupé / du visible." Sur le mur immobile s'abat le point du silence ou du surnaturel. Lors d'une conversation avec Larry McCaffery et Sinda Gregory, Paul Auster leur déclara, en 1989 : "Le jour même où j'ai achevé d'écrire *La Musique du hasard*, un livre où il est question de murs, d'esclavage et de liberté, le mur de Berlin est tombé. Il n'y a aucune conclusion à en tirer, mais chaque fois que j'y pense, ça me donne le frisson."

L'ARGENT DE L'ÉCRIVAIN

L'argent est un des thèmes majeurs de l'œuvre de Paul Auster. Il n'est pas un de ses romans qui, d'une façon ou d'une autre, n'en voit son cours changé par sa possession, sa recherche ou son absence. Dans *Le Voyage d'Anna Blume*, Anna extrait de la cachette d'Isabelle un butin, lequel, vendu aux agents de Résurrection, la met "cinq ou six mois" financièrement à l'abri. Dans *La Musique du hasard*, Nashe peut rouler une année entière à travers l'Amérique, grâce aux deux cent mille dollars, "montant presque inimaginable pour lui", légués par son père. Quant aux spectateurs attentifs, ils se souviennent sans doute d'une des premières scènes de *Smoke* où Rachid, grimpé sur une chaise devant la bibliothèque de Paul, glisse un sac en papier brun derrière les livres sur l'un des rayons supérieurs : le sac contient de l'argent qui circulera de main en main durant tout le film.

L'autre thème est celui de l'autobiographie : la réalité, toujours reliée à la fiction. Ainsi, le départ de Paul Auster avec sa première femme, Lydia, pour une maison dans la vallée de l'Hudson, relaté dans *Le Diable par la queue*, lui fournit-il la matière première du deuxième chapitre de *Léviathan* – "nous avons trouvé quelque chose de pas cher dans le comté de Dutchess", raconte Peter Aaron qui précise, "l'argent est devenu mon obsession unique, exclusive, et j'ai vécu cette année-là dans un état de panique continuelle".

Parmi tous les livres de Paul Auster, il en est un qui aborde de front son rapport à l'argent : *Le Diable par la queue*. Passionnant et hybride, cet essai accompagné d'annexes coudoie la psychanalyse. L'argent qui, sur le plan de l'éthique, symbolise l'objet de toutes les cupidités et des malheurs qu'elles provoquent, est analysé ici comme une question fondamentale qu'il faut lier, dans l'œuvre de Paul Auster, aux thèmes du *homeless*, de l'héritage, de l'enfance et des parents, du travail et de l'écriture, du déménagement, de la chambre et de quelques autres. *Le Diable par la queue*, dont le titre américain, *Hand to Mouth*, littéralement "de la main à la bouche" – entendons : "la main, le travail de la main peut nourrir la bouche, donne à manger à la bouche" –, signifie à la fois "au jour le jour" et "les jours de galère", pourrait s'appeler *Le Refoulement*, que Freud définit en ces termes : phénomène inconscient de défense par lequel le "moi" rejette une pulsion, une idée opposée aux exigences du “surmoi”. Quelque chose, au fond, qui oscillerait entre l’oubli et la négation. Ainsi, à force de refuser de voir un problème, à force d’en différer la résolution, finit-on un jour ou l’autre par se fracasser la tête contre le mur qu’on a consciencieusement édifié durant une partie de sa vie : “Mon rapport à l’argent avait toujours été faux, ambigu, plein d’élans contradictoires, et je payais le prix de mon refus d’adopter une position claire en la matière.”

Le Diable par la queue fourmille de renseignements et lève bien des pans du voile. Dans sa première partie, qui poursuit en quelque sorte la confession fictive commencée dans *L’Invention de la solitude*, Paul Auster nous ouvre des pistes pour le suivre sur ses chemins de vérité et de mensonge. Ainsi apprenons-nous qu’il fut serveur dans un camp de vacances, qu’il travailla dans un magasin d’appareils électroménagers, qu’il fut jardinier, qu’il fit la traduction simultanée d’un discours de Jean Genet en faveur des *Black Panthers*, qu’il corrigea la dernière version de *Cokpit* de Jerzy Kosinski et qu’il rédigea la version anglaise de *Quetzalcóatl*, pièce mexicaine écrite par la femme d’un producteur de cinéma… Là encore, par l’anecdote, par le récit à plat de faits relatés, par une traversée de la chronologie où défilent des événements, Auster touche au cœur de ce qui le construit et le déconstruit : “L’argent, bien entendu, n’est jamais seulement l’argent. C’est toujours autre chose, et c’est toujours quelque chose en plus, et ça a toujours le dernier mot." Au détour de ces pages, quelques beaux moments d'émotion, comme celles où il parle de la naissance de son fils "qui le fait passer d'un état à un autre", celles où, âgé de dix ans, il se sent "comme un émigré intérieur, un émigré dans la maison", celles enfin où il situe le point de départ de son rapport à l'argent : "Entre un père économe et une mère prodigue."

La deuxième partie du livre rassemble trois pièces de théâtre en un acte, écrites en 1978, une des années les plus éprouvantes dans la vie de Paul Auster : "Tout allait mal. Je n'avais pas d'argent, mon mariage se désintégrait." *Laurel et Hardy vont au paradis*, qui sera réutilisée dans *La Musique du hasard*. *Black-Out*, qui constitue la version matricielle de *Revenants*. *Cache-cache*, enfin, qui réapparaîtra sous la forme de quelques phrases dans *Le Voyage d'Anna Blume*. Paul Auster y fait preuve d'un étrange humour qui n'est pas sans rappeler celui de Beckett et prépare avec elles sa venue à la prose. Quelques années plus tard, il rédige *Espaces blancs* puis écrit dans sa chambre du 6, Varick Street *L'Invention de la solitude*.

Action Baseball est un jeu de cartes inventé par Paul Auster alors qu'il n'avait plus un sou : "J'étais un homme aux abois, un homme qui avait le dos au mur, et je savais que si je ne trouvais pas rapidement une idée, le peloton d'exécution allait me cribler de balles." Le jeu, reproduit en couleurs dans l'édition française, ne trouva pas acquéreur. Auster, lucide, conclut : "Faire confiance à des sots c'est en définitive se conduire comme un sot." Rappelons au passage que les références au base-ball sont, dans son œuvre, légion. Sachs, convalescent, regarde du base-ball à la télévision *(Léviathan)*, Fanshawe se souvient ému de son gant et de sa balle de base-ball *(La Chambre dérobée)*, Quinn, qui se réveille, parcourt le journal à la recherche du résultat d'un match *(Cité de verre)*, Pozzi se poste devant l'écran du *Plaza Hotel* et s'enfonce dans le stade de grandes lignes *(La Musique du hasard)*, etc. Nous avons relevé plus de quatre cents références au base-ball dans l'œuvre d'un auteur dont l'équipe reste celle des "Mets" et le stade le "Shea Stadium" de Queens.

Fausse balle, qui constitue le quatrième élément du puzzle *Diable par la queue*, fait d'ailleurs la part belle au base-ball puisque le personnage principal, George Chapman, en est une ex-star, qui avait frappé "une moyenne de trois cent quarante-huit, réussi quarante-quatre *Homeruns*, marqué cent trente-sept points et reçu le Gant d'or du meilleur joueur de troisième base"... Inutile d'ajouter que point n'est besoin de connaître toutes les subtilités du base-ball pour se laisser entraîner dans une enquête menée par M. Klein, privé kafkaïen de son état, vivotant dans un immeuble ancien sur West Broadway. "Citoyen du monde à ras de terre", il endosse déjà tout ce qui fera par la suite la substance des antihéros austériens. Paul Auster écrivit ce texte pendant l'été 1978, après une nuit durant laquelle "il avait bataillé contre l'insomnie". Publié quatre ans plus tard sous le pseudonyme de Paul Benjamin (nom de l'écrivain dans *Smoke*...), il ne réapparaîtra au grand jour, en première édition mondiale, en France, qu'en 1996 (et en 1997 aux Etats-Unis). Ce livre est une machine bien huilée, intelligente, qu'on découvre avec plaisir et désarroi, d'un coup, comme il se doit et qui donne envie de se replonger dans les autres romans d'Auster. Lu à la lumière d'une œuvre qui compte désormais une vingtaine de titres, il nous renvoie aux premières phrases du *Diable par la queue*. Paul Auster a raison : on ne devient pas écrivain comme on devient médecin ou policier. Il ne s'agit pas d'une décision : "On choisit moins qu'on n'est choisi." Quant à l'œuvre, ses relations avec l'argent son sinon inexistantes du moins énigmatiques. "On n'écrit pas des livres pour faire de l'argent", dit Paul Auster.

NEW YORK CONFIDENTIAL

La puissance de l'imaginaire américain réside dans cette faculté offerte à celui qui l'observe de pouvoir se l'approprier. Bret Harte, fondateur de la littérature dite de western, ne voyait dans l'Amérique qu'une immense Californie peuplée de colons ! Alexis de Tocqueville cherchait dans l'Amérique plus que l'Amérique : "Une image de la démocratie elle-même." John Steinbeck en faisait un prolongement de son œuvre : une contrée nostalgique et désenchantée. L'Amérique, au fond, c'est une auberge espagnole : chacun y apporte ce qu'il est. New York, "accroupie comme une sorcière à la grande porte du pays" (James Weldon Johnson), ne déroge pas à la règle. Henry James, John Dos Passos, Edith Warthon, Henry Miller, Dashiell Hammett, F. Scott Fitzgerald nous donnent leur vision de New York, liée à leur vie et à ses contingences. "J'aime énormément New York, dit Paul Auster. C'est une source d'inspiration et de pensées. Ville inconfortable, stimulante, elle fait tellement partie de ma vie qu'il m'est difficile de m'imaginer ailleurs."

En premier lieu donc, l'enfance : elle n'est pas new-yorkaise. Paul Auster, né dans le New Jersey, a grandi dans les banlieues de Newark, à environ une trentaine de kilomètres au sud-ouest de New York : à East Orange puis à Maplewood. Il découvre New York vers cinq ans, en se mettant à la fenêtre de l'appartement que ses grands-parents occupent, au 240, Central Park South, et qui donne sur Columbus Circle : "Chaque fois que j'entends les mots «New York», la première chose qui me vient à l'esprit, c'est un souvenir. Je regarde par la fenêtre de l'appartement de mes grands-parents, à l'angle de Central Park South et de Columbus Circle. La fenêtre est ouverte, et je me tiens là, un penny dans la main, sur le point de le lâcher pour le regarder tomber dans la rue. A l'époque, je n'ai sans doute pas plus de cinq ou six ans. Juste au moment où j'ouvre la main pour lancer un penny par la fenêtre, ma grand-mère se tourne vers moi et me crie : Ne fais pas ça ! Si ce penny touche quelqu'un, ça va lui traverser la tête d'un seul coup !" Cet immeuble "biscornu" a d'ailleurs une histoire : Saint-Exupéry y habita pendant la guerre et y écrivit *Le Petit Prince*. Le New York de Paul Auster commence donc par les voyages de l'enfance, dans un quartier situé au sud de Central Park, entre Broadway et la 5e Avenue : le quartier du luxe et de l'argent, la vitrine d'une Amérique riche et sûre d'elle-même dont le symbole reste, aujourd'hui encore, l'hôtel *Plaza* dont les huit cents chambres se cachent derrière une façade de style Renaissance. Nashe et Pozzi, les héros malheureux de *La Musique du hasard*, y feront une dernière halte, s'attardant à l'*Oyster Bar*, avant de tout perdre. Quant à Paul Auster, par jeu et par défi, il y passa sa nuit de noces : "Séjourner dans un hôtel de grand luxe, c'est un peu comme de jouer au touriste dans sa propre ville."

Les familiers de l'auteur de la *Trilogie new-yorkaise* savent que le luxe du Theater District et de l'Upper Midtown n'est pas celui de l'univers austérien. Le New York de Paul Auster est ailleurs. Au nord-ouest de New York : entre l'Hudson River et Central Park West, et plus haut encore, vers Morningside Heights où trône Columbia University. Paul Auster y poursuivit des études de 1965 à 1970. A l'ouest de ce lieu imposant et massif, l'Hudson River, avec ses péniches qui descendent et remontent le courant, ses voiliers et ses mouettes décrivant de grands cercles, rappelant que New York est aussi une ville entourée d'eau. A l'est, les mauvaises herbes de Morningside Park et les affleurements granitiques descendant jusqu'à Harlem. Columbia University compte aujourd'hui une soixantaine de bâtiments dont les éléments principaux restent la Low Library, la Butler Library, The School of Journalism et la Saint Paul's Chapel. Paul Auster n'a pas gardé un excellent souvenir de ces années difficiles et cruciales. Ici et là, dans son œuvre, quelques références : le buste de Lorenzo Da Ponte, érigé dans le "lobby" de la Casa italiana, Dodge Hall, la bibliothèque où il travailla, les rues où il vécut (107e, 115e, 120e Rues Ouest), le *Moon Palace* enfin, aujourd'hui disparu, au coin d'Amsterdam Avenue et de la 120e Rue.

Le New York de Paul Auster n'est pas celui des touristes. Il est inattendu. Il peut être banal. Il n'a rien d'extravagant. Il est celui d'une ville traversée par une vie : "A New York, j'ai dû vivre dans une bonne vingtaine d'appartements et de maisons." Il est donc unique et d'une certaine façon ne peut "concerner" que Paul Auster. Il est dans son œuvre, certes, mais n'en est peut-être pas le centre. New York est comme le nulle part qu'Auster a construit autour de lui-même. Paul Auster est un adepte de la marche. Il aime marcher et faire marcher ses personnages. Le parcours de Quinn dans la *Trilogie new-yorkaise* ne fait pas moins de trente kilomètres ! Comme Rousseau, le promeneur solitaire, comme Charles Reznikoff, poète dont il vante la façon de "parcourir la ville les yeux ouverts", Paul Auster cultive un véritable art de la marche : "En réalité, quand on marche dans une ville, on pense. Le thème de la marche n'est pas né chez moi de la littérature mais de l'autobiographie." Marcher, voilà sans doute le meilleur moyen de se pénétrer du New York de Paul Auster, une ville qui fut longtemps l'image du futur et qui devient lentement une ville du passé, caduque, blessée, en ruine.

Le 6, Varick Street, au cœur de TriBeCa est une adresse essentielle pour qui veut aborder de front l'univers de Paul Auster. En 1979, dans le dénuement le plus total, il y écrit *L'Invention de la solitude* : "C'était horrible, la misère absolue." De Columbia, deux chemins, longs, éprouvants, passionnants permettent de rejoindre le 6, Varick Street. Le premier, empruntant l'ancien sentier indien de Broadway, est un passage par l'ouest : le Lincoln Center, l'Empire State Building, le Flatiron Building, le *Chelsea Hotel* où le meneur des Sex Pistols mourut d'une overdose, la *White Horse Tavern* où Auster étancha sa soif lors des caniculaires étés new-yorkais, l'immeuble d'angle, enfin, de Varick Street. Le second parcours ouvre une voie vers l'est. Ce New York-là – "New York est une ville qui peut changer complètement d'une rue à l'autre" – est très différent du précédent. Il permet un passage à travers Central Park dont les trois cent cinquante hectares sont une surface de vie et de mort, de mutation, de renaissance. Les personnages d'Auster ne s'y perdent jamais mais s'y retrouvent : "Dans un parc on peut s'appréhender sur le seul plan de ce qui se passe au-dedans de soi."

Traditionnellement, la nature ondulée et rocailleuse, pittoresque et accidentée du célèbre parc est présentée comme un havre de paix. Sans être hostile, le Central Park de Paul Auster n'est ni apaisant ni nostalgique. Aux plans d'eau et aux espaces verts, aux fontaines, aux réserves ornithologiques, aux pistes de roller et de jogging, Auster oppose le monde brisé des *homeless*, des SDF, des clochards "qui transportent leurs biens d'un endroit à l'autre, en déplacement perpétuel, comme si le lieu où ils sont avait quelque importance". Sortir du parc, franchir la frontière du mur qui le ceint, c'est retrouver un autre espace, faire l'expérience d'une autre dimension. Henry James notait déjà combien il était étrange de passer de cette nature "aux formes amples et belles" à la "rigueur des rues new-yorkaises". Sortir par l'est du Park (côté 5e Avenue) permet de découvrir d'autres lieux éminemment austériens : l'immeuble de la 65e Rue (il travailla ici chez un bibliophile) ; la librairie Books & Co ; Grand Central, lieu mythique de la *Trilogie New-yorkaise*, où Quinn "parcourt la gare comme s'il était dans le corps de Paul Auster".

Le quadrillage de Manhattan ne touche guère son extrême pointe sud. C'est un fouillis inextricable de rues qui, après la forêt de gratte-ciels de Lower Manhattan, plonge dans l'eau de Battery Park. Ce New York-là est doublement austérien : il remonte jusqu'à l'enfance et plus loin encore aux mystères de l'arbre généalogique. Les grands-parents maternels de Paul Auster sont originaires de

Pologne ; les grands-parents paternels viennent d'Europe centrale, de Stanislav, en Galicie. Excepté le grand-père maternel, juif polonais arrivé à Toronto alors qu'il avait quatre ans, tous sont venus par Ellis Island. On ne peut pas parler du New York de Paul Auster sans évoquer les dix-sept millions d'immigrants qui, entre 1892 et 1954, passèrent par le parc de triage de l'"île aux larmes" : "Parmi les immigrants venus aux Etats-Unis, il y avait un grand désir de faire table rase", rappelle Auster.

S'il est une image liée à l'Amérique de l'immigration, c'est bien celle de la statue de la Liberté. Paul Auster s'y est rendu en compagnie de sa mère, il avait cinq ans. Il n'y est jamais retourné depuis. Le souvenir qu'il en a gardé exclut totalement la symbolique très forte habituellement attachée à la statue : "Mon principal souvenir reste une descente sur les fesses, une marche à la fois ; avec ma mère prise soudain de vertige."

Le New York de Paul Auster est double : d'un côté Manhattan, ville de l'enfance, des études à Columbia et du 6, Varick Street ; de l'autre Brooklyn, la ville multiraciale où se croisent Antillais et Russes, Juifs et Italiens, Arabes et Haïtiens. Paul Auster et sa femme, la romancière Siri Hustvedt, vivent à Brooklyn depuis 1980. Le passage de Manhattan à Brooklyn s'effectue, depuis 1883, grâce au célèbre pont suspendu qui remplaça les ferries permettant aux riches new-yorkais de rejoindre leurs résidences secondaires de Brooklyn. Le pont relie et marque aussi un point de séparation : il indique un passage. Enjamber l'East River en empruntant les 1 091 mètres de chaussée d'acier zingué, c'est comme accomplir un rite initiatique. Rien n'est plus austérien que ce pont néogothique : "Passer de Manhattan à Brooklyn en empruntant le pont, c'est comme pénétrer dans un autre monde. Chaque fois que je le traverse, je me sens heureux."

Broolkyn est une ville qui s'étale, qui s'allonge, qui fait tache d'huile. Autant Manhattan est vertical, autant Brooklyn est plan et couché. De cette cité multiple qui, si elle était une ville indépendante de New York, serait une des plus peuplées des Etats-Unis, se dégagent deux espaces attachés à la personne de Paul Auster. Le premier est celui de son œuvre : lié au passé, il situe l'action de *Revenants* dans Brooklyn Heights, vieux quartier conservé où s'élèvent encore quelques maisons parmi les plus vieilles de New York, en bois et en brique. Le prolonge, la promenade le long du fleuve, qui offre une vue superbe sur Manhattan, et qui apparaît dans le film *Smoke*. Le second espace est celui des lieux habités par Auster depuis qu'il vit à Brooklyn, essentiellement le quartier de Park Slope près du très verdoyant Prospect Park ; avec ses maisons victoriennes ornées de tours et de tourelles fin de siècle, de voûtes d'entrée néoromaines, de frises de gargouilles baroques, de perrons qui les font ressembler à des palais vénitiens... Le calme suranné de ce Brooklyn d'un autre temps contraste étrangement avec les stridences de Manhattan. A Brooklyn,

Paul Auster possède un studio, une “chambre dérobée”, au rez-de-chaussée d’un immeuble moderne, stores métalliques baissés, et y écrit une œuvre – coupé du reste du monde par un appareil à air conditionné aussi bruyant qu’inefficace. Dans cet espace, “la maison y est un carnet pour les mots”.

NEW YORK, OCTOBER 1995

“Ce sentiment de la fragilité de la vie ne cesse de me hanter.”

Il y a beaucoup d'écrivains dans vos livres. Léviathan *en oppose deux, celui qui croit (Peter Aaron) – "La vie que vous avez imaginée devient plus importante que votre vie" – et celui qui ne croit plus (Benjamin Sachs) – "Inventez des histoires est une imposture, et il avait décidé de renoncer à la fiction". Le statut d'écrivain constitue un observatoire privilégié ?*

Non, absolument pas. L'écrivain éprouve quotidiennement des doutes à l'égard de ce qu'il fait. Certains jours, cette vie menée à côté de celle des gens ordinaires, comme parallèle au monde, aux choses, aux événements historiques, à la société dans son ensemble, me semble tellement étrange... Dans ce livre, Benjamin Sachs et Peter Aaron ne font que refléter, chacun à leur manière, mes propres interrogations. L'écrivain ressent une sorte de frustration et un besoin de fidélité – fidélité à ce qu'il fait et aux choix qui sont les siens et qu'il s'efforce de conserver... C'est une question sans réponse... Le plus grand danger, pour un écrivain, c'est d'être trop satisfait de son travail et de sa position dans le monde. Pour avancer, pour progresser – et c'est l'espoir de tout écrivain –, il faut lutter. L'adversité est nécessaire : sans elle, vous ne vous poseriez pas autant de questions ! Benjamin Sachs et Peter Aaron sont les deux faces d'une même monnaie.

Benjamin Sachs dit : "Il faut que j'aille dans le monde réel, que je fasse quelque chose..." L'écrivain peut-il sortir de sa chambre ? Peut-il, impunément, changer de rôle ?

On peut facilement trouver des exemples de très bons écrivains qui ont su sortir de leur chambre. William Carlos Williams[10], grand poète américain qui fut médecin généraliste et pédiatre, a mis au monde des centaines d'enfants. Wallace Stevens[11] travaillait comme avocat dans une compagnie d'assurances. Plus intéressant encore, sir Walter Raleigh[12]... Cet homme a tout fait ! L'un des meilleurs poètes de l'époque élisabéthaine, il a été philosophe, explorateur, soldat, homme de cour, scientifique et prosateur. Certains écrivains contemporains se sont mêlés de politique avec des fortunes diverses. En France, Jean-Paul Sartre est un bon exemple d'écrivain "engagé". Je n'ai absolument rien contre tout cela, simplement, il est très difficile pour moi d'être actif dans l'arène publique et de continuer à faire ce que je fais. De temps en temps, je sors de ma "chambre" ; pour des actions ponctuelles : j'ai, comme tout un chacun, une conscience et des convictions… Mais je n'interviens alors qu'en tant que citoyen et non comme écrivain. Je pense notamment au drame de Salman Rushdie. J'ai écrit un article dans le *New York Times*[13] et participé à la rédaction d'un tract collectif distribué, à des milliers d'exemplaires, dans les librairies new-yorkaises. Cette année, je suis intervenu lors de la soirée concernant le millième jour de résistance de Sarajevo et ai donné une conférence de presse, en compagnie de cinq autres écrivains, noirs et blancs, afin de prendre la défense de Mumia Abu-Jamal. Je ne suis pas un homme politique. Mais, lorsque quelque chose vous touche très profondément, il vous est impossible de ne pas réagir.

On assiste, dans Léviathan, *à une course de vitesse ahurissante entre l'écrivain Peter Aaron et le FBI. Dans* Cité de verre, *Quinn, écrivain de romans policiers, devient le détective Paul Auster, grâce à une certaine méprise… L'écrivain est aussi un détective ? Les deux fonctions sont interchangeables ?*

Les deux métiers possèdent certains points communs. Il y a des similitudes dans les deux activités – écriture / filature. Chacun cherche une vérité, qui souvent se cache derrière des choses, et qu'il est difficile d'appréhender. L'écrivain, comme le détective, doit aller au-delà des apparences. C'est en ce sens que les romans policiers sont saisissants : le fait de vouloir découvrir une vérité répète le geste de l'écrivain.

Dans Revenants, *White charge Blue de suivre Black... Dans vos livres, beaucoup de personnages en suivent d'autres... La vie est une "poursuite infernale", une "filature impitoyable" ?*

Je ne sais pas. *(Rires.)* Vraiment... La question des thèmes, des répétitions ou des obsessions, appartient au domaine des choses que je ne comprends pas... Sincèrement, si je comprenais tous ces mystères, je n'éprouverais pas le besoin de les écrire. Je suis obsédé par ce que je ne connais pas. Ces interrogations constituent la matière première de mon travail.

Vous avez déjà suivi quelqu'un ?

... *(Hésitation.)*... Non...

Vous avez déjà été suivi ?

... Non... Je ne crois pas. *(Rires.)*

Bon nombre de vos personnages disparaissent, changent d'identité. Dans Cité de verre, *l'homme que le détective Quinn est censé suivre disparaît, et pour finir, c'est le détective lui-même qui se volatilise. Dans* La Chambre dérobée, *le narrateur prend la place de son ami Fanshawe, présumé disparu : il épouse sa femme, adopte son fils, publie ses manuscrits et se lance dans la rédaction de sa biographie… Vivre, c'est disparaître ?*

Il est très difficile de répondre… Des faits, des idées, des histoires s'emparent de moi et je me contente de les suivre, sans comprendre vraiment… Non, je ne comprends pas…

Dans Revenants, *Bleu, qui derrière sa fenêtre, lit Henry David Thoreau, se déguise en clochard pour mieux tromper sa victime qui le prend pour Walt Whitman. On se déguise toujours ? On est toujours des doubles dédoublés ? Tout être est une multitude qui renvoie toujours à l'autre son reflet inversé ? On trompe toujours l'autre ?*

L'origine de tout cela est plus fondamentale. On parle toujours du caractère des gens comme s'il était immuable, figé à jamais. Je pense qu'une personnalité – je parle de la vie, maintenant, et non plus des livres – est constituée d'une infinité de gammes, de couleurs au spectre très large. L'être humain renferme de multiples possibilités. Examinons un homme très attentivement, il est habité par tant d'idées, d'opinions, d'actions et de réactions qui se contredisent. Le même événement, qui la veille encore me semblait tragique, revêt aujourd'hui un caractère des plus comiques, et m'apparaît, le lendemain, comme quelque chose de tout à fait neutre, sans intérêt : il me laisse indifférent.

Reconnaître que nous changeons constamment, qu'une sorte de continuum, de flux d'émotions et de pensées, nous anime, voilà peut-être l'origine de toutes ces personnalités divisées – doubles, triples – qui parcourent mes livres. Le fait de reconnaître, d'accepter et de pénétrer nos contradictions, nous conduit sur des chemins bien étranges. La meilleure définition de la différence existant entre la comédie et la tragédie est donnée par Mel Brooks : "La comédie, c'est quand vous glissez sur une peau de banane et que vous vous cassez la jambe. La tragédie, c'est quand je me coupe le doigt !" C'est très profond, n'est-ce pas ?

Celui qui écrit et celui qui vit sont une seule et même personne ?

Evidemment ! Mais je crois comprendre davantage celui qui vit à celui qui écrit… Je suis toujours étonné, surpris même, par les idées qui me viennent. Chaque écrivain doit éprouver ça : c'est comme une force, presque extérieure, qui s'empare de vous, qui vous envahit. Mais là encore, c'est ce que je ne comprends pas qui me touche et m'ébranle. Si on connaissait toutes les réponses, pourquoi entreprendre cette longue aventure, cet interminable voyage que représente tout livre ? On trouve des réponses chaque jour ; chaque jour on découvre des précipices…

D'où vient la force d'écrire ? Vous avez déclaré avoir écrit Mr Vertigo *"sous la dictée de Dieu"…*

Oui, j'avais cette impression… Mais c'est plus une façon de parler… J'avais en effet l'impression que le livre existait "déjà" et que j'entendais la voix de Walt. C'est Walt qui a écrit le livre ; je n'ai été qu'un scribe.

L'écrivain est un être isolé ? Un être de solitude ? La vraie vie est intérieure, donc nécessairement pleine de solitude ?

C'est une question qui me tient à cœur. Je crois, malgré tout, que chaque personne est seule, tout le temps. On vit seul. Les autres nous entourent mais on vit seul. Chacun est comme enfermé dans sa tête et pourtant nous ne sommes ce que nous sommes que grâce aux autres. Les autres nous "habitent". Par "autres", il faut entendre la culture, la famille, les amis, etc. Parfois, on peut percer le mystère de l'autre, le pénétrer, mais c'est tellement rare. C'est l'amour, surtout, qui permet une telle rencontre. Il y a environ un an, j'ai retrouvé un vieux cahier du temps où j'étais étudiant. J'y prenais des notes, j'y enfermais des idées. Une citation m'a particulièrement troublée : "Le monde est dans ma tête. Mon corps est dans le monde." J'avais dix-neuf ans et cela continue d'être ma philosophie. Mes livres ne sont rien d'autre que le développement de cette constatation.

On a l'impression que pour vous la solitude n'a pas de connotation négative… Il n'y a pas de mauvaise solitude ?

La solitude n'est pas quelque chose de négatif, c'est un fait. C'est la vérité de notre vie, c'est exactement cela et rien d'autre : on est seul. En anglais, il y a deux mots pour désigner la solitude. Il y a *solitude* mais aussi *loneliness*. *Loneliness* désigne un sentiment d'abandon. Il signifie : je ne veux pas être seul, je ressens le fardeau de la solitude, je veux être avec les autres. *Solitude*, en anglais, est neutre. Il s'agit simplement de la description d'un état : on est seul. *Loneliness* relève davantage de l'émotion, de la sensation. En français, il n'y a qu'un seul mot pour désigner deux états ; c'est finalement le contexte qui change tout.

La seule inquiétude, au-delà de toute solitude, n'est-elle pas, au bout du compte, celle de ne plus avoir l'énergie de continuer à écrire ?

Ce n'est pas vraiment une inquiétude. Je peux, sans difficulté particulière, envisager le moment où je n'aurai plus rien à dire, comme écrivain, et où cette nécessité qui me pousse aujourd'hui aura disparu. Et si ce moment survient, tant mieux, tant pis, je ne sais pas… c'est comme ça… Peut-être alors pourrai-je essayer de faire autre chose de ma vie : devenir médecin ou escroc. Mon plaisir d'écrivain, le seul, je le trouve dans ce quelque chose qui me pousse à écrire. On parle souvent de la discipline de l'écrivain, de la nécessité qu'il y aurait à être dur avec soi-même. La question, à mes yeux, n'est pas là. Je n'ai pas besoin de discipline, j'écris sans contrainte aucune. Si je devais me forcer, je n'écrirais pas. Lorsqu'on sent qu'on n'a plus rien à dire, il vaut mieux se taire.

Dans L'Invention de la solitude, *vous reconstituez un passé qui vous appartient pour une grande part mais qui n'est pas toujours le vôtre : l'écriture entretient ou guérit les blessures ?*

L'écriture ne guérit jamais rien. Si on accomplit ce travail honnêtement, on est contraint de se poser des questions, toujours. Il est impossible, ou si rarement, de trouver des réponses définitives aux choses. On est toujours en présence d'une ouverture, d'une autre chose pour soi. Je n'éprouve jamais une sensation de fermeture. Les choses ne sont jamais finies et chaque histoire est une histoire à suivre… Dans presque tous mes livres, la fin est une ouverture vers une autre chose – nouvelle. Une ouverture à un prochain épisode, à un pas qui n'est pas dans le livre, mais qui est suggéré par lui. Un pas dans un livre ou un pas dans la vie : c'est la même chose. Si le personnage n'est pas mort, sa vie continue. *(Rires.)*

Vous faites rarement mourir vos personnages…

La seule fois où l'éventualité de la mort existe pour un de mes personnages, c'est dans *La Musique du hasard*, tout à la fin. Moi-même, je ne suis pas très sûr que mon personnage soit mort… Philippe

Haas, qui a adapté le roman au cinéma, m'a demandé un jour : "Enfin, Nashe, il est mort ou il n'est pas mort ?" Je lui ai répondu que l'important c'était qu'il était prêt à mourir, qu'il était prêt à accepter la mort si elle venait. Mais je ne sais toujours pas s'il est mort… C'est au lecteur – ici, au metteur en scène – d'interpréter cette "mort". Philippe Haas a décidé de prolonger l'histoire et, dans son film, Nashe ne meurt pas. Ce qui, pour moi, est tout à fait acceptable.

Ce qui compte, c'est que Nashe ait introduit dans sa vie l'idée de sa mort. Qu'il meure ou ne meure pas, cela n'a aucune importance. La seule chose qui compte, c'est qu'il ait pris conscience de l'idée de la mort…

Exactement. Il est arrivé à une étape. Il a atteint un palier dans sa réflexion existentielle. C'est cela que je voulais exprimer : ce niveau de conscience presque sublime.

Vous écrivez "sans contrainte" mais dans la douleur… "c'est comme si on m'arrachait une dent tous les jours", dites-vous…

(Rires.) La plupart du temps, oui, c'est difficile. J'écris très lentement. Ma tête, je crois, est trop active. Je ne suis pas dans la passivité. Chaque idée en déclenche des dizaines d'autres. Il me faut sans cesse me freiner, et retourner sans cesse à la ligne

de la narration, et c'est parfois très compliqué. J'ai un esprit largement ouvert à la digression. Mon effort majeur consiste à ne pas y succomber !

Vous avez lu trop de littérature picaresque ?

Non. *(Rires.)* La digression était un des sujets de prédilection de la littérature anglaise du XVIIIe siècle. Le livre le plus célèbre, témoignant de cet intérêt, est, comme vous le savez, *Vie et opinions de Tristram Shandy*, de Laurence Sterne. Un livre entier sur la digression ! Un de ses chapitres est intitulé : "Digression sur la digression" ! *Don Quichotte* comprend, lui aussi, beaucoup de digressions, de sentiers de côté, de déviations...

Beaucoup de vos livres ont été écrits simultanément. Des pages de Moon Palace *se sont retrouvées dans la* Trilogie new-yorkaise. *Fogg s'appelait Quinn avant qu'il s'installe dans* Cité de verre. Le Voyage d'Anna Blume *a été écrit alors que vous étiez plongé dans la* Trilogie new-yorkaise. *On écrit toujours le même livre ? Chaque livre constitue une sorte de réplique du précédent ?*

Absolument. J'ai toujours ressenti cela. J'ai même pu constater que dans le trajet de mes livres, existait une sorte d'alternance entre des ouvrages complexes et labyrinthiques et d'autres plus simples et directs. J'éprouve toujours la nécessité de changer. Continuité ne veut pas dire univocité.

On a toutefois l'impression que Mr Vertigo *n'appartient plus à ce cycle.*

La boucle est bouclée. *Mr Vertigo* constitue un saut vers l'ailleurs. Après *Léviathan*, qui fut pour moi un livre très difficile à écrire, très âpre, une expérience somme toute assez pénible, je voulais m'atteler à un projet plus aérien, plus léger. Au fond, ce désir de parler de la lévitation m'apparaît comme une résistance à la lourdeur, à une certaine pesanteur du roman précédent. *Mr Vertigo* est différent de mes autres livres. Pourquoi ce texte est-il sorti de cette façon ? J'ai beaucoup réfléchi à cette question. Dans tous mes autres romans, le personnage central veut être bon ; c'est son objectif primordial : mener une vie exemplaire, morale, juste. Mais, autour de ce "héros", gravitent toujours d'autres personnages, des gens comme tout le monde, ni plus ni moins égoïstes, ni plus ni moins philosophes que d'autres, qui pensent à l'argent, au sexe, qui aiment boire et manger. Pour la première fois, j'ai laissé un de ces êtres ordinaires occuper le premier plan : Walt est très proche de quelqu'un comme Pozzi, dans *La Musique du hasard*, ou comme Boris Stepanovich dans *Le Voyage d'Anna Blume*. Walt ne vient pas de nulle part. Mes livres sont finalement pleins de Walt qui agissent dans l'ombre du personnage central.

La poésie a constitué une étape importante dans votre travail. On peut dire que vous l'avez abandonnée au profit de la prose ?

Très jeune, j'ai souhaité devenir romancier, écrire des histoires. Je me suis littéralement immergé dans la littérature, et plus particulièrement dans la poésie qui constitue la fondation même de toute littérature, de tout cet effort tendant à s'exprimer par les mots. Parallèlement, j'écrivais de la prose, mais sans que les résultats me satisfassent. Je gardais mes textes en prose dans mes tiroirs. Je ne sais pas pourquoi, mes poèmes me semblaient plus dignes d'être publiés... Vers trente ans, j'ai traversé une crise terrible. Je n'arrivais plus à écrire des poèmes. Pendant plusieurs années, j'ai jeté quatre-vingt-dix neuf pour cent de ce que j'écrivais ! J'étais malheureux dans ma vie et il m'était de plus en plus difficile de travailler. J'ai pensé que tout était fini pour moi, que je ne serais jamais un écrivain. Malgré tous mes espoirs et tout mon travail, je devais me décider à envisager un autre avenir. Puis, je ne sais pas pourquoi, quelque chose s'est déclenché en moi : une nouvelle conscience, un nouveau désir d'écrire. Sous une forme différente : celle de la prose, et j'ai décidé de suivre cette impulsion, sans pour autant rompre totalement avec la poésie. Il m'est très difficile d'appréhender clairement ce phénomène, de pénétrer dans cette forêt obscure, mais ce sont les faits... Avec le recul, je peux affirmer que ma poésie est bien une part de moi-même que je ne renie pas. Elle est bien *l'origine* de ce que j'écris maintenant.

Ce passage par la poésie et l'essai date d'environ une vingtaine d'années. En 1976, vous vous êtes même risqué au théâtre…

Cette première "impulsion" narrative, comme je l'appelle parfois, qui n'était au fond que la reprise d'un désir qui avait été le mien alors que j'étais étudiant, m'a lentement conduit à l'écriture romanesque. Je n'ai guère écrit que trois ou quatre pièces, durant une période très courte de quelques mois… Ma première pièce, *Laurel and Hardy go to Heaven*, fut jouée une seule fois, lors d'une représentation privée organisée par John Bernard Myers qui fut, dans les années soixante, codirecteur de "The Artists Theatre" de New York. Il invitait à ses "performances" des poètes et des plasticiens. On retrouve les noms de Ashbery, O'Hara, Raushenberg, Jasper Johns… J'ai été très déçu par cette expérience. Je n'ai pas aimé la façon dont on a monté la pièce. J'ai pensé qu'elle était mauvaise. Je l'ai retravaillée, puis je l'ai oubliée. Le thème du mur, présent dans *Laurel and Hardy go to Heaven*, sera réutilisé, bien des années plus tard, dans *La Musique du hasard*. *Hide and Seek*, ma troisième pièce, réapparaîtra, sous la forme de quelques phrases, dans *Le Voyage d'Anna Blume*. *Black-out*, ma deuxième pièce, toujours en un acte, est restée longtemps, comme mes autres tentatives théâtrales, enfouie bien au fond d'un tiroir. Un jour, alors que j'étais plongé dans la rédaction de *Cité de verre*, je me suis souvenu de cette pièce écrite plusieurs années auparavant. J'ai éprouvé un sentiment étrange : celui d'avoir déjà écrit ce sur quoi j'étais en train de travailler. J'ai relu la pièce. Les situations et les noms étaient les mêmes, bien que présentés de manière différente, que ceux qui circulaient dans mon roman en cours. J'ai alors entièrement repensé ce dernier. De *Blackout*, devenue fiction en prose, est sorti *Ghosts*. Ces pièces ne présentent pas à mes yeux un intérêt fondamental mais il est toujours intéressant de voir la source de quelque chose, cette matière étrange, inachevée, d'où l'œuvre est partie…

Vous avez aussi traduit de nombreux auteurs – Sartre, Joubert, Blanchot, Mallarmé, Char, Dupin, etc. – et écrit plusieurs essais…

Je n'ai plus grand désir de traduire. Cela appartient à une époque révolue, liée à ma jeunesse, où je voulais avant tout découvrir, "mâcher" la littérature d'autres écrivains, pénétrer leurs mots. C'était, somme toute, assez excitant… Je n'écris plus d'essais, ils correspondaient à une période de maturation très lente, d'années de formation. Je devais en passer par là, écrire par les autres, pour et sur les autres afin de mieux me comprendre.

Vous concernant, on a souvent évoqué le roman policier. Ce qui, je trouve, est absurde. Comme Cervantes qui, dans Don Quichotte, *utilisait les normes du roman de chevalerie, vous vous servez des conventions d'un certain genre littéraire pour les outrepasser…*

Je suis d'accord, moi aussi je trouve cela parfaitement absurde. J'ai découvert la littérature policière alors que j'écrivais des poèmes et des essais. J'ai immédiatement été séduit par sa forme. Pendant plusieurs années, j'ai lu des centaines de romans policiers. Puis l'intérêt s'est perdu. J'ai écrit un roman policier, sous pseudonyme, pour des raisons purement alimentaires. C'est d'ailleurs la seule fois de ma vie où j'ai essayé d'écrire pour de l'argent. Je me trouvais dans une telle situation d'urgence que j'étais prêt à me prostituer. Malgré ma disponibilité *(Rires.)*, ça n'a absolument pas marché ! *Cité de verre* prend la forme d'un roman policier, même si ce n'en est absolument pas un, pour rester fidèle à la situation de départ qui a inspiré le roman : un coup de téléphone en pleine nuit qui me demande, suite à une erreur, si je suis bien détective privé à la Pinkerton Agency ! Malgré mon respect envers cette forme prodigieuse qui est celle du roman policier et mon admiration pour des écrivains comme Hammett ou Chandler, ce genre de littérature n'est vraiment pas une chose importante dans ma vie.

Il est souvent question, dans votre œuvre, du rapport entre roman et biographie. Dans Moon Palace, *Effing veut rédiger sa notice nécrologique. Peter Aaron* (Léviathan) *porte vos initiales. Benjamin Sachs* (Léviathan) *a écrit un roman* (Luna) *refusé par seize éditeurs – ce qui fut le cas pour* Cité de verre, *etc. Peut-on parler de quelqu'un d'autre que de cet homme invisible qui est soi et raconter ainsi l'histoire des gens qui l'entourent ?*

Ceci m'intéresse au plus haut point... Cette question est exactement à l'origine de mon désir d'écrire des romans. J'ai exploré cette problématique dans *L'Invention de la solitude* – qui n'est pas un roman. Mais je me suis retrouvé confronté à une énigme fondamentale : comment parler de mon père ? Et, plus généralement, comment parler de quelqu'un d'autre ? Cette proposition pose d'énormes problèmes, et l'on se retrouve toujours face à de nombreuses contradictions qui ne cessent de me fasciner. D'une certaine façon, la plupart de mes romans adoptent la forme de la biographie de quelqu'un. C'est le trajet global d'une vie qui m'intéresse. Non seulement les moments isolés, mais toute l'amplitude d'une vie, avec ses sinuosités, ses hauts et ses bas, ses ratures, ses hésitations, ses remords.

Mais vous n'iriez pas cependant jusqu'à écrire la biographie de quelqu'un ayant existé ?

Exact ! Je préfère les biographies imaginaires. Evidemment, je pourrais choisir de raconter une vie imaginaire de Shakespeare... Il y a dix ans, j'ai lu un livre extraordinaire sur Mozart[14] : une biographie en forme de méditations sur la possibilité d'écrire une biographie. Je me sens complètement solidaire de cette approche. Plus jeune, j'ai eu le projet de rédiger des méditations biographiques sur des destins qui m'intéressaient. Cela n'a pas abouti, excepté un petit essai sur sir Walter Raleigh[15].

Vous dites : "La plupart du temps, je ne me considère pas comme un romancier." Vous êtes un raconteur d'histoires ? Un narrador, *comme on dit en espagnol – un narrateur ?*

Oui, c'est vrai, vous avez raison. Dans la phrase que vous citez, je fais référence à ma pratique du roman. Je dois constater que je ne me sens pas concerné par ce qui semble intéresser la majorité des autres romanciers. Je ne sais pas pourquoi. Je ne critique pas leurs efforts, ils sont tout à fait louables mais, le roman, en tant que recherche sociologique, n'a pas grand sens à mes yeux. Expliquer et décrire comment l'on vit et l'on meurt aujourd'hui ne m'intéresse pas. Dire quels sont les vins qu'on aime, quelles sont les cigarettes qu'on fume, les voitures qu'on conduit, les vêtements qu'on porte, tout ce foisonnement de détails liés à un moment historique donné – tout ce côté "roman réaliste" – me laissent froid. Parfois, il m'arrive d'aimer lire de tels livres, mais il me serait impossible de les écrire. Ce qui ne m'empêche pas de me sentir un écrivain "réaliste". La vraie vie quotidienne m'intéresse énormément. On ne peut pas écrire que des livres abstraits. Cela ne présente aucun intérêt. Ni de les écrire, ni de les lire. Il faut s'atteler à des projets spécifiques. Plus le livre est spécifique, plus il devient universel.

La Musique du hasard *était présenté par vous comme une sorte de fable réelle ;* Mr Vertigo, *votre dernier livre, va plus loin encore. Il est plus lyrique, plus fantastique, plus proche de vos écrits poétiques ?*

Mr Vertigo, je crois, est un livre réaliste. Le seul élément qui ne soit pas "vraisemblable", mais qu'on doit évidemment accepter, c'est la question de la lévitation. Ce fait admis, tout est vrai : la psychologie des gens, les références historiques, tout. Cette histoire, qui se déroule sur un fond de réalité, émerge littéralement du sol et de la vérité. Il ne s'agit pas, au sens propre du terme et presque péjoratif, d'un conte de fées. Ce livre, qui vient de paraître au Danemark, y a suscité notamment un article très intéressant qui pose la question suivante : peut-on écrire un livre réaliste fantastique ? Le journaliste a bien compris de quoi il s'agissait : le réalisme magique ne me concerne pas.

Vous renouez avec la tradition du roman initiatique ?

Oui, c'est possible. Mais ce n'est pas de manière consciente. La question des années de jeunesse m'intéresse beaucoup. Quand je lis les biographies des gens célèbres, écrivains ou non, je suis toujours très intéressé par les chapitres consacrés à ce qu'ils étaient avant de devenir un personnage public. Les années de formation ont toujours quelque chose de passionnant. Dès que Churchill devient Churchill, il est moins intéressant. Quel chemin prend-on pour devenir soi-même… Peut-être est-ce à cause de cela que bon nombre de mes livres s'apparentent à ce qu'on appelait en Allemagne les romans de formation. *Le Voyage d'Anna Blume*, *Mr Vertigo*, *Moon Palace*, *La Chambre dérobée*, dans une certaine mesure, peuvent être rangés dans cette catégorie…

Vous êtes un écrivain "existentiel" ? Je veux dire : né de et par l'écriture ?

Je ne sais pas ce que cela signifie. Je n'aime pas les étiquettes. Existentiel ? Postmoderne ? C'est aux autres de dire ça. Je peux m'imaginer faisant un autre métier mais, pour des raisons que j'ignore, c'est l'écriture qui m'a attiré le plus. La plupart du temps, il m'est très difficile de me dissocier du travail que j'accomplis : il est moi comme je suis lui. Tendu vers un effort : rendre mon style transparent. Ecrire un livre en oubliant que sa matière est le langage… Cette nécessité, cet idéal poussent mes phrases.

Tous vos personnages tentent de donner un sens à leur vie et le perdent à mesure qu'ils s'en rapprochent. Vivre, c'est aller toujours vers beaucoup plus d'obscurité ?

Chacun tente de déchiffrer son propre chaos dans celui des autres, dans cet épais fourré de confusion.

Mais certains de mes personnages progressent dans leur vie. Anna Blume, Nashe, Walt finissent par comprendre qui ils sont et parviennent à déchiffrer le monde qui les entoure. Parfois, ils reculent : c'est ce que fait Quinn. Mes personnages sont tous des gens distincts, très différents les uns des autres. Il y a entre eux beaucoup de similitudes, notamment dans leur façon de se parler à eux-mêmes, mais aussi d'importantes divergences. Leurs désirs, surtout, sont différents. Comme tout romancier, je suis dans chacun de mes personnages. Mais j'ai l'intime conviction que ces gens existent par eux-mêmes, sont très différents de moi. Oui, ils ne sont pas moi ! *(Rires.)* C'est surtout évident dans les livres écrits à la première personne… La prose d'Anna Blume, celle de Peter Aaron et de Walt possèdent un style propre, parce que ce sont des gens différents qui pensent et s'expriment et vivent chacun à leur manière. Parfois, j'ai l'impression qu'écrire un roman c'est être soi-même un acteur. On pénètre un autre personnage, un autre être imaginaire et on finit par devenir cet autre personnage et cet autre être imaginaire. C'est pour cette raison, sans doute, que j'ai éprouvé beaucoup de plaisir à travailler avec les acteurs dans *Smoke* et dans *Blue in the Face*. L'écrivain qui écrit des histoires et l'acteur qui joue partagent un même effort : pénétrer des êtres imaginaires, leur donner corps et vraisemblance, leur conférer un poids et une réalité.

Le travail collectif, propre au cinématographe, est très différent de celui, plus solitaire, de l'écrivain. Il vous a été difficile de l'accepter ?

Ce fut un changement total, mais qui m'a été très bénéfique : j'ai dû revoir toutes mes habitudes ! On ne maîtrise plus rien. Dans ce travail commun, chacun a un rythme propre dont il faut tenir compte. L'équipe doit rester parfaitement soudée pour arriver au bout de son projet. C'est comme une chaîne : qu'un chaînon se brise et tout s'arrête. Mais il y a un réel plaisir à participer à quelque chose avec les autres, à avoir confiance dans le travail des autres. Tel ou tel est brillant dans le domaine qui est le sien : que ce soit la production ou le montage, le son ou l'image. Une forme de respect de l'autre s'installe alors et se développe. Certes, ce "détour" n'a pas modifié mon rapport à l'écriture. Même si, en bien des points, j'ai parfois ressenti une certaine frustration, je ne regrette nullement cette expérience. Comme disait Edith Piaf : "Non, rien de rien, je ne regrette rien." *(Rires.)*

On lit partout que le "hasard" joue un rôle important dans votre œuvre. Je pense qu'il n'en est rien. Le "hasard" ne remplace pas le destin : il en est l'instrument. mais surtout, votre univers romanesque est davantage en proie à la nécessité, à ce que Sartre appelait les "contingences" ?

"Paul Auster et le hasard"… ah oui, je trouve ça très agaçant ! Vous avez entièrement raison ! Il y a nécessité et contingences et la vie n'est que contingences. Il suffit d'ouvrir les yeux, de regarder la vie de vos proches, celle de vos amis pour voir combien aucune existence ne se déroule en ligne droite. Nous sommes, en permanence, la proie des contingences quotidiennes. Les choses arrivent quand on ne les attend pas. Les vies sont faites, composées par l'inattendu. S'il n'y avait qu'une idée à retenir de mes livres, ce serait celle-là… Je pense souvent à un mot : *accident*. Il a deux acceptions : philosophique et quotidienne – au sens où l'on parle, par exemple, d'un accident de voiture. Par définition, un accident n'est pas prévisible. Il s'agit de quelque chose qui arrive – de non prévu. Et nos vies se composent d'accidents. Je suis aussi très intéressé par les accidents qui n'arrivent pas ! La chance existe… L'homme qui traverse la rue et qui évite de justesse d'être renversé par un véhicule… Ce millimètre, grâce auquel il va rester en vie, me fascine ; cette distance infime contribue à fabriquer une vie. Cela me semble une telle évidence, rien n'est plus normal. Non, vraiment, cette idée de "hasard" ne m'intéresse pas. C'est comme si on la découvrait pour la première fois en lisant mes livres : c'est absurde.

On affublait Borges de thèmes récurrents : les tigres, le tango, les bibliothèques, les labyrinthes, la cécité… On disait "borgésien" comme on a dit "kafkaïen". Le danger qui vous guette, c'est que vous suscitiez un adjectif. Bientôt, on dira "austérien" !

(Rires.) Mon Dieu, "austérien"… Auster rien à faire… *(Eclats de rire.)*

Vous mettez souvent en scène des sortes de dérapages de l'existence. Des vies banales deviennent extraordinaires parce qu'elles dépendent soudain d'une autre logique ?

Les raisons de ces "dérapages" sont différentes dans chaque livre. Tout change pour Anna Blume quand elle décide de se rendre dans cette nouvelle ville. Walt se découvre un talent caché. Nashe fait un héritage qui bouleverse sa vie. Benjamin Sachs doit faire face à des crises intérieures terribles qui le contraignent à repenser totalement son existence. Quinn voit sa vie révolutionnée par un coup de téléphone. Dans *La Chambre dérobée*, une lettre de la veuve de Fanshawe au narrateur va orienter sa vie dans une direction inattendue. Dans *Moon Palace*, c'est la mort de l'oncle qui est le véritable déclencheur de l'histoire. Tous ces personnages ont vécu une perte. Ils sont dans cette situation intermédiaire que la théologie appelle les "limbes", ils sont au bord… Prenons un exemple concret, Quinn dans *Cité de verre*… Sa femme et son enfant sont morts. Il a perdu tout lien avec une vie normale. Il est comme "vidé". Aussi, lorsqu'il reçoit le coup de téléphone, répond-il sans hésiter. Si sa situation familiale avait été différente, il aurait répondu simplement qu'il s'agissait d'une erreur. Cette vacuité le rend disponible et l'histoire peut commencer. Ce manque fait qu'il est ouvert à l'extérieur, en position d'attente et lorsqu'un événement bizarre survient il peut en suivre le fil. Je ne suis pas obsédé par les aventures étranges mais lorsqu'on perd les liens avec les autres on pénètre inévitablement dans des espaces inconnus, incontrôlables. Voilà le noyau de tout cela. Car autour de ces gens, envahis par une certaine logique, d'autres, plus normaux, continuent de mener une vie ordinaire. Etres en rupture, mes personnages finissent souvent par rencontrer quelqu'un qui va bouleverser leur vie. C'est cette possibilité d'amour – pouvoir partager sa vie avec quelqu'un d'autre – qui va tout changer.

Dans Léviathan, *vous faites allusion à une comptine célèbre : lors d'une bataille, un roi est sur son cheval, le cheval perd un fer, il tombe, le roi tombe et la bataille est perdue. Il y a dans l'existence comme des enchaînements pervers ?*

Ce sont des chaînes de contingences. Il y en a dans les histoires les plus imbéciles ou les plus simples... Les films d'aventures, par exemple... que j'aime d'ailleurs... On est sur la falaise... En gros plan : les doigts de l'aventurier qui s'accrochent désespérément au rocher... Sans cette racine providentielle, le héros aurait déjà glissé dans le vide et serait mort, mais la racine était là et l'histoire peut continuer ! C'est comme une métaphore de la vie. Certes, le romancier place et déplace les racines à loisir, mais ce n'est pas aussi simple. Je décide et cependant je ne me sens jamais comme un montreur de marionnettes. Je n'écris pas de cette façon. Je suis plutôt dans l'effort consistant à tenter de pénétrer quelqu'un d'autre. Le connaître, en percer les mystères, l'habiter, afin de le comprendre suffisamment et pouvoir suivre ses pensées et ses actions. Ce n'est pas ma volonté qui le guide mais la sienne qui m'oblige à le suivre. Pour moi, ce que j'appelle "l'honnêteté de l'écrivain" réside dans cet effort : comprendre, trouver une vérité dans ce que j'écris mais ne jamais manipuler. Vous vous souvenez de ce passage, dans *La Musique du hasard*, où Nashe vole les figurines… Eh bien, je vous jure qu'en écrivant, je n'avais pas ce vol dans la tête. Je me suis soudain trouvé propulsé au cœur de cette scène avec Nashe. Je le "voyais" se lever, aller dans la chambre et dérober les figurines. Evidemment, la décision d'écrire ou de ne pas écrire cette scène me revenait, mais elle fut prise après que j'eus éprouvé, de l'intérieur, l'expérience de Nashe. Nashe a d'abord volé puis, j'ai retranscrit le vol… C'est compliqué, n'est-ce pas ? En fait, je veux dire qu'à ce moment précis, j'ai appris quelque chose de nouveau sur Nashe. Je me souviens qu'un producteur m'a téléphoné après avoir lu le livre. Il souhaitait en faire un film[16] dans lequel il aurait donné une importance plus grande à Flower et à Stone. "On ne les voit pas assez, disait-il, il ne faut pas qu'ils disparaissent !" Je lui ai répondu qu'il était primordial qu'ils ne reviennent jamais, qu'ils restent une menace invisible et j'ai ajouté : "Je sens que je n'ai pas le droit de changer…" Il n'était pas convaincu : "Vous avez tous les droits ! On peut faire n'importe quoi avec les personnages d'une histoire ! C'est vous le maître !" Il n'avait rien compris. Les véritables maîtres d'un roman, ce sont les personnages. Cette conversation avec ce producteur a été très instructive. On pense trop souvent que le romancier est une sorte de dieu qui manipule des marionnettes. L'expérience de l'écriture ne relève jamais, chez moi, de cette catégorie : elle est une nécessité intérieure. Pour écrire, il faut avoir lu beaucoup mais surtout beaucoup vécu. Le talent n'est pas ce qu'il y a de plus fondamental à l'écriture. L'indispensable est le désir, la volonté, le besoin d'écrire.

Vos romans sont remplis d'êtres flottants, égarés ; de solitaires qui nomadisent, qui endossent des personnalités étrangères, qui font semblant d'être un autre pour se sentir exister. N'êtes-vous pas, vous-même, un être déraciné aux Etats-Unis ; à cheval entre l'Ancien et le Nouveau Monde, et qui aurait retrouvé ses mythes fondateurs après un certain retour de France en 1974 ?

Non, ce n'est pas ça. J'ai écrit de nombreuses pages de *Moon Palace*, tout imprégnées de l'idée d'Amérique, bien avant mon séjour en France. L'Amérique m'a toujours intéressé. C'est plus simple que ce que vous suggérez. Il s'agit avant tout d'une question de caractère. Presque tous les écrivains, poètes ou non, se sentent à l'écart de la vie, de la société. On marche en sens contraire. On est témoin. On regarde les choses. On ne se sent pas complètement concernés par les activités des autres. Très jeune, adolescent, j'étais tellement timide que je n'osais même pas parler ! En 1965, je lisais Joyce avec passion et voulus donc explorer sa ville... J'ai passé deux semaines, seul à Dublin, et n'ai parlé à personne. Je n'osais pas entrer dans un pub. Je ne faisais qu'arpenter les rues de Dublin en tous sens. C'était effrayant de voir cet imbécile affublé d'une telle timidité ! En classe, puis à l'université, je n'osais rien dire. J'étais là, je participais intérieurement. Je ne répondais que lorsque le professeur me le demandait et bredouillais alors une réponse en bégayant ! Toute cette période fut, pour moi, très difficile à vivre... Je me sentais toujours exclu... Ce n'étaient pas les autres qui m'exilaient mais mes propres incapacités... D'autre part, aux Etats-Unis, le fait d'être juif vous met toujours à l'écart. J'ai grandi dans une ville du New Jersey où la mixité religieuse entre juifs et protestants était réelle. Chaque hiver, nous montions des petites pièces de théâtre pour fêter la fin de l'année. Je refusais obstinément de chanter des chants de Noël, personne n'avait exigé de moi une telle attitude, mais je ne m'y reconnaissais pas. Je garde en mémoire le souvenir de ces journées où la classe entière part répéter le spectacle et où je me retrouve désespérément seul... Ce sont toutes ces petites choses, accumulées au cours d'une vie, qui vous mettent à l'écart de celle des autres. Alors, on regarde, on se fait observateur. On est citoyen d'un pays mais en même temps on s'y sent comme un étranger. On regarde de l'intérieur mais aussi de l'extérieur. Oui, tout cela m'a décidément formé. Aujourd'hui, à quarante-huit ans, j'ai fait un certain "progrès", je veux dire en tant qu'être humain. J'arrive à parler avec les gens. Il y a vingt ans, je n'aurais jamais pu dialoguer avec vous comme nous le faisons aujourd'hui. Cette idée m'aurait vraiment été insupportable. Mes années d'enseignement à Princeton, de 1985 à 1990, m'ont prouvé que je pouvais parler devant les autres. Parfois, je me souviens encore de terribles lectures de poèmes où je ne levais jamais le nez de mes feuilles et où je ne regardais jamais le public !

Aujourd'hui vous êtes reconnu. Ce nom, Paul Auster, sur une couverture de livre, ça peut vouloir dire aussi : j'existe, on me reconnaît...

J'ai toujours su que j'existais, mais, comment dire, dans un lieu un peu "fermé". Voir mon nom sur la couverture d'un livre me fait l'effet de quelque chose de très extérieur à moi. Moi, je suis toujours ici, en moi. Les choses autour sont réelles, mais ça ne me touche guère... C'est un peu bizarre, non ?

Ce qui vous touche davantage, c'est ce lieu étrange, ce trajet qui sépare ce que vous êtes de la feuille de papier que vous remplissez de mots ?

Peut-être. Mon lieu est dans cette activité. Jamais dans le résultat de l'activité. Toujours dans l'effort du *faire*. A ce moment-là, précis, je m'oublie. Je suis dans le travail. Sans doute s'agit-il d'une sorte de libération… enfin, peut-être…

Alvaro Mutis, ou plutôt son personnage, Maqroll le Gabier, dit qu'il est davantage touché par le trajet de la caravane que par ce qui la compose : chameaux, chameliers, caravane elle-même…

Le mouvement de la caravane, donc. Oui, je suis d'accord. C'est très juste. Ce n'est même pas le livre fini, c'est plutôt le trajet de l'écriture. Le moment de l'écriture. Dès que le livre est publié, il ne vous appartient plus. Il appartient aux autres. Cela devient autre chose…

On faisait de Borges le moins argentin des écrivains d'Argentine ! Personne n'était plus argentin que Borges ! On lit souvent : "Paul Auster, le plus européen des auteurs américains." C'est entièrement faux.

Vous avez parfaitement raison. Je n'ai jamais compris ce que cela voulait dire ! Souvent, les gens paresseux – en l'occurrence ici certains journalistes –, qui ne pensent pas attentivement aux choses, inventent des étiquettes afin de ranger leurs victimes dans de petits tiroirs. Les critiques adorent les catégories. Et dès que l'un d'entre eux écrit quelque chose, les autres se contentent de le répéter. Cela n'a aucun sens. Les arts et les littératures de chaque pays possèdent des caractéristiques qui leur sont propres, c'est un fait. Mais on participe aussi d'un courant plus vaste : celui de la littérature mondiale. Les traductions existent depuis l'aube de l'imprimerie. Les écrivains américains, par exemple, ainsi que leurs lecteurs, lisent d'autres écrivains dont la langue maternelle n'est pas l'anglais. Les écrivains subissent des influences extérieures à celles de leur pays d'origine. Regardez l'histoire de l'évolution du sonnet : une forme née en Italie, diffusée en Europe, qui a donné, entre autres, le sonnet français et le sonnet anglais. Au milieu du XVIe siècle, le très bon poète Thomas Wyatt[17] a réinventé Pétrarque en anglais. Rien n'est plus anglais que cette poésie qui est *aussi* une poésie d'"importation". Je ne vois pas la différence. La Bible est traduite dans le monde entier. Flaubert, le Français, a beaucoup influencé l'Irlandais Joyce, qui a beaucoup influencé l'Américain Faulkner, qui a beaucoup influencé le Sud-Américain Gabriel García Márquez, qui a beaucoup influencé Toni Morrison. Il n'y a pas de frontières ! On ne dit pas de Toni Morrison qu'elle est la plus colombienne des écrivains américains ! Ces frontières sont absurdes. Lisez attentivement les romans d'Herman Melville, qui est pour moi le plus grand romancier dans l'histoire de la littérature américaine, ce sont des livres tellement bizarres, à la construction tellement à part de tout ce qu'on fait… Ses romans sont pratiquement incompréhensibles et de toute façon inclassables. Il est le plus grand écrivain américain et ses livres n'ont rien à voir avec la littérature américaine. Si on accepte les catégories, *Moby Dick or the White Whale* est un livre qui tient de l'essai, du poème, du roman d'aventures… Moitié-moitié… Vous voyez bien, trois moitiés : ce n'est pas possible ! *(Rires.)* D'un autre côté, si j'essaie de répondre à votre question, il me faut bien ajouter : on habite quelque part et ce lieu constitue en soi un monde essentiel à chaque individu. Un artiste, un écrivain, quiconque, répondent à l'environnement où ils habitent. Dans mes livres, je réponds à la réalité qui m'entoure : une réalité américaine.

Réalité dont le base-ball, présent dans tous vos livres, fait partie !

J'avais en tête un projet, que je ne réaliserai jamais, qui était d'écrire un essai dont le titre aurait été : *Le Base-ball pour les étrangers*. Une chaîne publique américaine a diffusé l'année dernière un film documentaire sur l'histoire du base-ball : dix-huit heures de programme ! Cela vous donne une idée de l'importance de ce jeu dans la vie américaine… Par où commencer ? Tout d'abord, il s'agit d'un sport qu'on pratique lorsqu'on est jeune, et l'attachement nostalgique à sa jeunesse existe en chacun de nous. D'autre part, c'est un jeu où l'esthétique tient une grande part : les lignes visuelles du terrain, d'une clarté particulière, contribuent à fabriquer des souvenirs tenaces. On peut se remémorer un match d'une manière très vivante et très présente. Le jeu se déroule assez lentement, avec des moments de grande énergie, avec d'amples mouvements et des temps morts. Le rythme est très important. Ce qui est particulièrement séduisant, dans le base-ball, c'est qu'il n'y a pas de montre, comme dans d'autres sports, comme le football ou le basket, dont les parties se terminent inévitablement après une certaine durée, immuable. Il n'y a pas de temps dans le base-ball. Même si une équipe est loin derrière à la marque, vers la fin du match, elle peut, grâce à une phase de jeu particulièrement audacieuse, finir par gagner. Tous les retournements de situations sont possibles. D'autre part, ce sport est pratiqué quotidiennement pendant six mois – durée d'une saison –, c'est-à-dire 162 matchs ! Il y a donc, nécessairement, dans chaque équipe, des hauts et des bas, des blessures, des incertitudes ; certaines équipes commencent très fort et ne tiennent pas la saison, d'autres, au contraire, finissent en apothéose. Les meilleures équipes perdent un tiers de leurs matchs et les plus mauvaises en gagnent toujours au moins un tiers. Tout se décide durant le troisième tiers, dans l'incertitude la plus grande. Ce sport est aussi très lié à l'Histoire américaine. *L'Encyclopédie du base-ball*, un livre de plus de quatre mille pages, est la véritable histoire des Etats-Unis. Chaque partie, depuis l'aube de ce sport, y est scrupuleusement retranscrite, à l'aide de milliers de colonnes de chiffres. On apprend, par exemple, que Riggs Stephenson a joué quatorze ans, dans 1 310 matchs et a obtenu 4 000 *chances* au *base*. On le surnommait *Dummy* : le “Muet”. On se souvient des exploits de Pepper Martin, un après-midi de 1930, et on oublie quels étaient les grands mouvements sociaux du moment ainsi que le nom du président des Etats-Unis d'alors. Rappelons aussi que le base-ball est devenu très vite le sport des immigrants, un sport démocratique qui facilitait l'intégration. Mon grand-père adorait le base-ball, en assistant aux matchs, il devenait américain ! Oui, en effet, le base-ball est un sujet vaste et complexe auquel je suis très attaché. Durant la saison de base-ball, j'ouvre le journal et je commence invariablement par lire la transcription des parties qui se sont déroulées la veille. C'est comme un rituel. Si vous possédez une expérience visuelle et physique de ce sport, vous pouvez, rien qu'avec ces colonnes de chiffres, reconstituer toute une partie : elles provoquent des images et en quelques secondes vous vous retrouvez sur le terrain au milieu des joueurs.

Vous faites souvent référence au judaïsme, votre œuvre poétique est pleine de thèmes juifs. Dans Le Voyage d'Anna Blume*, le rabbin dit que tout Juif a l'impression d'appartenir à la dernière génération des Juifs. On est toujours formé par ce qui a eu lieu avant la naissance. Vous êtes petit-fils d'immigrants juifs : comment vivez-vous ce passé, cette culture ?*

C'est une vaste question... Pour être précis et exact, je dirais que le judaïsme, c'est tout ce que je suis, d'où je sors. J'ajouterais que tout cela est très important pour moi. Même si j'émets de grandes réserves quant à la pratique religieuse – réserves qui concernent non seulement le judaïsme mais aussi toutes les religions. Je ne suis pas religieux. Je me méfie de ce qu'ont fait les grandes religions. L'essence même de la religion possède quelque chose de positif mais la pratique la pervertit. Regardez comme le fondamentalisme est aujourd'hui, et dans tous les domaines, une pratique effrayante et dangereuse. Les juifs, les chrétiens, les musulmans, ainsi que tous les autres "religieux" sont responsables de cette dégradation horrible. L'histoire, la tradition de la pensée, toute une approche du monde judaïque me touchent, me concernent. Contrairement à d'autres religions comme le christianisme – et j'ai souvent de longues discussions, à ce sujet avec ma femme Siri qui est de culture luthérienne –, le judaïsme, et c'est ce qui m'attire en lui, propose des codes permettant une vie non pas idéaliste mais réaliste. Voilà une religion qui accepte les faiblesses de l'être humain et n'exige jamais de lui qu'il devienne un saint. Je crois profondément que c'est ce que le christianisme, et c'est une grave erreur, demande. Sa règle d'or est la suivante : "Faites aux autres ce que vous voulez qu'ils vous fassent." Le judaïsme, pour sa part, dit : "Ne faites pas aux autres ce que vous ne voulez pas qu'ils vous fassent." C'est fondamentalement différent. Les Juifs ont inversé les données du problème. D'un côté, il s'agit d'une injonction ; de l'autre, nous sommes plutôt dans le "vivre et laissez vivre". Quelle leçon de tolérance ! Chaque lecture de l'Ancien Testament est une leçon. J'y reviens souvent. Je me sens très attaché à l'Histoire du peuple juif, dans toutes ses ramifications. Mais je n'éprouve aucune urgence à écrire sur le judaïsme. C'est une partie de moi qui peut sortir ou non dans un livre. Ce n'est pas ma source principale, plutôt un élément parmi d'autres qui, au même titre que ces derniers, m'a bel et bien formé.

Moon Palace *était une histoire de familles et de générations, une sorte de roman à la David Copperfield. Toute écriture n'a-t-elle pas pour principe une recherche généalogique ? La question est toujours un peu la même : d'où je viens, moi qui écris ?*

Je connais mes grands-parents paternels et mes arrière-grands-parents maternels. Je ne peux pas remonter plus loin... Parmi les immigrants venus aux Etats-Unis, il y avait je crois un grand désir de faire table rase, de supprimer un passé trop lourd. La question des origines ne me tourmente pas vraiment. Elle constitue un mystère de plus, lequel, comme tout mystère, ouvre à de nombreuses interrogations. La question de la génération est surtout abordée, en effet, dans *Moon Palace*. Celle de la "famille", de la recherche d'une parenté plus immédiate, m'intéresse davantage : les parents et les grands-parents, etc.

Le passé peut réserver de terribles découvertes… Vous avez ainsi découvert que votre grand-mère avait assassiné votre grand-père, d'un coup de feu dans la cuisine de leur maison en janvier 1919, et qu'Edison, en 1929, l'année de la Dépression, avait congédié votre père, engagé deux semaines auparavant comme assistant dans son laboratoire, parce qu'il venait de s'apercevoir qu'il était juif !

C'est difficile à vivre, à accepter, mais chaque famille a ses histoires. On trouve toujours des fous, des criminels, des actions violentes – parce que cela, tout simplement, fait partie de la vie.

Dans Léviathan, *un des personnages dit : "Nul ne peut dire d'où vient un livre, surtout pas celui qui l'écrit." Dans* Moon Palace, *la foudre joue un rôle particulier. N'est-ce pas la même foudre qui, alors que vous aviez quatorze ans, a tué, sous vos yeux, un camarade qui participait avec vous à un camp de vacances ? Vous revenez d'ailleurs sur ce drame, dans* Pourquoi écrire ?… *Ma question est simple : les livres, tous les livres ne viennent-ils pas du passé ?*

Oui. Certainement. On garde quantité de souvenirs qui sont parfois profondément enterrés. C'est le processus de l'écriture qui fait remonter à la surface ces petits morceaux de souvenirs. Mais on n'en est pas conscient. On ne sait pas d'où ils viennent. On ne peut les focaliser. De temps en temps, on peut en retracer le parcours, remonter jusqu'à l'origine. Il faut beaucoup de chance et suffisamment de matériaux surgis de ces ténèbres. L'écrivain naît de ces sources enfouies.

Quels rapports entretenez-vous avec l'Amérique ? Vos romans sont souvent ceux d'une Amérique inquiète d'elle-même, inquiète de ses propres racines. Dans Léviathan, *sinon la statue de la Liberté du moins des répliques de cette dernière sont dynamitées…*

Ce qui me fascine, dans ce pays, ce sont ses contradictions. Voici une terre merveilleuse, qui a changé la face du globe, qui a contribué à ce que soit forgée une nouvelle idée de la nation, avec des principes admirables constituant une sorte de modèle pour le reste du monde et qui, dans le même temps, baigne dans une hypocrisie totale : une société ayant pour fondements le racisme et l'esclavage. J'observe ce pays, si plein d'énergie, avec son admirable liberté et ses si déprimantes faiblesses. Je me sens en conflit permanent avec les Etats-Unis… Je ne suis pas le seul… Les Etats-Unis n'ont rien à voir avec les autres pays ; il s'agit d'un pays inventé, "découvert"… La France est habitée par des Français, on ne remet pas en question la validité de l'idée de la France. Depuis que l'Amérique existe, on ne cesse de demander : “Mais qu’est-ce que l’Amérique ? Que veut dire être américain ?” Il n’y a pas de race américaine : on vient des quatre coins du monde ! C’est un débat inépuisable ! L’essai de Tocqueville, *De la démocratie en Amérique*, reste à ce jour le plus grand livre jamais écrit sur les Etats-Unis. Bien que rédigé en 1838, il contient des remarques qui sont aujourd’hui encore d’une extrême pertinence. Ce concept de la démocratie et de la liberté pour tous est une idée magnifique. Accepter l’idée de la démocratie est une démarche difficile qui ne vient pas naturellement. Cette lutte entre l’autoritarisme et la vraie démocratie existe en fait depuis la création des Etats-Unis. Plus jeune, je croyais naïvement que tout le monde acceptait ces principes – quelle erreur ! Il y a vingt-cinq ans, des Américains ont distribué, sous forme de tract, *The Declaration of Independance*, pour faire une expérience, prétextant qu’il s’agissait d’une pétition et qu’il était urgent de la signer. Une majorité écrasante a refusé de signer cet étrange papier que tout le monde prenait pour un tract de propagande communiste ! Effrayant, non ? Notre pays vit aujourd’hui une fracture terrible : une moitié de l’Amérique regarde l’autre moitié. Une moitié pense que nous vivons tous ensemble dans une même société, que nous sommes responsables les uns envers les autres et qu’il est de notre devoir de citoyen de créer ici-bas le meilleur des mondes pour le plus grand nombre. En face, d’autres, qui ne raisonnent pas en termes de société et qui estiment que seul compte l'individu. La vie se résumerait donc, pour ce clan, à une lutte entre les gagnants et les perdants. Si vous gagnez, tant mieux. Si vous perdez, tant pis. Voilà, à mon sens, quel est le grand débat qui secoue la société américaine d'aujourd'hui. Un débat particulièrement aigu.

Comme le soutient Peter Aaron dans Léviathan *: "L'Amérique a perdu le nord" ?*

Oui. C'est cela que je veux dire. Et aussi que l'Amérique a perdu son grand et bel idéal.

Après l'espoir des années soixante, il y eut la déception avec Reagan et Bush, puis Clinton, et maintenant Colin Powell qui pense que Ronald Reagan "était un merveilleux homme politique parce qu'il avait une vision". L'Amérique est-elle en train de sombrer dans ce que vous appelez l'"américanisme débile et triomphant" ?

Le retour de la droite au pouvoir aujourd'hui aux Etats-Unis a quelque chose d'effrayant. Lisez attentivement son programme : il ne s'agit ni plus ni moins que d'une nouvelle forme de fascisme. Malheureusement, aucune opposition digne de ce nom n'est, à ce jour, capable de lui faire face. Et cela est très dommageable.

On a l'impression que l'Amérique ne sait plus se rassembler que sur des "divertissements", au sens pascalien du terme, savamment orchestrés par les médias : meurtres, scandales, rivalité entre patineuses, procès Simpson, etc.

Tout à fait ! J'ai refusé, depuis le début, de perdre mon temps avec ses scandales. La concentration des médias aujourd'hui aux Etats-Unis est telle qu'elle peut détourner – volontairement ? toute la question est là – l'attention des gens vers des sujets sans importance. Depuis plusieurs années, une succession de scandales a occupé systématiquement l'attention d'un pays à ce point dispersé, fracturé, qu'il n'a plus ni Histoire ni narration commune. Ces scandales deviennent, de fait, la seule narration susceptible de rassembler le pays. Il n'y a plus de points communs mais une participation commune à une entreprise de décervelage. Le procès O. J. Simpson constitue le triste apogée de cet engrenage infernal.

Tous vos livres sont politiques ? On peut échapper à la politique ?

On n'échappe pas à la politique ! J'appartiens, pour faire référence à ce que j'avançais précédemment, au premier groupe – celui qui pense qu'on vit ensemble dans une société et que nous sommes tous solidaires. En ce sens, oui, chaque œuvre d'art, consciemment ou non, est un acte politique.

Nous n'avons pas encore parlé de vos lectures, de ces livres qui gênent, échappent, mais qui demeurent.

Kafka, par exemple. Vous avez dit : “Je ne le comprends pas, c’est comme un rêve, un rêve qui hante et suscite des réflexions très sérieuses sur les choses.”

Je ne lis plus Kafka. Mais les auteurs qui vous ont impressionné demeurent, c’est certain. Hawthorne, Whitman, Melville… Cervantes, toujours… Shakespeare, qui demeure, à mes yeux, le modèle… Je pense souvent à Kafka… Je peux me rappeler certains de ses textes assez facilement. Oui, il représente quelque chose que je porte en moi. A Princeton, j’ai fait travailler mes étudiants sur des textes de Kafka. Cela remonte à cinq ans, je ne l’ai jamais relu depuis.

Parmi les auteurs français, vous citez Proust, mais surtout Pascal et Montaigne…

Montaigne, surtout. Ce qui me fascine, chez lui, c’est qu’il a été le premier à se pencher réellement sur son être d’écrivain. Il s’est véritablement examiné. Il était d’une ouverture d’esprit exceptionnelle. Il avait le courage de suivre ses divagations. Se plonger dans Montaigne, c’est comme lire un contemporain. Il est très direct et honnête. Chez lui, le filtre de la religion n’existe pas. Ni mythologie, ni idéologie entre lui et ses propos. Montaigne fut pour moi une véritable révélation. Il m’a appris beaucoup. Je continue à penser souvent à Montaigne. De lui aussi, je pourrais dire que je le porte en moi. Sans doute, y a-t-il d’autres auteurs…

Comme H. D. Thoreau, l'auteur de prédilection de Benjamin Sachs, qui déclarait "être un homme d'abord et un Américain ensuite" ?

Thoreau est avant tout un très grand styliste. Il y a chez lui, une telle finesse, une telle énergie mentale. Il reste, à mes yeux, un des meilleurs prosateurs de langue anglaise. Mais ses grandes idées, celles rassemblées notamment dans son essai *La Désobéissance civile*[18], sont d'une extrême modernité. Son grand concept, celui de "résistance passive", a fait le tour du monde. Thoreau a influencé de manière décisive : Tolstoï, Gandhi (qui n'aurait pas existé sans lui), Romain Rolland et surtout le *Civil Rights Movement* de Martin Luther King. Réfractaire à la guerre que les Etats-Unis menèrent contre le Mexique, il refusa, en signe de désapprobation, de payer ses impôts. Jeté en prison, la légende raconte que, recevant la visite de son vieux maître, Emerson, qui lui demandait : "Henry, pourquoi êtes-vous là ?" Il lui aurait répondu : "Pourquoi n'y êtes-vous pas ?" Mais son grand livre reste *Walden*[19] où il raconte l'expérience de la solitude. Il est un des premiers à avoir vu les contradictions de cet immense pays que sont les Etats-Unis, pays agricole, pays de fermes et de paysans, que l'industrialisation allait peu à peu transformer. Thoreau n'aimait pas ce qu'il voyait. Ces années 1850-1852, précédant la guerre de Sécession, qui virent une société exploser sous le poids de ses contradictions et périr noyée dans le sang. Cette guerre, rappelons-le, a fait à elle seule plus de morts que toutes les autres guerres, mises bout à bout, livrées par les Etats-Unis. La première guerre moderne dans le monde... Une guerre industrielle. Thoreau était un immense visionnaire et c'est ce qui me touche chez lui.

Comment voyez-vous la littérature américaine d'aujourd'hui ?

Je trouve que nous traversons une période plutôt faste. On trouve beaucoup de très grands écrivains et, ce qui est essentiel, ayant chacun une esthétique particulière leur permettant de suivre une voie propre. Beaucoup d'approches extrêmement diverses qui ne sont malheureusement pas appréciées par un nombre suffisant de lecteurs. Les immigrants continuent de renouveler la littérature américaine. Voici un point de sociologie qu'il ne faut pas passer sous silence – même s'il paraît, à première vue, moins intéressant que des critères purement littéraires : chaque nouveau venu, posant le pied sur le sol américain, éprouve le besoin d'écrire son histoire et de se raconter, de narrer la découverte de "son" Amérique. Il se doit d'interpréter et d'inventer une narration qui lui permette de comprendre le présent.

Le seul point d'ancrage de Nashe, dans La Musique du hasard, *c'est sa petite fille, élevée par sa sœur et qu'il va voir régulièrement. Dans l'entretien qui suit* L'Art de la faim *vous dites des choses très justes et émouvantes concernant vos enfants… L'enfance est un sujet qui vous touche particulièrement ?*

Je me sens tellement proche de ma propre enfance… Il y a une très belle phrase, chez Joseph Joubert que j'ai traduit en 1983 : "Il y a ceux qui se souviennent de leur enfance et ceux qui se souviennent de l'école." J'ai des souvenirs extrêmement vivaces de mon enfance. Je me souviens, avec une grande précision, de certains de mes rêves de petit garçon. Le fait de devenir père m'a beaucoup changé. D'une certaine manière, cela a fermé un cercle. On peut dire que je ne me sentais pas complet, en tant que personne, avant cette naissance. Cette idée très forte de devenir l'élément d'une continuité est primordiale. Il est intéressant de constater que je ne suis arrivé à écrire mes romans qu'après être devenu père. Avant la naissance de Daniel, et malgré mes efforts, je n'y étais pas parvenu. Je pense qu'il doit exister un lien entre les deux. D'autre part, l'enfant est un personnage romanesque des plus intéressants.

Quelle place accordez-vous aux femmes, dans votre œuvre ? Elles sont créatrices, dominatrices, inquiétantes, imprévisibles ? Elles ont le sens du sacrifice amoureux ? Elles réveillent des poètes écrivant des polars sous pseudonyme en pleine nuit ? Elles sont chaleureuses et salvatrices, comme la merveilleuse Kitty Wu dans Moon Palace *?*

Excepté dans *Anna Blume*, les personnages centraux de mes livres sont toujours des hommes. Dans *Léviathan*, les femmes surgissent et jouent un rôle très important. Je me souviens d'une critique très intéressante – écrite par une femme, d'ailleurs –, au sujet du film *La Musique du hasard*. Elle reprochait à cette adaptation de ne pas avoir laissé assez de place au regard que les femmes portent sur Nashe. Cette remarque est capitale. Dans le livre, Nashe est entouré de femmes : son épouse, sa fille, sa mère, son ex-femme, son amie Fiona, avec laquelle il envisage de se marier, Tiffany la prostituée... Ce sont les femmes qui font de Nashe la description la plus complète. Description qu'il est aisé d'étendre à l'ensemble de la gent masculine.

Sans parler de thèmes, votre œuvre est parcourue de grands courants : la mort, par exemple... Elle nous attend tous. Elle est inexorable. Vos personnages ne la contournent jamais. Ils jouent aux échecs avec elle, comme le chevalier dans Le Septième Sceau *d'Ingmar Bergman ?*

Une grande partie de mon travail repose sur la confrontation avec cette question. Il ne s'agit même pas pour moi d'accepter le fait de la mort mais de l'éprouver, de la laisser entrer dans les moindres gestes de la vie. Récemment, j'ai pensé à Montaigne qui soutenait, alors qu'il était encore jeune, "que le but de la philosophie était d'apprendre à mourir". L'âge venant, il s'est rétracté : "Le vrai but de la philosophie, a-t-il rectifié, c'est d'apprendre à vivre." Evidemment, il s'agit d'une seule et même chose, mais l'approche est différente. Je pense que, lentement, je penche vers cette deuxième approche... Oui, je le crois... Quand on a vécu déjà aussi longtemps que moi, la mort n'est peut-être pas aussi effrayante que lorsqu'on a vingt ans ! A cinquante ans, ce n'est pas la même chose... Je ne sais pas... Ce ne sont que spéculations... On verra... Mais c'est une idée qui m'est venue à l'esprit hier ou avant-hier... Vous tombez à pic ! *(Rires.)*

Les grands buildings-miroirs de Cité de verre, *qui peuvent se casser à tout moment, sont là pour suggérer une impression de fragilité – celle de la vie ?*

La vie peut se briser si facilement... Tout peut changer à chaque instant. Ce sentiment de la fragilité de la vie ne cesse de me hanter. Il confère, tout à la fois, une grande joie – celle d'être vivant –, mais aussi une peur immense : on peut perdre si facilement les gens qu'on aime.

Cette fragilité ne viendrait-elle pas de cette constatation, qui parcourt toute l'œuvre de Dostoïevski : l'homme est un homme sans dieu ?

Tous mes livres, fondamentalement, posent et se posent des questions spirituelles. Ils ne sont pas "religieux" mais se rapprochent de ce quelque chose qui aurait à voir avec la religion. La matière de l'esprit, voilà ce qui me concerne au plus profond. Je suis sûr de ça. C'est vraiment le moteur qui me pousse…

Et l'humour ?

Vous savez, l'humour est un problème culturel. Hier, j'ai dîné avec ma belle-sœur et mon beau-frère. La sœur de Siri, qui a vécu cinq ans à Paris et possède parfaitement cette langue, faisait remarquer qu'en France, même aux moments les plus désopilants d'un film des Marx Brothers, la salle reste silencieuse. Les Français prennent tellement tout au sérieux… Parfois, raconta-t-elle, elle riait tellement fort que ses voisins lui ont demandé de se taire ! Les Anglais hurlent de rire en lisant ou en écoutant Beckett ; ce qui n'est pas vraiment le cas chez les Français. Sans doute s'agit-il de différences culturelles… J'étais en France, cet été, Actes Sud et la production des films Pyramides avaient très gentiment organisé une projection de *Smoke* afin que je vérifie l'exactitude des sous-titres. Il y avait là une soixantaine de spectateurs. Personne ne riait ! Après la projection, nombreux sont ceux qui m'ont dit combien ils avaient aimé le film et combien, par moments, ils l'avaient trouvé drôle ! Je n'avais rien remarqué… Mais les Français ne rient pas "à haute voix", comme on le fait aux Etats-Unis.

Quels rapports entretenez-vous avec le cinéma ?

Quand j'étais très jeune, j'étais un cinéphile averti. J'ai vu quantité de films. Puis cela m'a moins intéressé. Je n'étais pas devenu hostile au cinéma mais il m'attirait moins. Ces deux dernières années j'ai été amené, comme vous le savez, à croiser ce monde de l'intérieur – Philippe Haas a adapté en 1993 *La Musique du hasard* et je viens de tourner deux films avec le réalisateur Wayne Wang –, et j'y ai trouvé un certain plaisir. Mais je préfère être ici, dans mon studio, à écrire un livre. Un jour, peut-être, serai-je tenté par une nouvelle expérience en tant que scénariste... Je ne sais pas... On ne peut rien dire... *Smoke* est à quatre-vingt-dix-neuf pour cent quelque chose de neuf. Le *Conte de Noël d'Auggie Wren* a été le déclencheur qui a permis ma rencontre avec Wayne Wang, et dans *Smoke* le récit du conte n'arrive qu'à la fin. Ce scénario, entièrement original, n'aurait cependant jamais pu constituer l'ossature d'un livre. L'histoire a été écrite pour le cinéma. Vous qui avez lu le livre vous avez pu constater que le texte était plus long que le film. Nous avons dû beaucoup couper dans le scénario...

Ce scénario s'inscrit cependant totalement dans votre œuvre. On y retrouve votre univers, vos obsessions...

Oui, bien sûr. C'est une partie de mon travail. J'ai pris l'écriture de ce scénario très au sérieux, même s'il s'agit d'une histoire un peu plus légère que celles qui constituent habituellement le ciment de mes livres. Je voulais faire quelque chose de très simple, sur des gens tout ce qu'il y a de plus ordinaires. Mais *Smoke* est un film assez optimiste. Certes, on y croise des gens un peu angoissés, perdus, avec beaucoup de problèmes… Comme dans la vie… Mais les circonstances sont telles que chaque personne essaie de tirer de l'autre ce qu'elle a de meilleur, ce qu'elle pense être le meilleur. Et ça, c'est possible, ça arrive, ce n'est pas une invention d'écrivain ! Il s'agit simplement d'une certaine approche des choses, des êtres et des gens. Wayne et moi avons longuement parlé de cette question, et cela dès les débuts du projet. Que voulions-nous faire ? J'ai insisté immédiatement sur un aspect, à mes yeux essentiel : je ne voulais pas faire un film cynique. Presque tous les films qu'on distribue aujourd'hui, surtout aux Etats-Unis, sont des films cyniques. Le cynisme est un réflexe de notre temps, aussi faux que le sentimentalisme béat de l'époque victorienne ! On en rit aujourd'hui comme on rira, dans cent ans, de tout le cynisme de notre fin de XXe siècle. Le cynisme, comme son envers le sentimentalisme, ce n'est pas la vie. Je pense que les gens ne vivent pas intérieurement d'une manière cynique. Donc, cette absence de cynisme faisait partie d'un des espoirs que nous fondions au départ de notre projet : il fallait que le film ne fût pas cynique. Mes livres, d'ailleurs, ne sont jamais cyniques : ils sont remplis d'espoir. C'est trop facile d'être cynique. Je m'efforce d'éviter le cynisme…

Vous avez été surpris par le succès du film ?

Nous ne savions absolument pas comment le film allait être reçu. Le succès qui est le sien, modeste, puisqu'il s'agit d'un film à petit budget, mais beaucoup plus grand que nous ne l'aurions imaginé, puisqu'il est encore à l'affiche plus de cinq mois après sa sortie, vient notamment, je pense, de cette absence de cynisme. C'est cela que les spectateurs ont apprécié.

On a l'impression que les deux films se complètent. Qu'il est indispensable de voir et Smoke *et* Brooklyn Boogie… *Chacun possède une structure qui lui est propre ?*

Oui. La structure de *Smoke* est assez bizarre puisque la partie finale, le *Conte de Noël d'Auggie Wren* raconté par Harvey Keitel, n'a rien à voir, sinon avec le reste du film, du moins avec les plans qui précèdent ce récit. Ce n'est pas une conclusion. Quand Auggie raconte l'histoire, il ouvre vers autre chose. J'aime que les choses s'ouvrent, ne se terminent pas. Quant au deuxième film, *Blue in the Face*, dont le titre français est *Brooklyn Boogie*, il est avant tout un jeu d'esprit. On a laissé les acteurs s'amuser pendant six jours, puis on a "cousu" tous ces petits éléments entre eux. On a fabriqué une sorte de curieux panorama. Le résultat donne quelque chose de très très léger. Rien n'était prévu. Mais personne n'avait envie de se quitter après

Smoke. Cette imprévisibilité m'a poussé dans une direction nouvelle. Je devais faire quelque chose de tout à fait différent de ce à quoi j'étais habitué et ça m'a fait un bien fou. Au cinéma, chaque jour qui naît sécrète une crise nouvelle. Il y a beaucoup de tension, de moments de précision extrême. Au fond, cette expérience m'a permis d'acquérir une certaine décontraction, m'a fait mieux accepter l'adversité. Au cinéma, des événements horribles arrivent chaque jour ; il faut rester très calme, toujours... Et être d'une extraordinaire patience.

Brooklyn Boogie *bénéficie d'une distribution étonnante : Lou Reed, Harvey Keitel, Giancarlo Esposito, Jim Jarmusch, Madonna... Mais aussi Brooklyn. C'est un hommage à cette ville ?*

Bien sûr ! Dans un premier temps, j'ai choisi de vivre ici, de l'autre côté de l'East River, parce que les appartements y étaient moins chers qu'à Manhattan. Je vis à Brooklyn depuis seize ans. Il y a trois ans, Siri et moi avons décidé de déménager. Nous vivions alors à quatre dans un appartement devenu trop petit. Je lui ai demandé si elle souhaitait revenir à Manhattan. J'étais ouvert à tout parce que je savais qu'elle avait eu beaucoup de mal à venir s'installer ici. Elle qui n'avait jamais mis les pieds à Brooklyn avant de me rencontrer, elle avait été horrifiée de devoir venir m'y rejoindre la première fois. Elle me répondit qu'elle préférait rester ici... J'aime ce quartier. Avec toutes ses langues et toutes ses cultures. Il est calme et ne se prend pas au sérieux. Oui, ces deux films sont un hommage à Brooklyn et à tout ce que ce quartier représente pour moi.

Souhaitez-vous qu'on parle du livre en cours ?

Non, je ne préfère pas. C'est dangereux de parler des choses qui ne sont pas terminées. Je peux revenir demain, trouver le livre mauvais et tout arrêter…

Anna Blume finit par brûler les livres…

Je ne brûle pas les livres. Je les respecte trop. Je les admire…

La bibliothèque publique de New York vient d'acheter tous vos manuscrits qui voisinent désormais avec ceux de Charles Dickens, Mark Twain, Vladimir Nabokov, Henry Miller… C'est important, extravagant, utile ?

Pratique ! *(Rires.)* Pour une raison qui m'échappe, j'ai toujours gardé mes manuscrits, mes papiers, des lettres, toutes sortes de choses qui s'entassent, dans des cartons que je finis d'ailleurs par ne plus ouvrir… Simplement, je n'arrive pas à les jeter… Je ne peux pas… Tout cela était donc ici, bien entassé, bourré, dans mes vieux cartons. Et puis un jour, un marchand de manuscrits m'a téléphoné en me demandant si je ne voulais pas vendre mes papiers. J'ai trouvé cela un peu extravagant et ai répondu que je n'étais pas encore mort, que je n'avais pas encore eu le temps de penser à ma succession... *(Rires.)* "Non, vous pouvez le faire dès à présent..." m'a-t-il rétorqué. Au fond, ce n'était pas une mauvaise idée : je me débarrassais de mes vieux papiers qu'on allait mettre en lieu sûr, qu'on allait protéger et qu'on était même prêt, en plus, à m'acheter ! Entre nous, il ne s'agissait pas d'une décision terrible à prendre... Ça n'a rien changé : je continue d'écrire et d'entasser mes nouveaux papiers dans de nouveaux cartons...

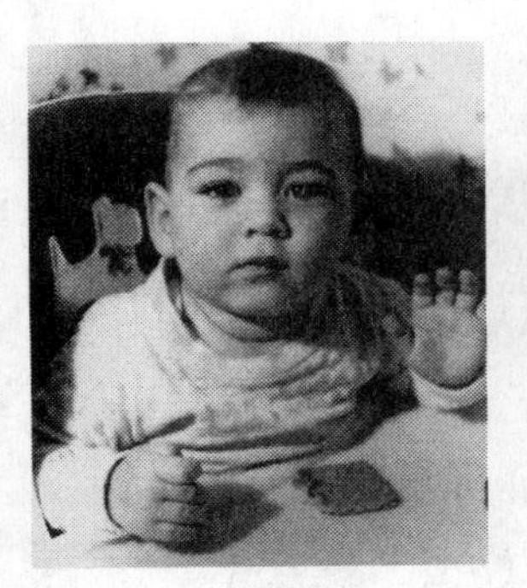

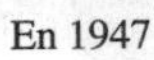
En 1947

En 1948

En 1949

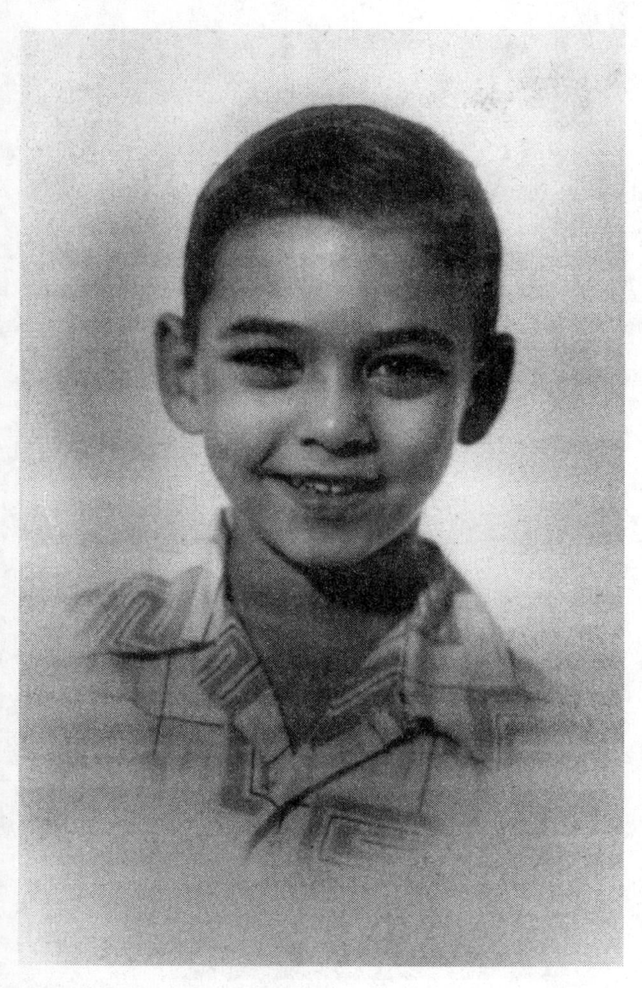

Paul Auster à l'époque de l'épisode statue de la Liberté, 1952

Avec sa sœur, Janet, 1953

En 1967

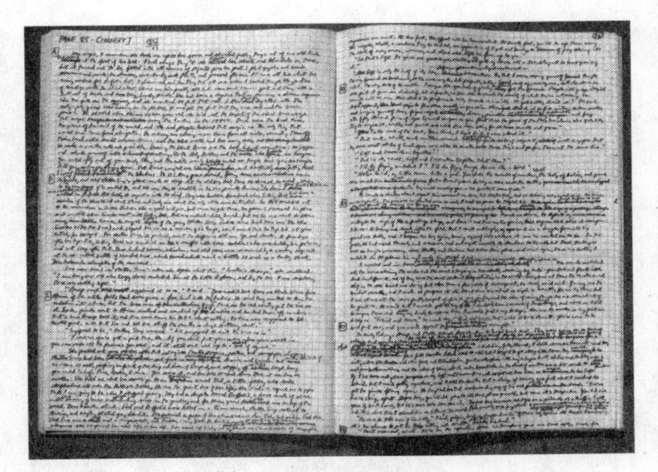

Manuscrit – *Mr Vertigo*
© Daniel Auster

Dans son studio de Brooklyn
© Daniel Auster

Gérard de Cortanze

En tournage, 1994

NEW YORK, MAY 1996

"Le carnet est une sorte de maison pour les mots."

Vous avez découvert la statue de la Liberté au cours de l'été 1953, lors d'une excursion mémorable avec votre mère à Liberty Island. Quelle image gardez-vous de cette journée ?

Le récit qui en est fait dans *Léviathan* constitue très exactement ce que je pourrais appeler une "histoire vraie". J'avais six ans à l'époque. Je ne suis jamais retourné à Liberty Island depuis. Mon principal souvenir reste cette descente sur les fesses, une marche à la fois. Cette lutte, sur mes fonds de pantalon, avec ma mère prise soudain de vertige. La statue de la Liberté, pourtant chargée de symboles, passa au second plan. Cet exemple fournit une indication précieuse quant à ma méthode de travail. Je n'effectue que très peu de recherches. On ne trouve pas chez moi ce désir de recréer, coûte que coûte, du vécu. Mes livres viennent de mon imagination. Je n'entreprends jamais de reportage.

Dans ce passage sur la statue de la Liberté, comme dans plusieurs autres pages de vos romans, on remarque de belles descriptions de l'eau. La mer, le fleuve sont très présents à New York ?

J'ai pris le ferry de Staten Island plusieurs fois dans ma vie… Après mon retour de France, en 1974, j'ai habité deux ans à Riverside Drive, dans un appartement qui se trouvait au dernier étage d'un immeuble dont la terrasse donnait sur l'Hudson River. La vue était magnifique. J'ai découvert une circulation fluviale très intense. A hauteur des rues, on ne se rend pas compte que New York est une ville entourée d'eau. Il suffit de monter un peu pour le constater immédiatement. Chaque jour, je voyais tous ces bateaux aller et venir et cela a considérablement changé ma vision de la ville.

Les témoignages sur New York regorgent de passages consacrés à la présence de l'eau… Henry James évoque, dans La Scène américaine[20], *la beauté de la lumière et de l'air, la "grande échelle de l'espace", les "portes ouvertes de l'Hudson". La ville de New York est édifiée sur l'un des plus grands ports naturels qui soient.*

De l'Upper West Side, qui n'était pas encore, au XIXe siècle, ce qu'on appellerait aujourd'hui un "quartier", on pouvait prendre un ferry qui vous conduisait jusqu'au sud de Manhattan. A l'époque, il n'y avait pas encore de métro ni d'autobus. On voyageait beaucoup par bateau. Vous connaissez le célèbre poème de Whitman : *Sur le bac de Brooklyn.* Il n'est rien d'autre qu'un long poème épique sur ces foules d'hommes et de femmes qui traversent le fleuve avant que le pont de Brooklyn ne soit construit.

"Rien n'est plus pompeux et plus admirable à mes yeux que Manhattan cerné de mâts", écrit-il…

Exactement. Il s'agit d'un des plus beaux poèmes de la littérature américaine.

Vos personnages circulent parfois dans Little Italy et Chinatown. Ils ne vivent pas dans ces quartiers, ils se contentent d'y passer… Barber, par exemple, invite Kitty et Fogg dans un restaurant de Chinatown.

Little Italy est un quartier qui s'est réduit au cours des ans comme une peau de chagrin. Au contraire, Chinatown s'est développé. Je n'ai pas passé beaucoup de temps à Chinatown. Vers 1969, j'ai dû quitter l'appartement que j'occupais et un ami m'a hébergé quelques semaines dans un loft entre Chatham Square et le pont de Manhattan. Mon expérience de ce quartier remonte à cette époque et elle fut très brève…

Il s'agit du "loft poussiéreux sur East Broadway", loué pour "moins de trois cents dollars par mois", par Fogg et Kitty, dans Moon Palace *?*

Exactement.

Dans Moon Palace *encore, vous écrivez que Chinatown était pour Fogg comme "un pays étranger" et que chaque fois qu'il sortait de chez lui il se sentait "complètement désorienté et confus".*

Cette impression était la mienne. Une remarque prise directement de la vie. Plus récemment, grâce à *Smoke* et à *Blue in the Face*, j'ai redécouvert Chinatown... Les bureaux de la production se trouvant dans cette partie de Manhattan, nous nous y rendions très fréquemment, Wayne Wang et moi. Au carrefour de Little Italy, de Soho et de Chinatown, très précisément rue Lafayette. Nous avons beaucoup fréquenté les restaurants chinois du quartier. Wayne commandait en chinois et cela était pour moi une expérience aussi nouvelle que passionnante.

Dans Moon Palace, *Barber, qui veut "tâter" de la vie à New York, sous-loue un appartement dans la 10e Rue, entre la 5e et la 6e Avenue...*

Il s'agit, là encore, d'une référence personnelle et dans cette même période durant laquelle j'étais à la recherche d'un appartement. J'ai vécu plusieurs semaines chez un ami, dans une chambre dont la fenêtre donnait sur la 10e Rue. L'immeuble était un *brownstones*. Le *brownstones* est un élément "typique" du vieux New York. Il s'est trouvé que j'en ai habité beaucoup, aussi trouve-t-on de nombreux *brownstones* dans mes romans. Ces vieux immeubles contrastent avec les nouveaux buildings plus rutilants. Je retiens de Greenwich Village qu'il fut pour moi un endroit très agréable.

Restons, si vous le voulez bien, dans le Village… Un de ses lieux célèbres reste la White Horse Tavern. *Fogg s'y enivre avec Zimmer et s'y rend avec Barber…*

Lorsque j'étais plus jeune, je fréquentais la *White Horse Tavern* de temps en temps. Je ne trouvais à l'endroit rien de vraiment particulier. Ce bar, qui était là depuis très longtemps, faisait partie de mon "paysage". C'était une sorte de point de rencontre, de point de ralliement. Nous le connaissions tous. Dylan Thomas, en son temps, l'avait fréquenté[21].

Vous parlez souvent de l'immeuble en brique rouge au 6, Varick Street… Dans L'Invention de la solitude, *le narrateur y emménage au début du printemps 1979. Dans* Moon Palace, *Fogg croise Zimmer, qu'il n'a pas vu depuis treize ans, "au coin de la Varick Street et de Broadway". Dans* Léviathan, *Peter Aaron y possède une chambre, non loin du loft de Duane Street où vit Maria Turner. Que représente ce lieu pour vous ?*

J'ai éprouvé là des choses très importantes pour moi, formatrices. Je suis très attaché à ce lieu qui a aujourd'hui été complètement transformé et remplacé par des lofts, vastes, lumineux et coûteux. A l'époque, les appartements étaient vétustes. Il se dégageait de tout cela une impression de pauvreté et de détresse. J'y ai vécu plusieurs mois, en 1979. C'est au 6, Varick Street que j'ai écrit, dans la minuscule chambre qui était la mienne, la plus grande partie du *Livre de la mémoire*. C'était horrible. La misère absolue. Je payais cent dollars par mois de loyer. Cent dollars ! Il n'y avait évidemment pas de salle de bains. Quant aux W.-C., il fallait sortir sur le palier et ils étaient communs. C'était horrible.

Le 6, Varick Street est-il un cas isolé dans la constitution de votre univers romanesque ? D'autres lieux sont-ils liés de façon aussi intime à certaines pages de votre œuvre ?

Les lieux ne comptent pas, excepté dans ce cas très particulier du 6, Varick Street : le lieu était aussi une partie du livre. Sans l'expérience de cette chambre, le livre aurait été totalement différent. C'est dans ce lieu que l'idée du livre est née. Mais, je le répète, les lieux n'ont pas de réelle importance. Ainsi, je n'ai jamais considéré que j'étais un écrivain de New York, par exemple. Je ne décris jamais la vie qu'on mène à New York. New York n'est qu'un site où les choses se passent. Ce qui est complètement différent chez Dickens : on peut dire de lui qu'il est l'écrivain de Londres.

D'ailleurs, plusieurs de vos romans ne se passent pas à New York... J'aimerais que vous me parliez des parcs...Les parcs, "cette nature sublimée", occupent une place importante dans votre univers, notamment le plus new-yorkais d'entre eux : Central Park. Fogg pense que le parc peut lui offrir "une chance de retrouver sa vie intérieure"...

Pénétrer dans un parc, c'est un peu comme aller à la campagne mais au cœur de la ville. Quelle est la fonction d'un parc urbain ? Incontestablement, nourrir la vie de la ville. Dans un parc, on se repose, on reprend contact avec la nature. Tout y est "artificiel", mais surtout planté, disposé, entretenu, afin que naisse cette impression de proximité. Cette "nature sublimée", oui, comme je le dis dans *Moon Palace*, est une bonne chose. Les gens utilisent beaucoup les parcs new-yorkais qui ne désemplissent jamais. Le parc est une sorte d'exutoire.

Vos personnages y vivent des expériences fondamentales, s'appréhendent, tentent de se connaître. On y devient clochard aussi...

Dans *Moon Palace*, surtout... J'ai lu dans une biographie qui lui était consacrée que, du temps où il habitait à proximité du Mont Tom, Edgar Allan Poe aimait regarder l'Hudson River de cette petite colline. Mais, à l'époque, Riverside Park n'existait pas. Le parc n'est pas uniquement un lieu de repos. Fogg s'y découvre. Où habiter ? Telle est la question qu'il se pose. Ne trouvant pas de réponse, il décide de vivre dans Central Park quelques semaines. Cette solution est choisie par désespoir et nécessité.

Vous allez, vous-même, dans les parcs ?

Pas très souvent. De temps en temps, avec ma fille et mon chien, Jack, nous nous promenons dans Prospect Park, à Brooklyn.

Le parc ne saurait exister sans son contraire, qui est aussi la condition de son existence : les rues. Anna Blume soutient "qu'il y en a partout et qu'il n'y en a pas deux semblables". Dans La Chambre dérobée*, vous dites des rues new-yorkaises qu'elles sont "chaotiques", et Fogg qui y circule assure qu'on y rencontre "une forme naturelle, peut-être nécessaire, d'indifférence à autrui".*

Il y a en France une tradition du regard : on se regarde les uns les autres, on s'épie. Lorsque je suis dans un café, en France, il est très amusant pour moi d'observer comment les gens se dévisagent. C'est un véritable jeu. Les Américains en général et les New-Yorkais en particulier ne le pratiquent pas. A Paris, tout est plus homogène. On partage les mêmes attitudes, les mêmes gestes, les mêmes idées. Ici, tout est tellement diffus, multiple, qu'on ne s'intéresse pas vraiment aux autres. Il règne à New York comme un étrange sentiment de peur. On ne veut surtout pas se mêler de l'espace d'un autre, pénétrer dans son territoire.

Au chapitre 7 de Cité de verre, *Quinn, filant Stillman, prononce une phrase mystérieuse et belle : "Il parcourait la gare comme s'il était dans le corps de Paul Auster..." Grand Central Station n'est à classer ni dans la catégorie de la rue ni dans celle du parc. Que signifie-t-elle ? Que vient-on y chercher ?*

Quinn a cette pensée à un moment précis du livre. C'est une sorte de pause. Il attend. Il ne sait pas ce qui va se passer. Il laisse son esprit divaguer. Grand Central Station est un lieu intéressant, très différent d'une gare comme celles qu'on peut voir à Paris. Elle est construite d'une manière tout à fait différente et la vie à l'intérieur n'est pas la même non plus. Toute une population très organisée vit aujourd'hui dans les gares de New York. Des clochards ont créé une curieuse société qui évolue dans les tunnels. Ce phénomène a d'ailleurs suscité un livre : *Tunnel People*. Grand Central Station est une gare qui dessert la banlieue et qui devient, dans *Cité de verre*, un lieu intérieur. C'est un fait, Grand Central Station n'est pas un lieu d'évasion.

Nous évoquions précédemment la White Horse Tavern, *dans le Village. Il est un autre bar, 59 W 44th Street :* L'Algonquin. *Bleu (dans* Revenants*) y suit Noir. Vous parlez du* lobby *de* L'Algonquin *mais aussi de la petite salle à gauche : le* Blue Bar…

La scène à laquelle vous faites référence se passe dans le *lobby* de *L'Algonquin* mais il m'amusait aussi de mettre en relation le personnage nommé Blue avec le *Blue Bar* attenant à *L'Algonquin. L'Algonquin* connut son heure de gloire et fut même considéré comme un haut lieu littéraire. Ce qu'on appelle un "café littéraire[22]". Il est amusant de constater que cette tradition se perpétue. Je ne le fréquente pas particulièrement. Parfois, je m'y rends. J'y ai fait quelques entretiens, notamment avec Ariel Dorfmann, pour la télévision canadienne. Toute une saison de programmes enregistrés en deux jours, les uns après les autres, comme chez le coiffeur… J'ai également participé à une émission radio qui était enregistrée le dimanche… Il y a une dizaine d'années, *Cité de verre* était sur la liste de l'Edgar Award. Mon éditeur de Los Angeles, Douglas Messerri, vient à New York et, après le dîner, nous invite tous à prendre un verre à *L'Algonquin*… Je portais mon unique veste acceptable et ma seule cravate présentable… L'événement exigeait que l'on sablât le champagne… Le serveur est arrivé avec une bouteille à la main et l'a débouchée si maladroitement que le contenu a fusé sur mes pauvres vêtements, un vrai tuyau d'arrosage ! J'étais trempé des pieds à la tête… Ce fut mon baptême littéraire… Comme un bateau.

Sur la vitre du Blue Bar, *on remarque la présence de deux Indiens qui pagaient dans une pirogue... Des Algonquins, comme ceux qui avaient vendu pour vingt-quatre dollars de pacotille l'île de Manhattan à Peter Minuit... Vous écrivez dans* Moon Palace *: "Je me mis soudain à rêver d'Indiens. Je me voyais, il y a trois cent cinquante ans, en train de suivre un groupe d'hommes à moitié nus à travers les forêts de Manhattan..." Quant aux toiles de Ralph Albert Blakelock, qu'Effing conseille à Fogg d'aller admirer au musée de Brooklyn, elles semblent englober l'Ouest et tous ses habitants naturels dans un même symbole : celui de l'harmonie des premiers jours. Vous parlez peu des Indiens, mais j'ai l'impression que cette thématique compte considérablement pour vous.*

Oui, c'est parfaitement exact. On oublie ce qu'était New York, il n'y a pas si longtemps encore : une nature sauvage peuplée d'Indiens. En trois cents ans tout cet équilibre s'est totalement transformé. L'Indien représente beaucoup de choses à la fois. Ce que je retiens, en premier lieu c'est, bien évidemment, le traitement que les Blancs, qui sont venus ici, leur ont fait subir. Cette contrée était leur terre, ils y habitaient depuis des milliers d'années. Une des formes de l'hypocrisie américaine consiste à oublier que ce grand pays des libertés – bien qu'il reste, aujourd'hui encore, un des phares de la liberté dans le monde – s'est fondé et construit sur le génocide d'un peuple et l'esclavage d'un autre.

Cette triste histoire des relations entre les Blancs et les Indiens est une croix que chaque Américain porte sur son dos. Il ne faudra jamais oublier ce drame. Dans la tradition indienne la terre n'appartient à personne, la notion de propriété n'existe pas. Ce n'est pas l'homme qui décide, qui enclôt une propriété : la terre est un don des dieux. Cette manière de penser, en opposition complète avec celle des Blancs, faisait que toute communication était impossible. Il s'agit de deux univers opposés, de deux conceptions du monde, des relations humaines et des valeurs. Mais tout le monde connaît ça…

Lorsque vous étiez enfant, quelle image aviez-vous des Indiens ?

La connaissance du monde indien m'est venue, comme pour la majorité des enfants, par le biais des westerns, donc déformée. Selon le film, les Indiens étaient des sauvages sanguinaires ou des primitifs d'une pureté exemplaire. Dans les jeux, nous étions plutôt cow-boys. Je portais deux pistolets et un chapeau. J'étais un vrai cow-boy. L'enfant ne veut jamais être l'Indien. L'enfant s'identifie au héros et le héros, dans les films, est toujours un Blanc. Je parle des films projetés aux spectateurs de ma génération et qui étaient tous tellement racistes. Je me souviens d'un feuilleton qui passait à la télévision : *The Lone Ranger*… Toujours accompagné de son fidèle Tonto, The Lone Ranger portait un masque et personne ne savait qui il était. Il défendait, monté sur son cheval Silver, la veuve et l'orphelin, et sillonnait l'Ouest, accomplissant des actes tous plus exemplaires et désintéressés les uns que les autres. Tonto l'Indien appelait The Lone Ranger *quimosabe*, ce qui, dans sa "langue", était supposé vouloir dire : "ami".

Il s'agit de ce feuilleton radiophonique dont les premiers épisodes ont été diffusés en 1933, et qui est ensuite passé à la télévision en 1949 et cela jusqu'en 1965 ?

Oui, c'est cela… Chaque fois que The Lone Ranger partait vers une nouvelle mission, il offrait une balle d'argent à un heureux élu qui la montrait à son entourage médusé… "Qui t'a donné cette balle d'argent ?" "Je ne sais pas… Un cavalier masqué sur un cheval…" Alors, quelqu'un disait : "C'est The Lone Ranger !" A cet instant, retentissait une musique, toujours la même : L'"Ouverture" de *Guillaume Tell*… Tandis que le cavalier masqué lançait à son cheval : "Aïe, ooooh, Silver !" Une des choses les plus drôles dont je me souvienne, et qui m'a vraiment ouvert une autre manière de penser – je devais avoir une dizaine d'années –, c'est la lecture de *Mad Magazine*", un mensuel très sarcastique, humoristique, violemment satirique. Ce fut, pour ma génération, une véritable révélation. La rubrique consacrée à la télévision était prodigieuse. On y voyait The Lone Ranger et

Tonto encerclés par les Indiens… “Tonto, nous sommes encerclés !” disait The Lone Ranger, et Tonto de répondre : “Que voulez-vous dire par *nous* ?” *“What do you mean* we *?”* C’était merveilleux, très célèbre, tout le monde connaissait cette blague.

Broadway est la seule avenue à couper la géométrie drastique de Manhattan, le fameux quadrillage des deux mille vingt-huit blocks, *parce qu’elle suit le tracé d’une ancienne piste indienne. C’est tellement émouvant.*

Nik Cohen a publié, il y a quelques années, un livre remarquable sur Broadway, longue promenade qui part du Lower Manhattan et rejoint le nord du Bronx. Un chemin très long. La seule rue restée intacte, venue du fin fond du passé de Manhattan.

Entre le village de Millbrook, où il découvre Pozzi, et la maison de Stone et Flower à Ockham en Pennsylvanie, Nashe fait une halte symbolique à New York dans l’un des hôtels les plus prestigieux de la ville. On apprend que Pozzi y était allé avec son père… S’agit-il encore d’un souvenir d’enfance ?

Non. Je ne suis pas allé au *Plaza* alors que j’étais enfant mais plus tard. J’y ai passé ma nuit de noces avec Siri. Le *Plaza* est un vieil hôtel de luxe. Dans le livre, Nashe veut impressionner Pozzi. Le *Plaza*, qui n’est peut-être pas l’hôtel le plus luxueux de New York, est du moins le symbole du luxe. Comme le *Ritz* à Paris. Mais l'appartement de mes grands-parents n'était pas très loin… La place Colombus Circle appartient au même *block*, 59e Rue 5e Avenue, devant Central Park South. Nous passions très souvent devant ce périmètre célèbre et important de la vie new-yorkaise. Nashe et Pozzi dépensent une partie de leur argent dans ce lieu symbole d'argent et de luxe, inscrit dans le quartier particulier d'une ville qui est elle-même symbolique d'une certaine réussite sociale et économique.

Un dernier arrêt avant de tout perdre ?

Oui, en quelque sorte.

En passant votre nuit de noces au Plaza, *vous vouliez impressionner Siri ?*

(Rire.) Non, il s'agissait d'un jeu… Plus tard, pour fêter mes quarante ans, Siri voulait faire une fête. Mais j'ai refusé : je n'aime pas les fêtes, le monde, les commémorations. Je lui ai proposé de passer une nuit dans un très bon hôtel de New York. Voilà comment est né ce petit rite familial… Par la suite, nous avons chaque année, après le Nouvel An, renouvelé la nuit rituelle. Cela a duré quelque temps. Une journée dans un hôtel de luxe constitue une expérience très bizarre. C'est un peu comme de jouer au touriste dans sa propre ville. Vous laissez

vos enfants vingt-quatre heures et vous avez l'impression d'avoir effectué un voyage dans un autre monde, sur une autre planète. On s'occupe de vous comme à l'hôpital. C'est à la fois luxueux et absurde.

On trouve peu de références à l'Upper East Side, dans votre œuvre. Une cependant est essentielle : le numéro 25 de la 69e Rue Est. Stillman fils y habite. Dans Cité de verre *donc, Virginia Stillman ouvre la porte de l'appartement à un Quinn décontenancé qui finira par monter la garde sous une fenêtre de la résidence, en s'installant dans "une petite allée pour la nuit" puis dans un conteneur à ordures de cette même allée…*

Il s'agit, là encore, d'une réminiscence autobiographique. Quand je suis rentré de mon deuxième voyage en France, j'ai trouvé un travail chez un marchand de livres dont le bureau se trouvait au numéro 25 de la 69e Rue Est. Je me suis rendu à cette adresse, quotidiennement, pendant huit mois. Nous publiions et rédigions des catalogues pour bibliophiles. Le propriétaire, mort aujourd'hui, s'appelait Arthur A. Cohen et sa "société" Ex-Libris. Je me souviens d'un livre de Man Ray, tiré à cent exemplaires, *Mr and Mrs Woodman*. Les volumes étaient accompagnés de notices explicatives comme celle-ci : "*Mr and Mrs Woodman* : des travaux les plus étranges parmi les étranges travaux de Man Ray. M. et Mme Woodman sont deux figurines, des sortes de marionnettes construites en 1943…"

C'est aussi dans la 69e Rue est que votre pièce Laurel and Hardy go to the Heaven *fut montée…*

Oui. Lors d'une de ces représentations privées organisées par John Bernard Myers dans une ancienne carrosserie que Mark Rothko avait transformée en atelier et où il s'était suicidé six ans auparavant, en 1970. Non loin de là, au 939 de Madison Avenue, se trouve la librairie *Books and Company*, tout près du Whitney Museum. Elle a toujours soutenu mon travail. A l'intérieur, on peut voir, sur le mur au bas de l'escalier, à droite en entrant, une amusante photo de moi et du jeune homme qui dirigeait alors cette librairie… il y a longtemps. Six ou sept ans après ce premier cliché, nous en avons pris un second des mêmes deux hommes, plus âgés, tenant devant eux la première photo… Etrange, non ?

Dans Cité de verre*, vous évoquez longuement ce que vous appelez le "site préhistorique" de Stillman et son travail de chiffonnier. Beaucoup de vos personnages, en particulier Stillman et Anna Blume, définissent des espaces et y travaillent à ramasser des objets. Effing demande à Fogg de les lui décrire : "Je veux voir ce que nous regardons, sacredieu, je veux que vous me rendiez ces objets perceptibles." Anna Blume travaille un temps comme "chasseur d'objets". Vous rappelez vous-même que Ponge conseille de "voir l'objet avant de le nommer". Dans votre recueil de poèmes* Disparitions, *vous écrivez : "Et de* *chaque objet qu'il a vu, il parlera..." Dans New York, ce "vaste dépotoir"* (Cité de verre), *il y aurait comme une archéologie du présent à vivre ?*

Tout ce que j'ai à dire sur ce sujet est dans les livres... Je ne peux pas expliquer cette attirance. Je ne sais pas pourquoi ces objets brisés et ramassés me fascinent. Mais c'est vrai, c'est un fait...

Vous n'êtes pas de ces archéologues qui creusent et effectuent des fouilles. Vos personnages, sans être à la surface des choses, travaillent "en surface". Ils voient les choses qu'ils croisent, ne vont pas les chercher ailleurs, ne vont pas les trouver sous la terre, dans le sol...

C'est trop dur...

Trop dur de parler ?

Trop difficile de parler de ces choses. Vous inventerez.

C'est trop intime ?

Oui, c'est trop intime.

Comme les clochards ?

Oui, comme les clochards... C'est une question tellement importante pour moi. Il y aurait beaucoup à dire. Mais c'est trop vaste, trop profond. Cela touche à la fois au domaine spirituel et au matériel. *(Long silence.)* Non, je ne peux pas répondre. L'énergie me manque. Vous inventerez…

Si on pense aux méandres de Stillman, aux différents parcours, promenades, errances de vos personnages, peut-on avancer que vous liez la littérature, les mots à la promenade. Sachs se promène dans New York "comme une âme en peine", Effing et Fogg "parcourent la ville de long en large". Il y a un lien direct entre le fait de marcher et la parole, la recherche des mots ?

Je parle dans *L'Art de la faim* du célèbre *Entretien sur Dante* d'Ossip Mandelstam[23]. Il y évoque la connexion existant entre le pas humain et la parole : "L'Enfer et surtout le Purgatoire sont une célébration de la marche de l'homme, de la mesure et du rythme des pas, du pied, de sa forme…" Il pose aussi cette question magnifique : "Je me demande combien de paires de sandales Dante a usées en écrivant *La Divine Comédie* ?" C'est une bonne question, non ? Il y a très longtemps, je voulais traduire *Les Rêveries du promeneur solitaire* de Jean-Jacques Rousseau ; ce projet n'a pas abouti. Mais je ne suis pas un spécialiste de la littérature de la promenade ni de ce qu'on appelle les "écrivains voyageurs".

Que signifie le long parcours de Quinn qui le conduit de son appartement de la 107e Rue Est, par Broadway jusqu'à la 72ᵉ Rue Est et se termine, après un passage par Battery Park, sur un banc de pierre de la place du palais des Nations unies ?

Il ne désigne pas, comme avec "Babel", une lettre ou une forme. Souvent quelqu'un me dit : "J'ai fait une carte de cette pérégrination mais cela n'a aucun sens, qu'est-ce que ça veut dire ? Je ne comprends pas ce que cherche Stillman…" Le parcours de Quinn est complètement différent. Quinn accomplit ce périple parce qu'il est tout à fait désespéré et dans la confusion la plus grande. Il marche pour trouver une solution. Il ne sait pas quoi faire. Ce parcours dure toute une journée. Il est enveloppé par la ville comme dans son désespoir. Et parfois, il s'arrête pour écrire des choses dans son carnet, sur les clochards : voilà sa découverte. Et il devient clochard. Voilà ce qu'il découvre. Ce n'est peut-être pas une bonne réponse mais c'est ce qu'il fait. Quinn est un homme perdu.

Vous précisez, dans L'Invention de la solitude *: "Ce qu'on fait en réalité, quand on marche dans une ville, c'est penser."*

On effectue un trajet physique, on avance pas après pas. Un circuit s'établit et durant le trajet, des pensées surgissent, accompagnant la marche. Les pensées font, elles aussi, une sorte de voyage. On peut tout aussi bien voyager dans sa tête, assis dans une chambre. Il y a une trentaine d'années, William

Burroughs se promenait avec un carnet dont les pages étaient divisées en trois colonnes : ce qu'il voyait, ce qu'il pensait et ce qu'il lisait. Les similitudes et les contradictions entre ces trois éléments étaient une chose intéressante à observer.

Dans Léviathan, *vous dites de Sachs qu'il "errait librement, parcourant les rues de la ville comme un* flâneur *du XIXe siècle". Vous aimez, chez Wolfson, sa façon de "faire éprouver de manière plus immédiate ce que c'est que d'errer dans les rues de New York", et chez Reznikoff, sa passion à parcourir la cité, "les yeux ouverts"... Vous aimez marcher ?*

J'aime marcher. Au fond, tout ce thème de la promenade, de l'errance, relève de l'autobiographie. Encore une fois, il n'est pas né de la littérature.

Comme beaucoup d'autres aspects de votre œuvre ?

Oui. Ou plutôt : oui et non. Certains éléments viennent directement de la vie – des éléments qui sont parfois des plus anodins. Le fait, par exemple, d'avoir travaillé huit mois au 25 de la 69e Rue Est n'a d'importance que pour moi. Ce lieu me procure une certaine "vibration" personnelle. Cette adresse, je l'investis dans mon propre travail et lui donne une réelle ampleur. J'aurais pu tout aussi bien, si je m'en tiens à cet exemple, écrire que Stillman habitait la 68e Rue Est. Des canaux mystérieux font que, moi, écrivain, je vais utiliser un détail qui peut paraître parfaitement inutile aux yeux des autres. Chaque écrivain, je pense, recourt, à un moment ou à un autre, à cette méthode d'écriture. Le seul livre pour lequel j'ai consciemment fait référence à un lieu précis, en effectuant pour cela un effort d'exactitude, c'est *Léviathan*. J'ai situé le roman, qui relève lui de la fiction pure, sur les lieux mêmes de sa rédaction. Quant à la chambre du narrateur, elle est celle qui était alors la mienne tandis que j'écrivais, physiquement, le livre. Ce qui, pour le lecteur, ne confère aucun "sens" supplémentaire. A mes yeux, il s'agissait d'une méthode de travail qui devait me permettre de m'impliquer davantage encore dans l'histoire. Peter Aaron écrit "je suis assis à une table verte" – j'étais assis à une table verte, dans le Vermont. Je décrivais ce qui était autour de moi. Sa biographie ressemble un peu à la mienne. Il y a des rapports, des recoupements – ce qui ne signifie pas que ce livre soit autobiographique. Peter Aaron se marie avec le personnage du livre de Siri *Les Yeux bandés*[24]. C'est un double mariage fictionnel.

La vie et la littérature fabriquent d'étranges coïncidences...

Oui. David Reed, un ami peintre[25], est à la source de nombreux éléments présents dans *Moon Palace*.

C'est lui qui m'a parlé de Blakelock. C'est son expérience de conscrit que je raconte (et non la mienne) à travers le personnage de Fogg. C'est avec lui que j'ai voyagé dans l'Ouest, dans les montagnes de l'Ouest en Arizona et en Utah où il vivait. M. et Mme Smith, qui apparaissent à la fin du livre, ne sont pas des personnages inventés. Mme Smith était une authentique descendante de Kit Carson ! M. Smith, qui dirigeait l'Indian Training Post dans la réserve des Navajos, était un homme très beau, à la Gary Cooper. Il avait soixante-dix ans. En le regardant, je pensais : c'est vraiment un homme de l'Ouest… qui est né sur cette terre, etc. J'ai parlé avec lui : il m'a confié qu'il était né dans le New Jersey, dans la même ville que moi, à Newark, et qu'il avait effectué sa scolarité dans la même école que moi. Il avait commencé sa vie comme danseur à Broadway, dans les années vingt puis était parti et avait décidé de refaire sa vie. Tout cela était tellement émouvant. *Moon Palace* doit tant à David Reed.

La réalité et la fiction tissent des liens d'amour et de haine ?

Les deux sont intimement liés. J'ai reçu, il y a quelques jours, une biographie de Beckett qui m'a fort surpris. Beckett, dans son œuvre, fait un nombre incroyable de références à des noms existants, des prénoms de personnes réelles, des situations autobiographiques, des lieux de sa jeunesse et de sa vie. Chaque écrivain, dès lors que cela lui est utile ou nécessaire, a recours à ce procédé. On est toujours très attaché aux événements qui se sont déroulés dans notre vie et qui nous ont marqués. Ils nous ont formés. Le souvenir des choses nous émeut. Ces souvenirs donnent une touche personnelle à tout ce qu'on écrit : la véritable résonance intime de l'œuvre. Je trouve assez facilement les noms de mes personnages. J'ai souvent beaucoup d'idées dans la tête. Pouvoir donner un nom à des personnages, "nommer", est un des aspects véritablement magiques de l'écriture. On peut, par exemple, rendre un hommage discret à une personne disparue. Je l'ai fait dans *La Chambre dérobée* avec Ivan Wyshnejreadsky, ce compositeur, aujourd'hui disparu. Vous croisez des noms utiles ou amusants que vous retenez ou ne retenez pas. Tout cela tient de la combinaison.

Une combinaison qui peut parfois se révéler troublante. Comme dans le cas de cet "immeuble trapu et biscornu" au sud de Central Park, à l'angle de Columbus Circle, que vous décrivez dans L'Invention de la solitude, *et qui a une histoire bien singulière...*

Ma mère et sa sœur sont nées et ont grandi à Brooklyn. Quand elles ont eu respectivement seize et dix-huit ans, leurs parents sont venus vivre à Manhattan. L'immeuble du 240, Central Park South venait d'être construit et mes grands-parents furent parmi ses premiers locataires. Nous étions en 1941. Mes deux grands-parents y ont vécu jusqu'à la fin de leur vie. Mes premières impressions de New York sont nées ici. J'ai passé, dans cet appartement, de nombreux week-ends. C'est là que Saint-Exupéry a écrit *Le Petit Prince*, pendant la guerre.

En fait, c'est à la fin janvier 1941 qu'il quitte le Ritz-Carlton *et s'installe au vingt-septième étage dans cet immeuble où habite déjà Maurice Maeterlinck. L'immeuble de vos grands-parents était un lieu célèbre puisque Consuelo, qui habitait, elle, au vingt-sixième étage, recevait régulièrement Breton, Ernst, Duchamp, Dalí, Miró, Tanguy, etc. Saint-Exupéry quittera le 240, Central Park South en février 1943 et s'installera à Beekman Place, dans l'ancienne maison de Greta Garbo. Il y corrigera les épreuves du* Petit Prince, *avec Annabella... Passons à l'Upper West Side... Max Klein, héros du roman que vous avez publié sous pseudonyme* (Fausse balle), *y habite. Il parle de ce quartier comme d'une sorte "d'arche de Noé qui abrite presque toutes les espèces existant à New York", pourquoi ?*

L'arche de Noé désigne la "plénitude" de l'humanité qui s'y trouve rassemblée. Une humanité très diverse qu'on retrouve à Brooklyn peut-être davantage encore que dans l'Upper West Side. Park Slope est une sorte d'Upper West Side en plus petit. On y rencontre un sentiment très voisin : une grande hétérogénéité, des gens venus des quatre coins du monde et qui habitent ensemble, en totale harmonie, dans le même quartier.

De Columbus Circle à l'Upper West Side, glissons vers Riverside Park puis Morningside Heights… où brillent les lettres au néon roses et bleues du restaurant le Moon Palace, *sur la 112e Rue Ouest près de Broadway…*

Le *Moon Palace* n'existe plus, tout comme l'hôtel *Harmony* aujourd'hui disparu.

Celui où descend Stillman, à l'angle de la 99e Rue Ouest et de Broadway : "un établissement miteux pour paumés"…

J'avais été attiré par un panneau publicitaire. Sur le mur de briques d'un grand immeuble, à la hauteur de Broadway, on pouvait lire, en lettres peintes : *The Hotel Harmony where living is the pleasure*. Le lieu était minable. On n'y croisait que des pauvres gens et des ivrognes…

Dans Léviathan, *Fanny se trouve un petit appartement dans la 112e Rue Ouest et Peter Aaron habite à cinq rues de chez elle, dans la 107e Rue Ouest. Dans* Moon Palace, *le* Quinn's bar & Grill *est au coin sud-est de la 108e Rue. Un des appartements occupés par Fogg, "un studio au cinquième étage d'un grand immeuble avec ascenseur" se trouve sur la 112e Rue Ouest… Les références à ces quartiers de Riverside Park et de Morningside Heights sont nombreuses, vous y avez vécu ?*

J'ai vécu deux fois sur la 107e Rue Ouest, quand j'étais étudiant à Columbia. La première année, j'ai résidé à la cité universitaire, dans un dortoir puis, pendant un an au 311 de la 107e Rue Ouest et au 262, deux ans plus tard. J'ai aussi vécu au 601 de la 115e Rue Ouest. Enfin, au 456 de Riverside Drive – mais bien plus tard. C'est l'adresse d'Auster dans *Cité de verre*. Je n'ai jamais vécu dans ces quartiers avec Siri.

Vous avez fait vos études universitaires à Columbia, quel souvenir en gardez-vous ?

J'ai été étudiant à Columbia durant cinq ans. De 1965 à 1970. Des années fondamentales qu'il est difficile d'aborder en quelques phrases. J'avais entre dix-huit et vingt-trois ans... Sans doute s'agit-il du moment le plus intense de la jeunesse. Quel long et intense voyage ! Ces années ont été absolument essentielles pour moi, sur tous les plans : livresques, littéraires, sentimentaux, politiques.

Vous avez travaillé à la bibliothèque de Columbia, je crois...

Oui, pendant un an, plusieurs jours par semaine. Elle possédait, à l'époque, plus de deux millions de volumes. Quelle étrange expérience. Ma tâche consistait à ranger les livres sur les rayonnages. Il s'agissait d'un travail de précision. On nous expliquait que si le livre n'était pas rangé là où sa cote l'exigeait, il pouvait être égaré pour vingt ans. A moins d'un hasard, personne n'irait plus jamais le chercher. Des espions vérifiaient notre travail. Un jour, j'ai commis une faute, j'ai replacé le livre à un mauvais endroit, pas très loin de sa place initiale, d'ailleurs. Dans une salle fermée au public où personne n'avait le droit d'entrer. J'étais seul avec ces kilomètres de rayonnages. Tout à coup un homme a surgi de l'ombre en disant : "Vous, vous avez vu ce que vous venez de faire ? Le livre n'est pas rangé à la bonne place !" Il était furieux... Je disposais d'un petit bureau où je devais attendre les pneumatiques qui me retournaient des étages inférieurs les livres qui avaient été consultés ou qui m'envoyaient les cotes de ceux que je devais chercher. Parfois, il ne se passait rien. Je pouvais lire pendant une heure ou deux ou me laisser aller à des rêveries sexuelles d'une intensité que je n'ai plus jamais éprouvée par la suite. Il fallait une force puissante pour vaincre tout cet ennui ! J'étais seul, complètement seul parmi ces milliers et ces milliers de volumes qui reposaient dans un silence de tombe. Il faisait sombre. Chaque couloir possédait sa lumière qu'il fallait éteindre lorsque nous n'y étions pas. Les pneumatiques déclenchaient, à chacune de leur arrivée, un signal lumineux : des ampoules rouges s'allumaient au plafond dans un crépitement d'enfer... J'ai utilisé ces souvenirs pour écrire *Anna Blume*.

Ces années de formation sont très liées à ce quartier ?

Oui, indiscutablement. Il y a environ huit, neuf ans, durant la période où j'enseignais à Princeton, un ami professeur, qui avait un cours à Columbia, m'a demandé de le remplacer pendant un semestre. J'ai repris le chemin de Columbia, et cela une fois par semaine pendant trois mois. Dès que je posais le pied sur le sol de Columbia je sentais une grande tristesse m'envahir. J'étais déprimé. Il y avait comme un étrange retour pénible de ces années. Je me suis alors rendu compte, rétroactivement, que je n'y avais sans doute pas été heureux. Ces impressions sinistres, vraiment déplaisantes, remontaient par vagues successives. C'était très désagréable. Ces années avaient été, je l'ai alors compris, des années très dures... Par la suite, j'ai de nouveau vécu dans ce quartier, environ pendant trois ans, après mon retour de France. J'aurai, en tout, habité huit années dans le quartier de Morningside Heights – ce qui représente un sixième de ma vie. Mais j'ai beaucoup "bougé" dans New York.

Autant que Fernando Pessõa qui a déménagé une soixantaine de fois ?

J'ai dû vivre dans une bonne vingtaine d'appartements et de maisons.

Brooklyn a remplacé Manhattan ?

Je suis venu ici aux premiers jours de l'année 1980, en janvier. Après avoir perdu la chambre de la rue Varick. Je n'avais plus d'appartement et en cherchais un autre à Manhattan mais tout était trop cher. J'ai décidé de traverser l'East River et ai trouvé un lieu, à Brooklyn, rue Carroll, dans Carroll Gardens. J'y ai vécu deux ans avant de rencontrer Siri. Ensuite nous avons déménagé dans un appartement plus grand à Tomkins Place (cinq ans), puis à Park Slope, 3e Rue (six ans), et enfin dans cette maison que nous occupons aujourd'hui depuis trois ans. Je suis très attaché à ce quartier, il me convient parfaitement. Rester en ville, dans ces conditions, est tout à fait acceptable, surtout avec des enfants. C'est plus calme que Manhattan, la population y est moins dense et l'on peut y travailler tranquillement. Quand j'enseignais à Princeton, nous avons envisagé de quitter la ville et d'habiter dans le New Jersey. Nous avons cherché un certain temps une maison. Finalement, nous avons abandonné l'idée. Cette expérience nous a fait comprendre que nous devions rester à New York. Ce qui ne veut pas dire que nous y resterons toute notre vie. Mais pour l'instant, nous n'avons pas l'intention de changer.

Il y a dans le quartier de Park Slope une certaine présence du passé qu'on ne retrouve pas ailleurs ; un petit côté Henry James…

Il y a d'autres quartiers dans Brooklyn qui ressemblent à celui-là. Brooklyn Heights, notamment.

On y trouve des maisons en bois – plus petites que celles de Park Slope –, qui remontent à 1830-1840 et qu'on considère comme les plus anciennes de New York.

Il ne reste plus grand-chose du vieux New York. Les grands prêtres de l'architecture, "cette nouvelle religion" dont parle Rem Koolhaas, n'ont guère laissé de place au passé…

Manhattan a été entièrement détruit. Toute l'histoire de New York est contenue dans ce besoin de détruire pour reconstruire immédiatement. Le passé est effacé. Brooklyn échappe davantage à ce processus.

Pour se rendre de Manhattan à Brooklyn, il faut prendre le fameux pont…

Passer de Manhattan à Brooklyn en empruntant le pont, c'est comme pénétrer dans un autre monde. J'aime beaucoup ce pont, vraiment. Chaque fois que je le traverse, je me sens heureux. Cette traversée me fait du bien.

Dans Cité de verre, *Stillman se suicide en sautant du pont…*

C'est un lieu privilégié, mythique, mythologique. Dans *Revenants* je raconte l'histoire de sa construction et de son architecte John Roebling.

Bleu traverse le pont en tenant la main de son père – ce qui ne m'est jamais arrivé… Nous sommes ici dans la fiction totale.

Le pont de Brooklyn est lié au thème de la chute ?

Oui. La chute a évidemment des résonances religieuses et plus précisément bibliques. Pendant mes années d'université, je me suis longuement plongé dans l'œuvre de Milton, *Paradis perdu*. Ce titre a eu pour moi, et a encore, une grande importance. Je ressens la chute comme quelque chose de très "physique". Ce n'est qu'au cours de la rédaction de *Mr Vertigo* que j'ai compris que nombre de mes livres contenaient des épisodes liés au concept de la chute. Anna Blume, Barber, Sachs… Toutes ces chutes sont liées à celle de mon père qui est tombé d'un toit alors que j'étais jeune. Je fais d'ailleurs référence à cet événement dramatique dans *Le Carnet rouge*. Je n'étais pas présent mais on m'a fait le récit de cet accident. L'idée de ce père qui tombe subitement du ciel m'a fortement impressionné. Cette image essentielle dans ma formation continue de me poursuivre. La lévitation dans *Mr Vertigo* prolonge ce processus : elle est une chute inversée.

Nous parlions précédemment de Brooklyn Heights. Ce quartier joue un rôle important dans Revenants *: Bleu y poursuit Noir tout au long de ses "rues étroites".*

Je fréquente peu ce quartier. Mais j'ai habité tout près, lors de mon installation à Brooklyn. J'ai situé l'action de *Revenants* dans le passé.

Le livre commence très exactement "le 3 février 1947"...

Dans le passé, donc, et je tenais à utiliser certains aspects, certains éléments propres à ce quartier historique.

Pour sortir de Brooklyn Heights, on suit Fulton Avenue, Flatbush Avenue et l'on arrive à Grand Army Plaza puis au Brooklyn Museum. Fanny, dans Léviathan, *y travaille. C'est là que Fogg, sur les conseils d'Effing, va voir le* Moonlight *de Ralph Albert Blakelock... Vous vous rendez souvent au musée de Brooklyn ?*

Non, rarement. Quant à Blakelock, je ne le connaissais pas avant que mon ami, le peintre David Reed, ne me parle, au cours d'un dîner, de sa vie étrange. J'ai voulu connaître ses tableaux. Je dois avouer que si Blakelock n'avait pas été ce personnage si bizarre, je n'aurais pas été attiré de la sorte par son œuvre. Ses toiles sont très intéressantes mais sa vie me fascine bien davantage encore. C'est sa vie qui m'a conduit à découvrir sa peinture.

Dans la Trilogie new-yorkaise, *vous écrivez : "Prenez le bleu. Il y a midi sur New York. L'uniforme de police de mon père. Il passe au noir. Il y a la nuit sur New York." Vous ne recourez que très rarement à la couleur, mais toujours à des moments très forts, choisis.*

En effet. Mon écriture n'est pas comparable au travail d'un peintre. Elle n'est pas visuelle mais plutôt intérieure. Cependant, de temps en temps, cet "intérieur" est bouleversé par un choc visuel et je le note dans le livre. Parfois, le choc est violent. Cela peut être une couleur inattendue, comme les lèvres très rouges de Virginia Stillman remarquées par Quinn dans *Cité de verre*. Il y a sans doute d'autres exemples, mais celui-ci est le premier qui me vient à l'esprit.

Vous parlez rarement de peinture dans vos livres. Dans Moon Palace, *vous écrivez cependant : "Puis il s'est aperçu que l'écriture pouvait constituer un substitut très convenable à la peinture..."*

La peinture, c'est une autre façon de voir que l'écriture, mais c'est la même activité.

Comme vous l'écrivez du livre, on pourrait dire : "nul ne peut dire d'où vient un tableau" ?

Oui, absolument. Un tableau génial ne s'use pas. Un bon livre ne s'use pas. Voilà ce que je veux dire. On ne peut jamais en toucher le centre. C'est la raison principale pour laquelle le livre peut être source d'énergie et proposer une sorte de défi durant des siècles. On lit et on relit Shakespeare. On pense que tout a déjà été dit sur Shakespeare. Mais c'est tout le contraire : Shakespeare est inépuisable. Une œuvre d'art, ce n'est pas comme une équation mathématique : aucune solution ne doit être trouvée puisqu'il n'y a pas de solution. L'œuvre est une expérience et l'expérience naît d'un manque de savoir. Ce n'est pas le savoir qui donne le désir de la réaliser mais son contraire. Celui qui a des idées très fixes, rigides, des certitudes, ne peut être un artiste. Faire de l'art, c'est explorer des domaines qu'on ne comprend pas et qui vous échappent. J'ai souvent l'impression que le fait même de pouvoir dire quelque chose au sujet d'un tableau ou d'un livre, que le "commentaire" en somme, surtout s'il est juste et pertinent, signifie la présence d'un centre intouchable. Le noyau central de l'œuvre est inatteignable, comme une étoile brillante. On ne peut l'approcher sans encourir une possible destruction. Il y a donc risque et danger. On peut contourner l'étoile, l'observer de loin, mais toute pénétration est impossible. C'est comme si l'on creusait un trou sans fin.

La marche a un côté très "physique", mais l'écriture aussi. Vous vous dites très attaché à votre stylo-plume, à l'aspect "matérialiste" de l'écriture.

C'est avant tout une question d'habitude. Certaines personnes, écrivains ou non, peuvent penser avec un clavier. D'autres, comme moi, je ne sais pas pourquoi, ne le peuvent qu'avec un stylo ou un crayon. Cela remonte à ma jeunesse, au temps où j'ai appris à écrire. Je nourrissais déjà un grand amour pour les stylos – j'avais dix ans. Aujourd'hui, c'est devenu une habitude. J'aime l'effort que nécessite l'utilisation du stylo. Il est une véritable activité physique. Je suis très sensible au bruit qui est le sien lorsqu'il touche la feuille de papier, cette sorte de grattement qu'on entend de temps à autre.

Il y a donc le stylo mais aussi le support, le papier. Quinn est toujours à l'affût de "bons cahiers à spirales" ; Anna Blume garde avec elle le carnet bleu qu'elle avait acheté pour Isabelle ; du carnet trouvé de Maria Turner surgit le diable... Vous-même ne travaillez que sur des cahiers Clairefontaine... Pourquoi un tel intérêt porté à cet objet ?

J'ai toujours travaillé dans des carnets. Je préfère le cahier aux feuilles volantes. Tout est contenu, rassemblé dans un même lieu. Le carnet est une sorte de maison pour les mots. Comme je ne tape pas directement à la machine, comme j'écris tout à la main, le cahier devient mon lieu privé, un espace intérieur, je crois. C'est curieux... Evidemment, je finis par utiliser la machine, mais le premier jet est toujours écrit à la main.

La chambre, le studio de travail sont aussi des lieux très privés...

Il existe un contraste évident entre mon goût pour l'errance et le besoin de la chambre. Il m'est arrivé d'écrire dans des lieux plus vastes, plus ensoleillés. Mais je préfère un petit espace. Il y a une magnifique description des chambres d'écrivain dans un livre de Blaise Cendrars, un de ses derniers, un livre autobiographique écrit dans le midi de la France : *Le Lotissement du ciel.* Il y décrit comment les écrivains préfèrent être coincés dans des trous minables plutôt que de disposer de lieux ouverts sur l'extérieur.

J'ai retrouvé ce même besoin chez certains peintres. Pierre Soulages m'a confié qu'il s'était toujours arrangé pour peindre dans des ateliers "fermés", qu'il préférait travailler "dans les fonds et les endroits clos".

Peut-être ne doit-on pas disposer de trop de confort. Le confort du lieu procure une sorte de confort de l'esprit. Il faut un lieu sale, pour être totalement concentré sur l'objet de son travail. Dès que je commence à écrire, je ne suis plus que dans le travail. L'environnement disparaît. Il n'a plus aucune importance. Là où je suis, c'est dans le carnet. Le carnet, c'est la chambre. Ici, c'est la maison du carnet.

La chambre, le studio font disparaître les murs qui la protègent ? Le mur est un thème récurrent chez vous.

Ce thème est, en effet, très souvent évoqué. Dans mes poèmes, dans ma pièce *Laurel et Hardy vont au paradis*, dans *La Musique du hasard*... Il s'agit là encore de quelque chose de très complexe, de pluriel. Certains murs physiques, réels, peuvent jouer un rôle essentiel dans une vie. Dans ma poésie, l'enjeu le plus important était certainement de déchiffrer l'espace qui sépare le *je* du *tu*. Le mur est une métaphore : désignant la difficulté présentée par cette sorte de "transaction" entre deux personnes. Le mur est né dans ma tête comme une idée importante, par le biais de cette expérience poétique. Et puis, comme tout ce qui se frotte à la notion de temps, les concepts, les idées, les expériences évoluent de manière différente, prennent un sens nouveau...

S'effacent, fluctuent comme la fumée de la cigarette ?

Je ne fume plus de cigarettes depuis dix ans. Je tousse trop, c'est insupportable. Je préfère les petits cigares. Fumer : vice et plaisir.

Vous avez appelé votre film Smoke.

Il ne s'agit pas uniquement d'une référence au tabac. Les sens sont multiples. *Smoke* évoque une substance qu'on ne peut pas toucher. Une métaphore pour essayer de faire comprendre ce qui peut passer, et se passer, entre les gens.

Quelque chose d'impalpable ?

Oui. Lorsqu'on fume un cigare ou une cigarette, on fabrique de la fumée. Cette substance est réelle mais elle n'est pas solide, on ne peut pas la mettre dans sa poche. La fumée change de contours à chaque instant. La fumée, c'est l'instabilité même. Les choses entre les gens sont bien réelles, mais on ne peut les toucher.

Jim Jarmusch, dans Blue in the Face*, soutient que des tas de gens se sont mis à fumer parce que ça fait rêver… Vous avez aussi écrit que la pipe était le signe distinctif de tout écrivain véritable…*

J'ai écrit cela ?

Oui, dans Léviathan… *Sachs s'achète une pipe. Il a dix-sept ans et écrit des "sondages d'âmes romantico-absurdes"…*

Ah, oui, j'ai fait la même chose. Je me souviens. J'avais aussi acheté une pipe. Ceci est à mettre au compte des déceptions juvéniles… *(Rires.)*

La fumée rend le monde flou. Ce n'est pas le cas de la neige ?

J'aime beaucoup la neige, en ville ou à la campagne. Cette idée qu'elle peut effacer le monde me fascine. Tout comme le silence qui la suit ou l'accompagne. La neige vous laisse voir le monde d'une manière différente. Le neige change le monde et permet de le redécouvrir. La vie à New York est rythmée par ces hivers rigoureux où la neige et le givre bloquent tout, où le blizzard et la tempête changent complètement la physionomie de la ville.

Et la pluie ?

J'aime sa brillance. La pluie modifie la vue. Les réfractions créent tout un monde de miroirs. Parfois, des tempêtes de *fog* détrempent Central Park. Effing doit essuyer deux tempêtes...

Après l'orage, Fogg devient quelqu'un d'autre, il a passé un cap. Il s'est comme révélé à lui-même. Les éléments jouent un rôle important dans vos livres ?

Oui. Tout à fait.
(Le téléphone sonne. On demande à Paul Auster s'il tient une quincaillerie !)

Puisque les contingences nous aident... nous pourrions parler du téléphone... Qu'il s'agisse de combiné ou de cabine, vos personnages en usent fréquemment...

Il se passe beaucoup de choses autour du téléphone. C'est vrai. Pourquoi ? Je ne sais pas. Le téléphone, en général, m'intéresse beaucoup. Cette idée de parler avec quelqu'un, d'établir une certaine intimité et d'être, en même temps, complètement invisible… On touche quelques boutons et il est possible de parler avec n'importe qui dans le monde. C'est tellement mystérieux. C'est tout à la fois effrayant, inutile et parfois magnifique. Cela dépend des circonstances. La cabine téléphonique était une chose intéressante. Mais, aujourd'hui, les *telephone booths* ont disparu. Elles ont été remplacées par des *pay phones*. La boîte a été remplacée par ces espaces ouverts, ou pire, par cet horrible téléphone portable. C'est dommage, j'aimais tellement fermer la porte du *telephone booths*… Il y avait une petite planchette pour s'asseoir…

A vous écouter, on comprend que le balancement vie / écriture est permanent. Tout fait vie et tout fait écriture.

L'écriture est sûrement une maladie. On écrit pour combler un manque. Quelque chose ne va pas. On écrit peut-être pour se guérir. Je ne sais pas. On ne trouve jamais vraiment ce qu'on cherche mais l'espoir est tout le temps là. Joubert dit une chose sublime : "Ceux pour qui le monde n'est pas suffisant : les poètes, les philosophes et tous les lecteurs des livres."

Il n'y a pas de distance entre le lecteur et l'écrivain ?

Il s'agit de deux activités distinctes, bien qu'il y ait des ponts entre les deux. L'écrivain est aussi lecteur. Comme je le dis souvent : j'ai lu beaucoup plus de livres que je n'en ai écrits.

Dans La Chambre dérobée, *vous écrivez : "Nous voulons tous qu'on nous conte des histoires et nous les écoutons comme nous le faisions lorsque nous étions jeunes." Il s'agit d'un besoin d'enfance reconduit ?*

Ce n'est pas la reproduction d'un besoin d'enfance, mais c'est quelque chose qui commence dans l'enfance. Les histoires sont une nécessité humaine. Les pays, les nations ont besoin des histoires. Les grands mythes sont avant tout de grandes histoires. George Washington, par exemple, ne pouvait pas proférer de mensonges. Tout le monde connaît l'anecdote du cerisier. Enfant, il coupe une branche de cerisier. Son père lui demande : "C'est toi qui as coupé la branche du cerisier ?" Et le petit George, qui ne peut être un menteur puisqu'il deviendra le futur président des Etats-Unis, reconnaît immédiatement sa faute… Le premier président doit être un homme parfait ! Les nations et les hommes ont besoin de mythes et de mensonges pour se construire. Ce qui ne veut pas dire que les livres soient des mensonges même si, par définition, une fiction est toujours un mensonge. C'est un mensonge qui touche à la vérité.

Entre mensonge et vérité, l'écrivain possède une existence réelle ?

Je crois que non. C'est ce que je voulais tenter d'explorer dans *Cité de verre*. La différence existant entre le nom qu'on porte dans la vie (le nom biographique) et celui qui est sur la couverture d'un livre. Cette personne qui invente des histoires, qui raconte, qui fait de l'art, c'est moi dans tous les cas, bien sûr, mais on ne sait pas d'où ça vient. Ainsi, la partie de soi qui est l'écrivain est-elle un mystère – pour l'écrivain lui-même. Je ne comprends pas. Je ne sais d'où me viennent mes idées, de quelle contrée éloignée.

Vous vous êtes caché derrière un pseudonyme le jour où vous avez publié un roman policier…

Je l'avais fait pour de l'argent, pour gagner ma vie. Ce n'est pas la même chose.

Vous écrivez actuellement un livre[26] *sur l'argent dans lequel vous comptez insérer ce livre publié sous pseudonyme, pourquoi ?*

J'assumerai ce roman policier, mais dans un contexte particulier. Il sera là comme une pièce à conviction. Il sera une preuve qui m'innocentera ou me condamnera. La question fondamentale est la suivante : comment gagner sa vie si l'on n'exerce pas une vraie profession ? Les travaux littéraires ne font pas partie du jeu économique mis en place par et pour le monde du travail normatif. Un avocat reçoit une rémunération horaire dont le prix est fixé. Il sait combien il peut gagner. Que faire pour la littérature ? On peut écrire un chef-d'œuvre et s'en voir refuser la publication. On peut publier un livre médiocre et gagner, grâce à lui, beaucoup d'argent… La qualité du travail et les conséquences financières n'ont, dans le cas de l'écriture, aucun rapport.

Dans vos livres, vos personnages ont un rapport particulier à l'argent. Il est donné, échangé, repris. On en hérite, on en possède ou on n'en possède pas : il fait basculer la vie…

Cette question est très importante pour moi. Cela vient sans doute de mes années de pauvreté durant lesquelles il était tellement difficile de payer le loyer et les factures de toutes natures. J'ai eu une enfance assez facile au sein d'une famille de la petite bourgeoisie. Nous mangions toujours à notre faim. Nous n'avions pas froid. Nous avions un toit sur nos têtes. Quand j'étais petit, je pensais que tout le monde vivait de cette façon. J'ai appris, bien plus tard, des faits et de la vie, qu'il n'en était rien. Etudiant, je savais que je pourrais bénéficier, en cas de besoin, de ma famille, mais on comprend très vite qu'une fois cette protection disparue, vous vous trouvez seul, terriblement exposé et en danger.

On lit dans La Chambre dérobée *: "Nul ne veut faire partie d'une fiction encore moins si cette fiction est réelle." Que voulez-vous dire ?*

On veut vivre une vie réelle. On ne souhaite pas faire partie d'une histoire. Dans le contexte du livre, dont cette phrase est extraite, Sophie Fanshawe est pour ainsi dire prisonnière d'une histoire qu'elle n'a pas créée, elle veut y échapper. Elle est seule avec son bébé. Son mari a disparu. Un mythe s'est formé autour de ce dernier et elle devient, malgré elle, une partie de ce mythe.

"La clé de notre salut c'est de devenir les maîtres des mots" ?

C'est Stillman qui dit cela. Ce n'est pas moi…

La rédemption peut arriver par le langage ?

C'est ce qu'il croit, lui. Pas moi. Il y a deux cents ans, de nombreux savants se sont penchés sur la question du langage universel : il était nécessaire de le découvrir. Cette recherche constituait une activité essentielle pour le monde philosophique et spirituel. Aujourd'hui, on ne parle plus de cette grande question, mais on peut aisément comprendre ce désir de connaissance.

Le langage possède en lui son propre dépassement… Vous dites, avec justesse, dans Cité de verre : *"Le temps nous rend vieux... mais il nous donne aussi le jour et la nuit. Et quand nous mourons il y a toujours quelqu'un pour prendre notre place." La dimension métaphysique de votre œuvre est indéniable. Cette question vous préoccupe ?*

La dimension métaphysique est primordiale. Pourquoi écrire une œuvre si l'auteur de celle-ci n'a pas une volonté de métaphysique ; une curiosité profonde et très vaste à l'encontre de la vie et de toutes ces grandes questions ? Mais la phrase que vous citez est prononcée par Stillman père – personnage tout de même des plus étranges.

Pensez-vous, comme le suggère la scène où Anna Blume met les doigts autour du cou de Ferdinand, "avec la force d'un étau d'acier", et reconnaît agir non par légitime défense mais par "pur plaisir", que l'être humain est au bord du précipice ?

Bien sûr. Je n'ai aucun doute là-dessus. On est capable de tout. Ce qui procure de toute évidence la joie et la terreur de la vie.

Le comportement humain n'est pas accessible que par l'entendement ?

L'être se révèle sous les choses les plus anodines. Il suffit d'être pénétrant et attentif. On parle beaucoup, actuellement, du *body language*. Pourquoi pas ? Les postulats du théâtre ne sont-ils pas les mêmes ?

Le body language *permettrait de saisir cette vie sociale new-yorkaise qui, dites-vous dans* Léviathan*, "tend à une grande rigidité" ?*

Je ne sais pas pourquoi mais tous les gens que je connais se plaignent de cela. Tout le monde est très occupé. La vie quotidienne à New York est dure. Et cela prend beaucoup de temps simplement pour exister. La vie sociale devient très complexe. Les rendez-vous sont parfois pris plusieurs mois à l'avance. Les gens travaillent avec acharnement. Mais cela n'a rien d'extraordinaire, c'est toute la ville qui respire et fonctionne comme ça.

Vos personnages ne vont jamais dans de "grands restaurants", est-ce pour fuir cette rigidité, cette prétention ?

Dans *La Chambre dérobée*, Sophie est invitée dans un grand restaurant pour fêter son anniversaire. Mais, la plupart du temps, vous avez raison, il s'agit plutôt de restaurants modestes. Ceux dans lesquels je prenais parfois mes repas… De toute façon, je préfère les petits restaurants sympathiques. Le rapport à la nourriture, aux Etats-Unis, est beaucoup plus simple qu'en France. Les propositions culinaires changent d'une rue à l'autre, sont d'une extrême variété. En France, la cuisine est considérée comme un art et est prise tellement au sérieux… Cela fait très profondément partie de la culture française. En Italie, par exemple, où l'on aime aussi la bonne cuisine, on éprouve une plus grande décontraction, une plus grande générosité qu'en France. Une certaine prétention est en train, depuis une dizaine d'années, de gagner la nouvelle cuisine américaine. Phénomène qui n'est pas circonscrit à New York. J'étais, la semaine dernière, en Ohio, et nous avons dû absorber une nourriture assez médiocre dans un contexte d'une prétention extraordinaire. Manhattan peut être une ville très prétentieuse. Brooklyn, non. Mais il faut dire que rien ne se passe ici. Nous ne sommes pas un centre culturel. New York peut être affreux. Je ne pense pas à un quartier précis mais plutôt à des milieux, des chapelles : ceux de l'art, du cinéma, de la télévision, de l'édition, de la finance…

Vous rappelez, dans Pourquoi écrire[27] ?, *que les New-Yorkais appellent le sol le "plancher".*

Le *floor*. C'est de l'argot new-yorkais pour désigner le sol, la rue. Même à la campagne, dans l'herbe, un vrai New-Yorkais ne parlera que du *floor*, du plancher !

Ce qui frappe, à New York, c'est le contraste brutal qui peut exister entre une rue et une autre…

A New York, plus que nulle part ailleurs, la vie peut changer dramatiquement d'une rue à l'autre. Des lignes de démarcation très précises définissent des quartiers, même ici, à Brooklyn. Dès que vous franchissez le cap de la 5e Avenue, vous pénétrez dans une zone de danger et de laideur. Vous retraversez la rue et vous retrouvez une ambiance bon enfant, sympathique, bourgeoise, familiale. Certaines rues de Manhattan sont fascinantes. La 47e Est, par exemple, qui n'est occupée que par des diamantaires et des bijoutiers. Les vitrines sont remplies de bijoux et de diamants. Une rue, très précisément, qui n'est ni la 45e Rue, ni la 48e mais la 47e. Pourquoi ? Perdue parmi tous ces marchands de diamants se trouve une des librairies les plus célèbres de New York : la *Gotham Book Mart*. On y trouve des livres anciens et des éditions à tirage limité.

Un peu comme la Pierpont Library, cette ancienne maison de milliardaire devenue un musée, et qui ouvre, sur Madison Avenue 36e Rue Est, son palais décalé de style Renaissance... Dans Anna Blume, *New York est bizarrement à la fois présent et absent...*

On y retrouve New York mais aussi d'autres villes, des capitales d'Europe de l'Est ou sud-américaines. C'est une combinaison de plusieurs sensations ou souvenirs. Physiquement, la ville qui sert de base à *Anna Blume* est certainement New York, mais je n'ai jamais pensé faire de cette ville imaginaire un condensé de New York. Un New York sans le nommer. La ville de ce "pays des dernières choses" n'est nullement une "reproduction" infidèle de New York. Elle est "réellement" une ville imaginaire.

Peut-on aller jusqu'au bout du paradoxe et avancer que New York est annexe, dans votre œuvre ?

Je n'ai jamais considéré New York comme un élément essentiel de mon œuvre. La ville existe et constitue une partie intégrante de mon travail. Certes, beaucoup d'événements sont situés à New York mais pour des raisons extrêmement précises qui dépassent le cadre même de la ville. Des raisons anecdotiques, intimes, autobiographiques, ou qui ne sont là que pour la bonne marche de la fiction : structurellement nécessaires. Cependant, l'histoire de New York m'intéresse. La construction du pont de Brooklyn, par exemple, est un épisode de l'histoire new-yorkaise qui, indiscutablement, me fascine. Savez vous que Hart Crane, le poète américain, loua, cinquante ans après lui et en toute ignorance, la même chambre que celle occupée, à Brooklyn Heights, par l'ingénieur Roebling, et de laquelle il surveillait à la longue-vue, paralysé sur sa chaise, la construction du pont ? Hart Crane y a écrit son poème *Le Pont*. Quel étrange hasard… J'aime énormément New York. C'est une source d'inspiration et de pensées. Aucune autre ville ne lui ressemble. Dans le même temps, je déteste cette ville si difficile, tout en reconnaissant que je dois sans doute avoir besoin de cette difficulté – un peu comme ce studio de travail difficile car inconfortable. New York est une ville inconfortable, ce qui est très stimulant pour l'esprit. New York fait tellement partie de ma vie qu'il m'est difficile de m'imaginer ailleurs. Evidemment, cette dernière assertion contredit tout ce que j'ai dit précédemment. Au fond, je suis "dans" New York et ne peux donc écrire consciemment "sur" New York. Je ne me pose d'ailleurs jamais cette question. Quand c'est important, j'éprouve le besoin d'écrire sur cette question. Si cela ne l'est plus, je n'écris plus sur cette question. Une seule motivation importe : la demande et la nécessité de l'œuvre. Je ne commence jamais un texte en me disant que je vais écrire sur New York. Le titre même, *Trilogie new-yorkaise*, a été retenu après que j'eus terminé les livres de la *Trilogie*. Je ne sais pas exactement comment m'est venu un tel titre. Je me suis souvenu de certains titres du cinéma noir des années quarante, qui comportaient des noms de ville : *Kansas City Confidential*, par exemple. *Cité de verre* devait s'appeler, dans un premier temps, *New York Confidential*. Puis j'ai changé, mais l'idée de conserver New York dans le titre s'est alors imposée à moi. Dans le même temps, je me souviens que *Revenants* s'appelait *La Chambre dérobée*... Puis, j'ai inversé les titres, au dernier moment : ils désignent presque la même chose.

Dans Le Carnet rouge, *vous racontez l'histoire de ces deux jeunes femmes de Taipei, dont les deux sœurs vivent à New York, au 309 d'un immeuble de la 109e Rue Ouest. Vous dites : "Inconsciente de la conversation qui se déroulait à l'autre bout du monde, au même étage du même immeuble au nord de Manhattan, chacune dormait dans son appartement." Une image sublime qui me semble au centre du centre de votre problématique romanesque...*

Cette question du “point de vue” m’intéresse au plus haut point. Il est impossible de connaître cela avant d’en avoir eu la pleine connaissance et on ne peut en même temps l’apercevoir. On ne peut être dans deux lieux à la fois. Quelque chose me touche dans ce fait qu’un rapport puisse exister entre des faits et des personnes en apparence ou en réalité très éloignés. Ceci ne peut exister que dans les yeux de Dieu ou dans une œuvre d’art, un roman, un film. On peut jouer avec cet événement, on peut représenter cette information. Reverdy énonce, ce qui n’a de cesse de m’impressionner : lorsqu’on construit une métaphore poétique, on met ensemble deux images, deux idées, deux mots ; les choses les plus éloignées sont les plus émouvantes et parmi les plus vraies. Ces deux sœurs sont, à mes yeux, un peu comme la métaphore poétique de Reverdy. Mais nous ne sommes plus ici dans le domaine de l’idée mais dans celui de la réalité humaine. Il s’agit d’un fait d’expérience. J’ai retrouvé, ce qui m’a bouleversé, la même image dans *Cité de verre*. Vers la fin du roman, quand Quinn est seul dans la chambre de Stillman, il pense que s’il fait réellement nuit à New York, il fait, dans le même temps, sans nul doute jour en Chine, que les planteurs enlèvent leur blouson parce que le soleil tape et qu’ils ont chaud. Les deux moments existent en même temps. Une même pensée, que seule notre absence d’ubiquité nous empêche de vivre en même temps, en Chine, et ici, à New York.

PAUL AUSTER IN NEW YORK, JUNE 1997

"Dès qu'on entre dans le travail, on oublie où l'on est, et, dans une certaine mesure, qui l'on est."

Comment se passe une journée de l'écrivain Paul Auster ?

C'est tellement ennuyeux ! Je passe parfois une journée entière à répondre à des lettres. Mais de cette façon j'ai l'impression de "faire mon devoir". En fait, il n'y a rien à raconter. Dans la journée d'un écrivain, il n'y a aucune aventure, aucune excitation : tout se passe à l'intérieur. C'est plutôt silencieux et calme. Je me lève normalement à sept heures du matin. Je bois du café. Je lis le journal puis j'emmène ma fille à l'école qui se trouve non loin de là dans le quartier, toujours avec le chien. Avant de rentrer à la maison, toujours en compagnie du chien, Jack, je fais une petite promenade de dix minutes. Mon bureau étant désormais dans la maison[28], je descends dans ma cave et travaille environ trois à quatre heures. Ensuite, je sors faire une nouvelle promenade, réfléchir à ce que je viens de faire ou d'écrire, en profite pour manger un sandwich dans un café. Je reviens chez moi. Retourne dans ma cave et recommence à travailler. Souvent, les problèmes se présentent le matin. Je lutte pour trouver le mot juste, pour exprimer les choses. Cela arrive assez souvent, finalement. Lorsque je sors respirer un peu l'air et que je marche, je parviens à résoudre les problèmes.

Nous voilà donc dans la deuxième partie de la journée, après la promenade...

C'est souvent le moment où je résous les problèmes du matin : les questions du matin trouvent les réponses dans les corrections de l'après-midi. J'écris en deux temps. Je travaille entre quatre et huit heures par jour, cela dépend. J'ai besoin d'écrire tous les jours. A présent que je travaille sur mon film, *Lulu on the Bridge*, je passe des journées entières au téléphone. Alors, j'effectue des petits changements, je retouche ici et là le scénario, pour écrire un peu... Le tournage n'ayant lieu qu'en octobre-novembre, je vais enfin pouvoir retourner au roman que j'étais en train d'écrire avant de me lancer dans ce projet de film.

Où ont lieu ces promenades ?

Autour de chez moi. Non pas dans Prospect Park, tout proche, mais dans les rues avoisinantes.

Et comment se déroule la fin de la journée ?

Je ne me couche jamais très tard. Vers minuit. Nous allons de temps en temps au théâtre, au cinéma, au concert. Mais assez peu et la question de la baby-sitter se pose fréquemment… A présent, je n'ai plus beaucoup le temps de sortir et je vois nombre de films en cassette vidéo. Je regarde assez peu la télévision, essentiellement les matchs de base-ball ou de basket ; parfois les actualités. En fait, Siri et moi sortons plutôt pour voir nos amis.

Vous trouvez que la vie d'un écrivain a un caractère répétitif ?

En surface, oui ; mais à l'intérieur, non. Chaque jour, il y a des nouvelles choses à sentir ; de nouvelles sensations, de nouveaux sentiments auxquels on doit se confronter. En fait tout est toujours en mouvement. C'est la raison pour laquelle il est si difficile de faire un film sur un écrivain, de montrer le travail d'un écrivain au cinéma. Parce qu'on ne voit pas vraiment ce qui se passe à l'intérieur. On ne peut filmer que la surface et à la surface il ne se passe rien du travail de l'écrivain. C'est un homme ou une femme assis à une table. Tout se passe à l'intérieur.

Vous avez toujours travaillé de la même façon ? Vous avez toujours éprouvé cette sensation de calme et de silence ? Cette sorte de linéarité ?

Non, cela a un peu évolué. Lorsque j'étais plus jeune, je travaillais parfois la nuit, mais après la naissance de mes enfants je suis devenu plus matinal.

Vous avez longtemps travaillé dans un studio séparé de la maison dans laquelle vous viviez. Vous avez encore besoin de cette séparation ?

Non. Maintenant, je travaille chez moi. Je me sens bien dans cette maison. L'entresol était habité par des locataires qui sont partis. J'y ai installé mon bureau.

Comment me décririez-vous votre maison ?

Je la vois comme un espace de beauté. Siri, ma femme, a un véritable talent pour tout ce qui touche à la décoration. Oui, tout est tranquille, beau et très simple.

Vous intervenez dans la décoration de la maison ?

Un peu. Nous en parlons entre nous. C'est une vieille maison. Petit à petit, nous changeons telle ou telle pièce. Cela m'intéresse.

Vous pouvez me donner un exemple d'un changement dû à l'une de vos interventions ?

Oui. Dans une des pièces notamment, il fallait changer le plancher qui était pourri. Je suis très fier, j'ai eu l'idée de remplacer le parquet par du carrelage !

Vous avez participé activement à l'aménagement de votre bureau, de cet endroit qui est le vôtre, cet espace très privé où vous travaillez quotidiennement ?

J'ai deux pièces. La plus grande, qui donne sur la rue, est l'endroit où je range certains livres ; la pièce des papiers, des documents, du fax, du téléphone ; c'est une sorte de bureau. Face au jardin, sur le derrière de la maison, se trouve une petite pièce, très nue et simple, avec une table et quelques rayonnages pour les livres. C'est là que j'écris depuis l'été 1996.

C'est un grand changement, pour vous, le lieu est dans la maison, la vue n'est plus la même que celle de votre précédent studio où les stores étaient souvent baissés…

Je ne vois pas le jardin car les stores, ici aussi, sont, pour la plupart du temps, baissés.

Vous aimez vraiment les espaces clos…

Oui ! C'est plutôt la même atmosphère… Un peu plus propre, peut-être…

Parce que Siri vient vous voir plus souvent…

Oui, c'est cela. Une fois par semaine, on fait le ménage…

Vous avez des rituels lorsque vous pénétrez dans votre bureau ? Les peintres que j'ai rencontrés en ont beaucoup.

Pas tellement. Non, rien de spécial, si ce n'est, peut-être, d'écrire toujours dans des carnets Clairefontaine à petits carreaux.

Vous m'avez dit avoir déménagé souvent ; maintenant, vous êtes installé ?

J'ai beaucoup déménagé, en effet. Et j'ai donc travaillé, dans ma vie, dans toutes sortes de lieux. J'aime vraiment beaucoup le lieu où je vis aujourd'hui. Je n'ai pas l'intention de déménager. Pas tout de suite, en tout cas. Mais personne ne sait de quoi sera fait l'avenir…

Vous n'avez plus que l'escalier à descendre pour vous retrouver dans votre bureau. Vous n'avez plus ce temps de marche durant lequel vous vous rendiez à votre lieu de travail en "pensant" ; cela ne vous dérange pas ?

Ce lieu reste malgré tout séparé du reste de la maison. Rien d'autre ne se passe ici que le travail.

Votre fille a le droit de venir ?

Oui, bien sûr, mais elle est à l'école une partie de la journée…

Et Jack, votre chien ?

De temps en temps… Lorsqu'il n'y a personne d'autre dans la maison, il vient me rendre visite. Il s'ennuie. Il veut s'assurer qu'il n'est pas seul dans la maison.

Enfant, vous jouiez au base-ball, pratiquez-vous encore un sport ?

Pas vraiment. De temps en temps, je joue au tennis… une fois par an. *(Rires.)* Je ne suis pas très doué mais j'aime y jouer, parfois avec des amis. S'il y a assez de gens pour cela, j'aime bien aussi le *soft-ball,* cette forme de base-ball. On ne peut pas dire que je sois ce qu'on appelle un sportif. Je pratique aussi le basket, parfois. Mais je fume beaucoup alors tout cela devient un peu difficile. Chaque année, nous allons à Noël dans le Minnesota pour retrouver la famille. Lorsqu'il ne fait pas trop froid, mon beau-frère et moi jouons au basket. Il a dix ans de moins que moi. Il est plus fort, plus agile, plus rapide que moi. La dernière fois que nous avons joué, je ne pouvais plus marquer un seul panier. J'ai donc décidé de prendre ma retraite et de ne plus jouer au basket : je suis trop vieux.

Vous n'avez que cinquante ans…

Comment peut-on être aussi vieux. *(Rires.)* C'est étrange, d'être si vieux si vite. On se dit que beaucoup de choses sont derrière soi, que le temps qui nous reste est plus court. Je n'ai jamais pensé que j'aurais pu atteindre un tel âge. Je pense souvent à la mort. C'est la condition même de l'être humain qui m'y oblige. Il n'y a rien à faire. J'essaie d'intégrer cette idée de la mort dans ma vie. Quand j'ai commencé à écrire, j'étais obsédé par la mort. J'aborde cette question dans l'essai que j'ai alors publié sur sir Walter Raleigh, et dans mes poèmes. Peut-être est-ce moins visible, apparent aujourd'hui… Je ne sais pas…

Vos lecteurs savent que vous aimez les Saab rouges… Vous avez une passion pour les voitures ?

Nashe a une Saab. Je n'aime pas spécialement conduire. D'ailleurs, je n'ai pas de voiture. J'ai eu beaucoup de voitures, dans ma vie, surtout des vieilles caisses pourries. Depuis quelques années, je n'en ai plus.

Vous vivez à Brooklyn depuis 1980, vous retournez souvent à Manhattan ?

J'y vais assez souvent. C'est très naturel, vous savez. Brooklyn, Manhattan sont des parties différentes d'une même ville qui est New York.

Vos personnages poursuivent souvent des sortes de quêtes, passent des épreuves. La vie est, à vos yeux, constituée d'épreuves à franchir ?

Il est toujours très difficile de répondre à une question comme celle-là... Ce que j'écris représente certainement quelque chose de très profondément ancré en moi. La manière de raconter, la structure des histoires, la personnalité de mes personnages sont très liées à ma propre intimité. Il m'est très difficile d'articuler tous ces différents plans ensemble. J'ai l'impression que les histoires que je raconte expriment quelque chose de moi qui doit être exprimé.

Vous établissez un lien entre la biographie romanesque et l'autobiographie ?

Mes livres ne sont pas des récits autobiographiques. Il s'agit de quelque chose de plus profond que cela. Ce ne sont pas les événements de surface qui comptent mais quelque chose de la structure de l'intérieur, de l'être profond, de l'inconscient. L'autobiographie touche à l'enveloppe, à l'extérieur. Ce qui m'intéresse, c'est le dedans. *Le Diable par la queue* parle un peu de cet envers. Mais il ne s'agit ni de fiction ni d'histoire. Il s'agit d'une sorte d'essai sur les événements de ma vie. L'optique est très différente.

Vous êtes allé en janvier 1997 à Jérusalem. Vous pouvez me parler de ce voyage ?

Je n'y étais jamais allé avant. J'ai longtemps résisté à l'idée de me rendre en Israël. Tout ce qui s'est passé là-bas, notamment après 1967, m'angoissait terriblement. Je suis né en février 1947 et l'Etat d'Israël a été constitué un peu plus d'un an après. J'ai passé toute mon enfance à penser à cette terre mythique, qu'il existait un pays pour les Juifs. Je me souviens, à l'école, nous donnions de l'argent pour acheter des arbres qui seraient plantés en Israël. Je savais que je m'y rendrais un jour, mais je laissais le temps passer, décider un peu pour moi. Il y a deux ans, j'ai reçu une lettre du secrétaire de la Jerusalem Foundation qui m'invitait. J'ai pensé que l'heure était venue de me rendre en Israël. J'ai donc accepté.

Siri, votre femme, et Sophie, votre fille, vous ont accompagné...

Il était important, à mes yeux, que ce voyage ait lieu en famille. Il fallait que je partage avec elles cet événement essentiel de mon existence. J'étais invité dans le cadre d'un programme culturel au nom étrange : "Les maîtres de la culture." Cette terminologie fait désormais partie du vocabulaire familial. "Le maître peut-il me servir une tasse de café ?" me demande Siri ou encore : "Le maître peut-il fermer la porte ?"

Que retenez-vous de ce séjour ?

Plusieurs faits très intéressants. J'ai vu un pays déchiré en deux, sans doute le plus tourmenté qu'il m'ait été donné de visiter. Une nation en crise. La division existant entre les religieux, qui ont une certaine idée de ce que doit être l'Etat d'Israël, et les laïques, qui en ont une autre totalement opposée, est en train de détruire Israël. Le grand conflit n'est pas celui qui oppose les Arabes aux Juifs mais les Juifs entre eux. L'existence même de cet Etat est en danger.

Vous avez fait des rencontres intéressantes ?

J'ai rencontré des gens extraordinaires, qui vivent avec une telle passion, une telle intensité. Des gens qui chaque jour se posent les véritables questions. Ce voyage fut très "inspirant" pour moi, et fondateur.

Cette découverte a changé votre vie ?

J'ai été confronté à une société où les gens, justement, ne sont pas cyniques. Ils ne sont ni déprimés ni décadents. Il s'agit d'une tout autre manière de vivre. C'était très enrichissant d'être entouré par ces êtres profonds. Je savais que mes livres étaient traduits en hébreu mais je ne savais pas si j'avais des lecteurs. Or, il se trouve qu'ils sont très nombreux. J'ai été très touché de constater que dans un pays déchiré par tant de problèmes et de questions politiques, sociales, morales, les romans, les fictions peuvent encore parler aux gens. Pour la première fois, dans ma vie d'écrivain, j'ai eu le sentiment que les livres comptaient, pouvaient servir à quelque chose. Ce fut une véritable révélation, là, à cet endroit. La réception était tellement forte et chaleureuse que cela m'a changé un peu… oui… c'est vrai…

Ce voyage à Jérusalem était pour vous comme une sorte de quête ?

C'est une ville bizarre, qui ne ressemble à aucune autre, avec toutes ces couches historiques qui remontent si loin dans le temps…

Cela vous a donné envie d'aller plus loin dans votre généalogie, en Pologne et en Galicie ?

Non. Le monde de mes ancêtres a aujourd'hui entièrement disparu. Ils sont venus aux Etats-Unis à l'aube du XXe siècle…

Le monde de vos ancêtres, c'est Jérusalem ?

Non. Pas vraiment. L'expérience que j'ai retirée de ce voyage n'était pas personnelle, elle était plus globale, plus large. Siri, qui, comme vous le savez, n'est pas de culture juive mais luthérienne, était très étonnée par les paysages autour de Jérusalem. Enfant, elle suivait des cours d'éducation religieuse dans des livres dont les illustrations ressemblaient en tout point aux paysages qu'elle a vus lors de ce voyage. Venir à Jérusalem était pour elle comme retourner au monde de son enfance.

Plus on avance dans sa vie, dans son œuvre et plus les choses s'obscurcissent ?

Tout est de plus en plus complexe. Les préoccupations changent quelque peu. Au fur et à mesure de la vie, on accumule les expériences, les idées, les pensées mais il est de plus en plus difficile de comprendre les choses. Je ne trouve pas plus de réponse aujourd'hui qu'avant.

Plus on avance, plus on est seul ?

L'univers de l'écriture reste toujours le même. L'art d'écrire est toujours aussi difficile. Avoir une œuvre derrière soi n'aide absolument pas. Mes livres déjà écrits n'aident en rien celui auquel je travaille actuellement. C'est presque le contraire.

La solitude de l'écrivain, vous la retrouvez dans cette pièce dans laquelle nous sommes en ce moment et où vous aimez travailler… Une fenêtre, moins de huit mètres carrés. Un lieu terriblement exigu…

Sans aucun doute, mais qui me convient. Vous savez, quand on commence à travailler, à écrire, on oublie les "alentours". Tout se passe dans la tête, dans l'esprit, dans le cœur. L'espace ne compte plus.

Vous imaginez écrire dans une pièce plus vaste, avec de grandes fenêtres qui laisseraient pénétrer la lumière ?

Ça m'est arrivé. Mais, je le répète, dès qu'on entre *dans* le travail, on oublie où l'on est, et, dans une certaine mesure, qui l'on est.

Vous m'avez dit, lors d'une de nos précédentes rencontres, que cette pièce dans laquelle vous travaillez était comme la "maison du carnet", du carnet Clairefontaine, j'entends…

J'aime cette idée. On entre dans le texte qu'on écrit, on pénètre dans la page, un peu comme si on avait au préalable absorbé une poudre qui vous aurait rendu invisible. On disparaît tellement dans le travail que le lieu, oui, ne compte absolument plus.

Vous avez une façon particulière d'évoquer la page, le papier, le stylo, le bruit que fait ce dernier lorsque la pointe touche la page, ce grattement…

Je ne pense pas être quelqu'un d'obsessionnel. J'écris surtout avec un stylo-plume. Les mots sortent facilement, comme l'encre qui coule. Parfois j'utilise un Criterium, parce que je gomme souvent, j'hésite. J'écris sur des feuilles volantes ou dans des carnets. Plutôt que d'une obsession, je parlerai d'une habitude.

A un moment donné, vous abandonnez tout de même le crayon pour la machine à écrire, une vieille Olympia rendue désormais célèbre grâce à la série de tableaux de Sam Messer[29]*…*

C'est comme ça. J'écris, je récris, je recommence, toujours le même paragraphe, mille fois. Dès qu'une version me paraît acceptable, je la tape à la machine. Mais je conserve toujours les deux versions, manuscrite et tapuscrite.

Vous n'avez jamais envisagé de travailler sur ces appareils bizarres qu'on appelle des ordinateurs ?

Pourquoi pas. Je ne suis pas très doué, ni trop pressé. Ma hantise est de perdre, à la suite d'une mauvaise manipulation, des semaines, voire des mois de travail. Tous mes amis écrivains ont à un moment ou à un autre perdu des morceaux de leur travail. J'écris lentement ; taper une page ou deux par jour ne représente pas une tâche inhumaine et, de toute façon, ne nécessite pas l'achat d'un ordinateur !

Il y a un aspect très concret, presque érotique dans cette main, prolongée par le stylo, et qui bouge à son rythme sur la page blanche…

Oui, j'aime bien cette tactilité du travail de l'écriture. Le son de la plume sur la page est quelque chose d'assez émouvant, qui rythme la pensée, le flux du texte, l'égrènement des mots.

En 1995 vous m'avez confié n'être réellement parvenu à écrire des romans qu'après que vous êtes devenu père. Qu'entendez-vous par là ?

Lorsque j'étais plus jeune, j'éprouvais de grandes difficultés à écrire des textes en prose qui soient dignes d'être publiés. J'avais beau les récrire et les récrire, je n'étais jamais satisfait. Je n'ai pas vraiment d'explication, mais toujours est-il qu'après la naissance de mon fils j'ai trouvé l'entrée qui me permettait de pénétrer dans un processus d'écriture jusqu'alors totalement bloqué. C'est peut-être une coïncidence, mais cette idée d'être père, c'est-à-dire l'arrivée en masse des responsabilités – on ne vit plus que pour soi –, a été pour moi déterminante. Dès lors qu'on devient père on se place dans une lignée chronologique. On sent parfaitement, au plus profond de soi et immédiatement, qu'on appartient à une génération qui va passer, et qu'on devra, à un moment ou à un autre, céder la place à la prochaine. Vous êtes soudain propulsé dans une autre vision du temps. Vous appartenez à une nouvelle dimension du temps. Je crois que ce "placement" différent dans la temporalité déclenche la narration, la possibilité de raconter, car raconter est un événement qui ne peut avoir lieu que dans le développement du temps.

Lorsqu'on ne devient pas père, on reste incomplet ?

Non. Je pense qu'il est tout à fait possible d'être "complet" sans être parent. Mais dans mon histoire personnelle cette paternité m'a donné une possibilité nouvelle qui n'existait pas en moi avant.

Mais vous êtes père deux fois, d'un garçon et d'une fille. Onze ans séparent ces deux naissances. Chaque "paternité" a sa vie propre…

Tout est différent. Toujours différent. Chaque personne est différente. La naissance de ma fille m'a procuré une joie immense, profonde. Celle de mon fils relève de la révolution. Je crois qu'être père d'un fils ou d'une fille ne procure pas les mêmes sensations, les mêmes sentiments, même si, dans les deux cas, le plaisir est total.

Que voulez-vous dire ?

C'est évident, non ? Freud a dû écrire là-dessus toutes les vérités…

C'est votre "vérité" qui m'intéresse et non celle de Freud !

Essayons de dire cela avec le plus d'objectivité et de tact possibles. La naissance d'une fille procure un plaisir immense, une sorte d'éclair, de *light*. Le bonheur éprouvé alors, c'est celui de pouvoir regarder l'autre dans toute sa différence. La séparation est totale. Le bébé que vous regardez vous dit "je ne suis pas le même que toi". Avec un garçon, le sentiment n'est pas le même. Un fils, c'est une sorte de reconnaissance. Il est du même sexe que vous. Il vous dit "sans être le même je suis le même".

Vous n'êtes passé au roman, à la prose que dans un second temps, donc. Quand votre fils naît, en 1977, vous avez trente ans. Comme vous me l'avez souvent rappelé, l'origine de votre écriture reste la poésie. Lorsqu'on se promène dans votre bibliothèque, on découvre un rayon rempli de recueils de poèmes publiés dans la fameuse collection de poche des éditions Gallimard.

Cette collection date de l'époque où je travaillais à mon anthologie de la poésie française. J'avais besoin d'une énorme documentation. Les éditions Gallimard m'ont très généreusement envoyé toute la série. Si je n'écris plus de poésie aujourd'hui, cela reste quelque chose de très important pour moi. Récemment j'ai acheté une nouvelle édition de l'œuvre de Wallace Stevens, poète que j'avais découvert à l'âge de dix-sept ans. Je me suis replongé dans son œuvre avec un plaisir total.

Quand vous avez commencé à lire, vos choix se sont portés sur des poètes ou des romanciers ?

Des romanciers, ce qui n'est guère original. La poésie est plus difficile à aborder. Je lisais surtout des auteurs américains : Faulkner, Dos Passos, Isaac Bashevis Singer. Les poètes sont venus plus tard, vers dix-sept ou dix-huit ans, notamment Edgar Poe.

Vous avez écrit des romans, des essais, des poèmes, des pièces de théâtre. S'agit-il pour vous d'un même long fleuve littéraire, ou pensez-vous que chaque genre a sa spécificité, ses règles, ses contraintes ?

L'origine est identique. Mais il y a des humeurs et des désirs différents. On pourrait dire que ces différences sont celles qui existent entre le chant et la narration. Un poème chante, un roman raconte. Les idées qui sous-tendent chacun peuvent être identiques mais les humeurs différentes. C'est étrange, pendant des années je n'ai écrit que de la poésie, je ne faisais que ça. Et puis un jour, tout s'est arrêté. Il me serait aujourd'hui impossible d'écrire le moindre vers, la plus petite strophe. Je ne suis même plus tenté de le faire. C'est comme une autre vie qui a recouvert une ancienne vie. Je crois que je préfère raconter des histoires, être ce que les Latino-Américains appellent un "narrateur". Le poète raconte, lui aussi, des histoires, mais je pense que le véritable narrateur, c'est le romancier. C'est le romancier qui raconte les histoires. J'éprouve un certain plaisir à conduire le lecteur là où je le souhaite, à lui faire découvrir des choses, à lui donner les clés qui vont lui permettrent d'ouvrir des portes fermées. C'est moi qui indique le chemin, qui propose le voyage, qui fais le guide dans le labyrinthe du livre.

Vous avez aussi été, à une certaine époque de votre vie, traducteur…

Quand j'étais très jeune, sans doute afin d'assouvir ma passion de la découverte. Pour un jeune écrivain la traduction est une formidable école. Vous travaillez avec grandes difficultés à un moment de votre vie d'écrivain où l'on peut penser que vous n'avez pas encore véritablement trouvé qui vous êtes. On se cherche et on entretient avec un autre écrivain une relation passionnante. Traduire m'aidait à me plonger dans des œuvres poétiques qui me passionnaient. J'étais aussi au centre vital de la manipulation des mots. J'entrais dans la pensée des mots, des rythmes des mots, et sans la pression de la création pure. Traduire les grands poètes, c'est comme écouter avec attention les cours d'un grand professeur. D'un autre côté, et de façon plus prosaïque, la traduction (je parle ici de mauvais livres d'histoire, des ouvrages politiques, etc.) me rapportait quelque somme d'argent qui me permettait de vivre…

Quelles sont les raisons, les circonstances, les contingences qui ont fait que vous êtes devenu écrivain ?

Je ne sais pas. Je ne peux vraiment pas vous dire pourquoi.

Désir ? Idée ? Envie ?

Non, ce serait trop difficile à expliquer. C'est quelque chose que je voulais faire.

Très jeune ?

Oui. Sûrement le fait d'aimer les livres ; tout du moins au début. Sans doute aussi de vivre en soi, d'une certaine manière, faisant qu'on se met à côté des choses, en marge. Une sorte de porosité. Une propension à la réflexion et à la rêverie.

Une attirance ?

Oui...

Un penchant ?

Oui, un penchant. Quelque chose de presque chimique. Comme une construction. Voilà : on est construit.

Construit ou déconstruit...

Les deux, c'est certain. Lorsqu'on écrit, on se construit, on se fabrique. C'est aussi une façon de déconstruire celui qu'on est. De toute façon lorsqu'on devient écrivain, on se déconstruit. C'est comme ça. C'est difficile, douloureux. On cherche toujours à dire des choses vraies, à être le plus honnête possible. Lorsque vous écrivez, vous avez bien évidemment une sorte d'obligation morale. Pour arriver à la vérité, vous devez très souvent être prêt à examiner des choses déplaisantes, à regarder dans des directions terribles. L'écriture peut être un exercice déchirant.

Par rapport à soi ?

Oui, par rapport à soi.

Par rapport à sa biographie ?

Oui, par rapport à sa propre biographie, et par rapport au monde.

C'est ce que vous voulez dire, lorsqu'à dix-neuf ans vous écrivez dans votre carnet : "Le monde est dans ma tête, mon corps est dans le monde" ?

Il faut faire face à cette double contradiction qui est la vie. Cette phrase, d'ailleurs, n'est pas destinée qu'aux seuls écrivains, elle s'adresse à tout le monde.

La biographie et la vie sont deux éléments opposés ou complémentaires ?

Les deux choses vont ensemble. La biographie n'existe pas sans l'intérieur. Ce que j'essaie de faire passer, dans les histoires que je raconte, c'est le sentiment nécessaire de la vie et de tout ce que cela implique.

Pour un romancier, la vérité peut ou se doit d'être atteinte par le mensonge ?

C'est une tout autre question. Un écrivain peut tricher et mentir. Je ne parle pas ici du jeu de la vérité, du vrai et du faux dans l'histoire. Je veux tout simplement dire que ce qui m'intéresse c'est la vérité humaine, psychologique, historique, celle qui fait qu'on ne peut pas glisser sur les choses.

L'écrivain Mario Vargas Llosa prétend que le mensonge est acceptable, et même nécessaire en littérature, mais ne peut l'être dans la vie.

Lorsqu'on invente une histoire, on ment, mais ce n'est pas véritablement un mensonge. Je lui préférerais le mot "invention". C'est une fiction, et une fiction n'est pas nécessairement un mensonge. Ce mensonge-là est un chemin qui doit permettre d'arriver à une vérité sur la vie, sinon à quoi bon lire le livre qui revendique l'utilisation du mensonge ? Mentir en écrivant, ce n'est pas construire un outil qui permette d'échapper au monde, mais surtout qui prépare à une meilleure compréhension de ce dernier.

Souvent, dans vos livres, un incident survient, qui transforme une vie en apparence banale en expérience extraordinaire, pourquoi ?

Chacun traverse, à un moment ou à un autre de sa vie, des moments de crise. Ces moments sont rares, "primaires", qui permettent que la vie change du tout au tout, subitement et durablement. Observer ces moments me fascine. Sans doute, existe-t-il pour le romancier d'autres manières de procéder.

Mais je dois avouer que tenter de comprendre ces instants de changement et de crise est une des choses, qui, en tant que romancier, me passionne le plus au monde.

Si je vous demande de me parler de vos "moments primaires", vous ne le ferez pas…

Non, pas aujourd'hui… Mais je peux vous citer une phrase que je trouve très intéressante, prononcée par un très grand entraîneur de base-ball, qui avait un langage bien à lui, une façon très particulière de s'exprimer, parfois, je le reconnais, assez obscure : *"Here come the time once in every man's, and I find several of them."* Ce qui veut dire, à peu près, car voilà quelque chose de difficilement traduisible en français : "Tout homme connaît au moins une fois dans sa vie un grand moment, et moi j'en ai connu plusieurs…"

C'est votre réponse ?

Oui… Pour aujourd'hui… Il faut savoir être bref…

J'espère que vous serez moins "bref" si je vous demande d'évoquer votre premier souvenir de New York…

Essayons. *(Rires.)*

Vous êtes dans l'appartement de vos grands-parents, à l'angle de Central Park South et de Columbus Circle. Vous êtes à la fenêtre. Vous avez cinq ou six ans. Et vous vous apprêtez à laisser tomber un penny dans la rue…

C'est exact. Au moment où j'ouvre la main, ma grand-mère se retourne vers moi et s'écrie : "Ne fais pas ça ! Si ce penny touche quelqu'un, ça va lui traverser la tête d'un seul coup !"

Vous venez habiter à New York bien plus tard. En 1965, pour étudier les littératures française, anglaise et italienne à Columbia University. Dans un premier temps, vous résidez à la cité universitaire…

Je suis venu étudier à Columbia pour pouvoir être à New York. C'était mon désir le plus cher : vivre à New York ! J'étais dans ce qu'on appelle un *mixt feeling*, hésitant. Je ne voulais pas entamer des études supérieures dans un petit monde clos, je voulais un monde ouvert, fascinant, un grand campus. Columbia University constituait, à mes yeux, le lieu idéal. J'y suis resté de dix-huit à vingt-trois ans.

Des années de formation, si importantes…

Fondatrices, fondamentales. Durant ces années, j'ai beaucoup lu, beaucoup écrit, beaucoup pensé, beaucoup souffert aussi… En 1968, la politique est entrée dans ma vie, je me suis cogné contre le vrai monde, la réalité, enfin… J'étais un étrange jeune homme qui voulait à la fois devenir écrivain et ne pas laisser échapper les choses du monde. C'était un moment très dense, intense, difficile de l'histoire des Etats-Unis. Le campus était le lieu d'émeutes, de manifestations, de grands mouvements de protestations diverses. Mon meilleur ami, camarade d'enfance, était un des meneurs, très engagé politiquement.

C'est un des personnages de Léviathan *?*

D'une certaine façon, oui… Un jour, la police a envahi le campus. Comme beaucoup d'autres, j'ai été arrêté… Mais comment dire… Je n'ai jamais été un membre très actif, j'étais une sorte de témoin-participant, plus témoin que participant. Je savais déjà que ma place dans le monde était celle de l'écrivain. Si j'avais un rôle à jouer dans cette société, cela ne pouvait se passer que dans le domaine de l'écriture. Voilà, ces années ont constitué une sorte d'éducation terrible et extraordinaire.

Et aujourd'hui, vous vous sentez témoin, participant, témoin-participant ?

Le monde est rempli de choses terribles, d'événements bouleversants, agaçants, qui rendent furieux, qui détruisent. La plupart du temps je finis par reconnaître que là où je suis le plus utile c'est en restant dans ma chambre à essayer d'écrire quelque chose qui ait un sens. La place de l'écrivain n'est pas dans la rue, mais derrière sa table de travail.

Si vous n'aviez qu'une chose à conserver de ces années passées à Columbia, quelle serait-elle ?

La découverte des grands textes de la littérature mondiale. Je me souviens, nous passâmes quatre mois à analyser *Tristram Shandy* de Laurence Sterne. Nous avons passé des heures à lire et à relire les textes de Cervantès, Dante, Homère, Shakespeare, Montaigne. Une véritable immersion, un bain mirifique. Quel choc ! Mon cerveau était dans une excitation permanente, j'avais alors tellement d'idées ! A tel point qu'aujourd'hui encore je puise dans le puits inépuisable de mes vingt ans pour y trouver des idées !

Vous aviez commencé d'écrire vers l'âge de douze ou treize ans, "des poèmes et des petits récits stupides", dites-vous. Columbia vous a aidé à poursuivre ce projet ?

L'a profondément modifié. A douze ans, comme vous pouvez l'imaginer, l'écriture relève d'une idée, d'une fascination, plus que d'une réalité. On devient écrivain parce que la lecture est si importante pour vous que l'idée de participer à ce grand mouvement d'écriture et de lecture s'empare de vous, vous submerge, et l'on poursuit ce grand projet, ce chemin sans trop savoir où l'on va, où cela va vous mener, au sens propre : *aveuglément*. A Columbia, j'ai commencé de travailler aux premières versions du *Voyage d'Anna Blume* et de *Moon Palace*.

C'est aussi l'époque de votre collaboration au Columbia Daily Spectator…

Ah oui ! Des articles consacrés au cinéma, à des films de Godard, Miloš Forman, John Frankenheimer, Tom Reichman…

Et celle où vous effectuez de longues promenades dans New York. Vous sillonnez littéralement la ville de long en large. Quand on marche, on peut se perdre ?

Quand on marche, on se perd. Bien sûr… Etre perdu en marchant, voilà qui m'intéresse beaucoup. Lorsqu'on erre dans une ville on oublie assez vite où on est. On a le sentiment que les choses changent mais lentement. Cette expérience n'est pas du tout la même lorsque vous prenez le train ou enfourchez une moto. La vitesse ne permet pas ces changements si lents, presque imperceptibles.

Dans In the Country of Last Things, *Anna fait un voyage en train durant lequel elle se pose ce genre de questions…*

Vous avez entièrement raison. Elle regarde par la fenêtre, voit le paysage qui défile à grande vitesse. Elle trouve cela si beau qu'elle aimerait pouvoir en garder le souvenir, mais la vitesse du train lui interdit de conserver toutes ces images dans sa tête, et elle en éprouve une grande tristesse. La marche est un rythme qui rend possible l'émergence des souvenirs. Se souvenir, penser, c'est presque la même chose, non ? Un ami poète, grand marcheur, qui était capable d'aller de New York à Cape Cod à pied, m'a dit qu'il ne faisait jamais plus de deux miles à l'heure afin de ne pas perdre des choses, de ne rien oublier de ce qu'il voyait. Cette idée de la "qualité" de la marche est quelque chose de fondamental.

Vous écrivez, dans La Chambre dérobée, *que les rues de New York sont "chaotiques", pourquoi ?*

Parce qu'elles dégagent une étrange énergie. Les gens ont peur les uns des autres, comme s'ils vivaient parmi des dangers réels et imaginaires.

Une phrase revient souvent dans la conversation : "It's my own business..."

Puisqu'on pense que l'autre est un danger on s'efforce de l'ignorer. D'un autre côté la faculté d'absorption, d'intégration, est ici énorme. Il y a dans les quartiers ethniques beaucoup de chaleur, de générosité.

Comme Chinatown, dont vous parlez dans plusieurs de vos livres. Vous y avez vécu, n'est-ce pas ?

Il y a plus de trente ans. A l'époque, des amis m'avaient prêté un loft, situé entre Sutton Square et le pont de Manhattan.

East Broadway, donc…

Oui. J'y suis resté plusieurs semaines. C'était comme voyager sur une autre planète. Lorsque je travaillais avec Wayne Wang à *Smoke* et à *Blue in the Face*, la production possédait un bureau à Lafayette Street juste à la lisière de Chinatown. Nous y allions souvent manger. Je n'y étais pas retourné depuis l'époque du loft. C'était tellement bizarre. J'ai essayé de tourner autour de cette question dans *Moon Palace*. Lorsque Fogg sort de chez lui, il raconte qu'il se sent comme dans un pays étranger, qu'il se sent complètement désorienté, confus. Cela passe par des choses extrêmement simples comme faire ses courses, par exemple, en ne communiquant avec le vendeur qu'avec ses mains, ses doigts. On fait des gestes, on montre.

Des tortues vivantes pour faire des soupes ?

Certainement pas !

New York n'est-elle pas finalement la ville des grandes contradictions ?

Le problème, en fait, est économico-culturel. Manhattan était jadis le lieu par excellence de la *middle class*, des ouvriers qui travaillaient dans les usines ou les petites entreprises. Aujourd'hui, ce ciment a été rompu. A Manhattan éclatent la plus grande richesse et la plus grande pauvreté. La ville a totalement changé.

Comme Brooklyn, quartier de New York où vous vivez actuellement ?

Il y avait ici, il n'y a pas si longtemps encore, un petit air du passé. Il y a une centaine d'années, le quartier de Park Slope était fréquenté par des bourgeois. Vers 1950, c'était tout le contraire : les maisons étaient en ruine, les habitants devenus très pauvres, les prix de l'immobilier avaient chuté. Aujourd'hui, on redécouvre ce quartier, on rénove les maisons, la population change, le prix de l'immobilier remonte, et la bourgeoisie habite de nouveau Park Slope…

Les rues de Brooklyn sont très différentes de celles de Manhattan ?

Brooklyn n'est pas le lieu des multitudes ; les gens marchent par petits groupes ; il y a de l'air, de l'espace.

On peut, lorsqu'on veut passer de Manhattan à Brooklyn, emprunter le fameux pont. Lorsqu'on est sur la passerelle, on sent physiquement la présence de l'eau. New York est une ville entourée d'eau, on ne le dit pas assez...

En 1975 j'ai habité un appartement dans le quartier de Riverside Drive, à Manhattan. J'avais une vue imprenable sur l'Hudson River, fleuve sillonné d'une multitude de bateaux. C'était extraordinaire. En août 1970 j'ai travaillé sur un pétrolier qui croisait dans le golfe du Mexique afin de gagner de l'argent pour venir à Paris. Je me souviens très bien du retour à New York, du premier arrêt à State Amont, puis du petit bateau qui vous conduit à Manhattan. L'eau était présente partout. La Seine, à Paris, est un petit fleuve sage qui coule au milieu de la ville, qui fait partie de la vie quotidienne des gens. A New York, l'eau est partout, le grand large, les paquebots, les voiliers, on trouve des plages à Brooklyn, dans le Queens. Avant l'invention du métro, pour descendre dans le bas de la ville, *down town*, on prenait le bateau. C'est ce que faisait Edgar Allan Poe...

Lorsqu'on est sur le pont de Brooklyn, on a d'un côté une vue magnifique sur Brooklyn et sur Manhattan et de l'autre une vision extraordinaire de la statue de la Liberté, personnage principal de votre roman Léviathan. *Ce "symbole de la Liberté dans le monde" semble vous fasciner...*

La plupart des monuments érigés ici ou là dans le monde rappellent un événement, célèbrent une personne. Rien de tout cela ; la statue de la Liberté représente un symbole, une abstraction. Elle est là pour signifier une idée très belle, très forte : qu'il existe un endroit dans le monde où la liberté existe, où l'oppression n'a pas droit de cité, où l'on peut vivre tel qu'on l'entend en prenant des décisions qui ne tiennent qu'à soi. D'un autre côté, je la trouve un peu effrayante cette dame énorme, dont le modèle n'était autre, il faut le rappeler que la femme du sculpteur français Bartholdi, avec ses pieds dans l'eau, là, si près de New York.

Si près de New York, et faisant face à Ellis Island, "l'île des larmes", sur laquelle, de 1892 à 1954, passèrent dix-sept millions d'immigrés !

Un tiers de la population new-yorkaise est née dans un autre pays que les Etats-Unis. New York, Brooklyn, le Queens sont les premiers territoires foulés par les "nouveaux" Américains. C'est ce qui donne à cette ville une vitalité extraordinaire. Elle est toujours en changement, toujours différente, mobile. New York ne fait pas partie des Etats-Unis, c'est un lieu très particulier, à part, séparé, un monde en soi.

Vos grands-parents paternels sont venus de Galicie via *Ellis Island, et vos grands-parents maternels de Pologne,* via *Toronto. On parlait beaucoup de ces exils dans votre famille ?*

Mon grand-père paternel est mort avant ma naissance, et ma grand-mère paternelle, qui parlait à peine anglais, quand j'avais dix ans. Mon grand-père maternel est né à Toronto. Quant à la mère de ma mère, elle est arrivée de Russie quand elle avait cinq ans. Elle n'avait aucun souvenir de cette petite enfance.

Lorsque sa famille est passée par Ellis Island, on ne se pose pas la question de cette histoire. On est dedans, elle fait partie de soi ?

Oui, sans doute. Sûrement. Cela fait si longtemps. Ellis Island est aujourd'hui fermée. Elle n'existe plus comme une chose vivante, elle est devenue un musée, une chose qu'on visite.

L'arrêt de la généalogie est un thème récurrent chez vous, ce vide…

Par la force des choses, ce qui m'intéresse c'est parler de mes parents plus que de mes grands-parents. J'aimerais savoir d'où je viens mais je ne possède aucune information ou si éparses. Par exemple que ma grand-mère avait eu des liens avec le monde du théâtre, que le père de mon père avait eu quatre frères, que sur cinq garçons trois étaient morts durant la Première Guerre mondiale…

J'ai lu qu'un membre éloigné de votre famille avait été maire de Jérusalem. C'est vrai ?

Je ne sais pas à quel point cette information est réelle mais il semblerait en effet qu'un certain Daniel Auster, membre de ma famille, né dans la même ville de Galicie, Stanislav, que mon grand-père, ait été maire de Jérusalem. Lors d'un voyage en Israël, en 1997, j'ai essayé d'avoir des renseignements. Il aurait été maire deux fois, avant la naissance de l'Etat d'Israël dans les années trente, en tant que représentant de la communauté juive ; puis en 1948. Sur l'acte de déclaration d'indépendance, il y a deux signatures : celle de David Ben Gourion et la sienne ! Beaucoup d'histoires circulent à son sujet. On rapporte qu'il avait deux enfants, que le premier s'est suicidé, et que le second était très malade. On dit aussi que sa femme, qui s'appelait Julia, était très belle. Un jour, un homme, amoureux d'elle, aurait brisé la vitrine où se trouvait sa photo pour la voler !

Après ce détour par Jérusalem, revenons à Brooklyn. Vous avez choisi d'y vivre, et non à Manhattan, pourquoi ?

Au départ, il s'agissait d'une simple question d'argent. J'ai quitté la chambre de bonne que j'occupais au 6, Varick Street, à Manhattan, il y a vingt-cinq ans environ, pour venir m'installer à Brooklyn dans le quartier de Carroll Gardens, puis aujourd'hui à Park Slope. Je m'y trouve bien. Brooklyn est un des lieux les plus démocratiques et les plus tolérants de la planète.

On y trouve un mélange culturel qui, je suppose, vous touche ?

C'est essentiel. Ce mélange de langues et de cultures, ces conceptions différentes de la vie. Poussez n'importe quelle porte de restaurant, vous y verrez toutes les races, toutes les couleurs, des plats d'horizons très divers. La normalité, c'est cette perpétuelle diversité. A Manhattan, dans certains quartiers, vous ne croisez que des Blancs. Cette homogénéité est quelque chose de beaucoup moins intéressant pour moi.

L'action d'un de vos romans se situe à Brooklyn Heights, un quartier très particulier de Brooklyn : pourquoi ce choix ?

C'est le plus vieux quartier de Brooklyn. S'en dégage une certaine atmopshère. J'avais besoin de cette distance temporelle. On y trouve encore des petites rues, avec ces fameuses maisons en bois datant de 1830 – ce qui, pour New York, est très ancien ! Whitman y a vécu très longtemps, notamment avec son père qui construisait des maisons. Si je ne me trompe pas, il a dû déménager une quarantaine de fois ! Vous savez, c'est étrange, la population de Brooklyn Heights est passée, entre 1840 et la fin de la guerre civile, de sept mille à plus de un million d'habitants !

Brooklyn Heights est au pied d'un des ponts les plus célèbres de New York, et qui compte aussi beaucoup pour vous : le pont de Brooklyn…

Je suis très sensible à sa beauté, à la fois ancienne et moderne, mais aussi à toute l'histoire extraordinaire de sa construction. John Roebling, l'ingénieur qui est à l'origine du pont, meurt avant que celui-ci soit terminé. Son fils Washington reprend le travail, tombe grièvement malade et suit désormais l'avancée des travaux depuis un fauteuil roulant placé dans la chambre d'un immeuble de Brooklyn Heights. Armé d'un télescope, il donne à sa femme toutes les instructions nécessaires à la poursuite de la construction. Le pont est tellement dans la tête de Washington Roebling qu'il en connaît le moindre centimètre par cœur. C'est très émouvant : ce monstre métallique est avant tout le fruit d'une pensée.

Certaines images d'Epinal le représentent dans sa chaise roulante, dirigeant les opérations avec une longue-vue…

La plupart des ouvriers ne parlaient pas américain. Roebling communiquait beaucoup et donnait nombre de ses instructions au moyen de croquis, de plans. Il existe une série de planches magnifiques dessinées de sa main.

Vous m'avez dit un jour : "Chaque fois que je traverse le pont de Brooklyn, je me sens heureux…"

Découvrir Manhattan, en empruntant le pont et en venant de Brooklyn, est une expérience incroyable. On trouve toujours quelque chose de nouveau. Ce n'est jamais ennuyeux. La lumière n'est jamais la même. La statue de la Liberté sur la gauche, le port, l'eau, cette surface en expansion. Ce qui rend heureux, ce n'est pas le pont en soi mais ce qui est autour. Ce pont, à l'époque de sa construction, était le plus haut des Etats-Unis. Et c'est en effet une expérience unique que de se promener ainsi presque en l'air ; être si haut. Se mouvoir en un point aussi élevé n'est pas quelque chose de normal, de naturel. Je crois que c'est ça qui procure une telle sensation.

Vous dites de Manhattan que c'est un lieu magnifique, très inspirant mais si fatigant à vivre. A l'opposé de Brooklyn ?

Bien sûr ! A Brooklyn, les rues sont larges, aérées. On ne croise jamais de grandes foules compactes, mais plutôt des groupes de trois ou quatre personnes qui marchent, avec entre elles beaucoup d'espace. A New York, les contrastes d'une rue à l'autre sont étonnants. On peut changer complètement de quartiers, d'univers. Je vous ai déjà parlé de la 47e Rue, celle des bijoutiers et des diamantaires, vous y trouvez une des plus célèbres librairies de New York. Vous y entrez, et vous voilà transporté tout à coup dans un autre monde.

On a l'impression qu'à New York les gens s'ignorent...

Une façon de survivre, à New York, c'est de prétendre ne pas voir ce que les autres font. A Paris, au contraire, tout est dans le regard, on a l'impression d'assister à un spectacle permanent. Cette grande tolérance new-yorkaise, cette liberté peut aussi être prise pour une forme d'indifférence. Ici, du fait même de cette culture non homogène, les gens ont peur les uns des autres. On ne sait jamais ce qui va se passer, si les dangers sont réels ou inventés. Beaucoup estiment que les autres sont potentiellement dangereux. Une des façons de se protéger est donc d'ignorer ces autres si dangereux.

La grande ville de l'intégration a peur de l'autre, a peur de la différence ?

C'est pour cette raison que New York comprend tant de quartiers qui sont autant de groupements ethniques. A l'intérieur de ces quartiers, les gens s'acceptent. New York est par excellence la ville des contradictions. Demandez votre chemin à des gens dans Paris... La plupart du temps, ils s'enfuient, ne savent pas, ne répondent pas, regardent ailleurs. Ici, on vous indique le chemin, toujours, parfois même on vous accompagne pour être sûr que vous ne vous trompiez pas.

Votre New York est un New York très personnel, subjectif ?

Il y a des pans entiers de cette ville, trop vaste pour la connaître toute, dont je ne parle jamais. Ce que j'écris vient toujours de l'intérieur, et parfois cela recoupe des lieux, des endroits d'une ville dans laquelle je vis et qui est New York. Mon New York est un New York confidentiel, intime.

TRADUIRE MALLARMÉ, SEPTEMBER 1999

"Son énergie, si puissante, m'a véritablement changé."

Pourquoi avez-vous eu envie de traduire en anglais Pour un tombeau d'Anatole *?*

J'ai toujours éprouvé une vive admiration pour la poésie de Stéphane Mallarmé. Certains de ses poèmes ont même été très importants pour moi, mais toujours d'un point de vue strictement littéraire, philosophique, comme une source d'inspiration susceptible de me conduire à une structure poétique pure. Je n'avais, en fait, jamais éprouvé de grandes émotions à la lecture de son œuvre. Un jour, alors que je vivais à Paris, Claude Royet-Journoud m'a donné ce livre intitulé *Pour un tombeau d'Anatole*, dans l'édition du Seuil établie par Jean-Pierre Richard, en me disant que ce texte l'avait profondément ému et qu'il devrait me plaire. La lecture de ces pages m'a bouleversé. Mallarmé avait, à mes yeux, quelque chose de très "cuit", et là, je me retrouvais en face d'une étrange littérature "crue", pleine de passion, chargée d'une violente intensité. Cette énergie, si puissante, m'a véritablement changé. Voilà la raison pour laquelle j'ai voulu traduire ce livre.

Le côté très passionné de ce "livre" ne vient-il pas surtout du fait que sa rédaction est liée à un événement précis de la vie de Mallarmé, la mort de son fils âgé de huit ans ?

C'est une énorme tragédie. Ce qui m'a particulièrement intéressé c'est de voir ainsi cette conscience, cet esprit prodigieux soudain confrontés au malheur, à cette crise totale. Il y a le poète, certes, mais, derrière, l'homme, nu, qui se dévoile.

Dans le texte que vous consacrez à Mallarmé, dans L'Invention de la solitude, *vous écrivez que vous "retrouvez" votre traduction, et ce texte, au moment même où votre fils est gravement malade et transporté d'urgence à l'hôpital. Une situation presque similaire à celle de Mallarmé…*

J'avais travaillé à une première version de ma traduction quelques années auparavant, avant la naissance de mon fils, et curieusement j'ai éprouvé le besoin de m'y replonger à ce moment précis de ma vie. Je ne sais pas d'ailleurs si la maladie de mon fils est un événement qui m'a transformé, il fait partie de ces événements difficiles durant lesquels la seule chose à espérer c'est de survivre. On est impuissant, il n'y a plus rien à faire, sauf prier peut-être…

C'est ce que fait Mallarmé en écrivant ?

Je pense que ces textes étaient, dans son esprit, comme une sorte d'action de grâce. Une prière, oui, pour que son fils vive. C'est étrange, il pensait avoir transmis à son fils du mauvais sang. Les pères se sentent toujours coupables…

Ces textes sont rattachés, à leur manière, à la vie. C'est aussi cela qui vous a touché ?

Ce sont des écrits bruts. Il ne s'agit absolument pas d'une œuvre d'art. Ce sont des notes, des fragments, tout sauf des poèmes achevés tels que pouvait le concevoir Mallarmé, des notes, oui, prises pour un poème possible qu'il n'a jamais écrit. Ils furent, pour moi, une véritable révélation. Je connaissais Mallarmé poète mais l'homme restait un grand mystère, un peu glacial et distant. Tout à coup, on ouvre les pages de ce livre et l'on se retrouve en face de l'âme d'une personne de chair et de sang. C'est vrai, je voulais absolument traduire ce livre. Cela relevait, chez moi, presque de l'obsession.

Quels autres textes de Mallarmé teniez-vous particulièrement en estime ?

Nombre de ses poèmes, de ses sonnets, *Un coup de dés, Igitur.* Ce qui m'intéressait dans sa poésie, à cette époque, c'est ce que j'appellerais une "esthétique d'indirection" : presque chaque phrase, chaque mot veut dire autre chose que le sens fourni par le dictionnaire. Mallarmé pratique un singulier impressionnisme de la parole. Il fut, je pense, un des premiers poètes à tenter cette expérience. Ce point de vue poétique fait pénétrer le lecteur dans un monde symbolique qui ouvre à une tout autre réflexion sur la vie et sur les mots. En fait, avant de découvrir *Pour un tombeau d'Anatole*, je n'avais appris aucun poème de Mallarmé par cœur, il n'était pas non plus mon poète préféré, mais disons que j'éprouvais un profond respect pour le long voyage qu'il avait entrepris.

Vous écrivez, dans L'Art de la faim, *que l'esthétique de Mallarmé pourrait être comme l'élévation de l'art au statut de religion. Pourquoi ?*

Oui, bien sûr. Je pense que chaque artiste pense cela. C'est aussi parfois une tentation à laquelle on doit résister. C'est un peu dangereux, non ? C'est comme si on oubliait que la vie compte plus que l'art. L'art doit surgir de la vie, la réfléchir, et non l'inverse. A ce jeu, on se détache progressivement de la vie, et l'on se retrouve bientôt très loin des pulsions et des impulsions premières. C'est pour cela que *Pour un tombeau d'Anatole* est à mes yeux un texte remarquable. Il permet soudain de toucher à l'origine des pensées et des sentiments de Mallarmé.

Vous avez publié une Anthologie de la poésie française, *quelle place donnez-vous à Mallarmé dans l'histoire de la poésie française ?*

Mallarmé ne figurait pas dans cette anthologie parce qu'elle était consacrée à des poètes du XXe siècle. Mais, c'est une certitude : Mallarmé est comme un pont qui annonce la poésie moderne. Sans lui, la poésie du XXe siècle aurait évolué d'une manière totalement différente.

Traduire Mallarmé est un exercice difficile ?

Il y avait parfois des choses tellement cryptiques qu'il était très difficile de saisir le sens exact de certaines portions de texte, notamment dans le rapport entre les noms et les verbes. J'ai fait, en réalité, trois versions. Sur une durée d'environ vingt ans. C'est une vieille histoire… La dernière vient de reparaître aux Etats-Unis. Je me suis fait aider, cette fois, par une amie américaine, née en France, poétesse et parfaitement bilingue.

C'est une adaptation libre ?

Absolument pas. Il s'agit d'une traduction qui se veut très proche de l'original. Cependant, la syntaxe anglaise étant très différente de la syntaxe française, j'ai dû me livrer à quelques “manipulations”.

C'est toujours intéressant lorsqu'un écrivain traduit un autre écrivain, non ?

Vous savez, je n'avais et n'ai toujours aucune théorie de la traduction. Mon seul objectif était de faire quelque chose de bien dans la langue d'arrivée, quelque chose qui ressemble vraiment à l'original. Quelque chose qui fonctionne parfaitement en anglais et qui ne sente jamais la traduction. D'un autre côté, il faut je crois être très fidèle aux intentions de l'auteur ; le traducteur n'a pas le droit de changer quoi que ce soit au texte qu'il traduit. On dit souvent "traducteur trahison" ou encore "la traduction est comme une femme : plus elle est infidèle, plus est belle". Je ne suis absolument pas d'accord. Une traduction pour être belle et juste doit être fidèle.

Pour un tombeau d'Anatole *est intéressant parce qu'on ne peut le mettre dans aucune catégorie ?*

Exactement. Ce n'est pas un poème. Ce n'est pas un simple témoignage. A l'époque où Mallarmé a écrit ces notes, elles n'étaient que des ébauches, des pensées à peine jetées sur le papier… Cent ans après, ces fragments ressemblent à l'idée que nous nous faisons aujourd'hui de la poésie. Grâce à Mallarmé et à ce texte l'idée de la poésie est plus vaste, plus large.

Hugo peut écrire sur la mort de sa fille, Mallarmé lui n'y parvient pas…

Pour lui, il s'agit de toute façon d'un échec littéraire. C'est cela même qui le rend très émouvant. Les échecs peuvent être plus intéressants que bien des réussites.

La mort d'un proche rend impossible l'écriture d'un livre ?

L'Invention de la solitude tentait de donner une réponse à cette question, tentait d'affronter cette grande souffrance : la mort très récente de quelqu'un de proche. Dans le cas de Mallarmé, il s'agissait d'autre chose : non pas une réaction à la mort mais une réaction à la peur de la mort. Il prenait des notes, il écrivait, au chevet d'Anatole. Il était à ses côtés, nuit après nuit. Il écrivait alors que le petit garçon vivait toujours. Quand j'ai écrit *L'Invention de la solitude*, mon père venait juste de mourir.

Vous prenez du recul, vous essayez, dans ce texte, de comprendre ce père qui vous échappait...

Mallarmé écrit au cours de semaines pleines d'incertitude, interminables. Dans mon cas, c'est complètement différent : je suis en face du fait brut et je réagis.

Ce livre vous a permis de passer à autre chose, d'être quelqu'un d'autre ?

Pas vraiment, je n'ai jamais eu la sensation qu'un livre pouvait résoudre les problèmes. Ecrire, c'est poser des questions, essayer de répondre. Mais les solutions échappent toujours. Peut-être est-ce pour cela que les écrivains continuent d'écrire. Les écrivains ne sont pas des scientifiques qui résolvent des équations : ils ne donnent jamais aucune réponse, et cela d'autant moins quand meurt leur fils de huit ans.

CINÉMA & LITTÉRATURE, FEBRUARY 1998

"Si je n'écrivais pas,
je crois que je me sentirais tellement perdu."

Dans Léviathan, *Peter Aaron dit : "J'ai toujours été un bûcheur, un type qui s'angoisse et se débat à chaque phrase." C'est votre cas ?*

La plupart du temps, oui. Après chaque livre, la même grande question se pose : "Et après ?" Mille possibilités s'offrent à vous, mais vous ne devez n'en garder qu'une : celle qui vous permettra de dire avec exactitude une chose juste.

Dans la littérature, c'est un peu comme dans la vie, chaque instant déborde sur le suivant. Tout se tient. Tout est lié ?

Oui, absolument. L'écrivain répond toujours à des choses qu'il a déjà faites. Un livre peut être une réponse à son livre précédent, à ses contradictions intérieures, un effort afin d'échapper à ce qu'il a vécu, une tentative lui permettant de trouver une autre approche de travail, une façon différente de raconter une histoire. Mais, au bout du chemin, on se retrouve toujours face à soi.

Avez-vous le sentiment que pour un écrivain la fiction a tendance à rogner la réalité ?

Lorsqu'on passe une bonne partie de sa journée dans un monde imaginaire, qu'on lui donne toutes ses forces et toute son énergie, alors cette vie-là devient très réelle même si elle n'existe pas. Ce monde bizarre est là, en soi, autour de soi. Passez deux ou trois ans dans ce monde imaginaire, et vous constatez qu'il est aussi réel que celui de la vie de chaque jour.

L'écriture aide à vivre le monde réel ?

L'écriture et la vie sont deux choses différentes. L'écriture m'aide à vivre. Si je n'écrivais pas, je crois que je me sentirais tellement perdu...

Dans Lulu on the Bridge, *le Dr Van Horn demande à Izzy : "Etes-vous bon ?Etes-vous digne ?" Cette question revient souvent dans votre œuvre, pourquoi ?*

C'est sans doute dans ce film qu'elle apparaît de la manière la plus évidente. La vie, comme on dit, est très courte. Je trouve tragique qu'une personne, par suffisance, cruauté, imbécillité, gaspille ce temps si infime. Chacun peut croiser, dans sa vie, des personnes qui inspirent les autres gens, qui, par leur simple présence, rendent le monde meilleur. Ces êtres peuvent être d'ailleurs très simples, n'avoir rien de particulièrement extraordinaire et pourtant ils portent en eux quelque chose de magique. D'autres, au contraire, détruisent tout ce qu'ils touchent…

Dans ce film, là encore comme dans le reste de votre œuvre, il est beaucoup question d'émotions, de sentiments profonds et forts…

La structure d'un film ou d'un livre peut être plus ou moins complexe : ce n'est pas ce qui compte. Il est beaucoup moins important de comprendre que de sentir. Dès que l'on sent ce qui se passe dans un livre ou dans un film, on est à même de mieux l'appréhender ; comme dans la vie.

Dans la vie et dans la littérature vous préférez la sensibilité à l'analyse intellectuelle ?

Bien sûr. Ce qui ne veut pas dire qu'on ne pense pas, que les idées nous font défaut. Mais, au plus profond, ce qui compte ce sont les sentiments.

Dans Léviathan, *dans* Moon Palace, *dans* La Chambre dérobée, *vos personnages vivent un amour qui les transforme. L'amour est un événement primordial dans l'existence ?*

Vous pouvez ajouter le personnage joué par Mira Sorvino, dans *Lulu on the Bridge*… L'amour permet de sortir de soi-même. Quand Izzy ouvre la boîte et découvre la pierre bleue, il est terrifié, comme si, pour la première fois de sa vie, il voyait le fond de son âme. Plus tard, lorsqu'il partage l'expérience de la pierre avec Celia, il se découvre enfin. L'amour transforme définitivement un être, le fait sortir de lui-même et, dans le même temps, lui permet de devenir quelqu'un d'autre. Oui, l'amour permet de se trouver. Alors on peut faire don de soi, en ce moment précis où l'on peut tout donner. Je ne parle pas uniquement de l'amour physique, entre un homme et une femme, mais aussi de l'amour qu'on peut éprouver pour une idée, une cause, pour quelque chose qui est plus grand que soi.

Vous utilisez souvent cette expression "quelque chose qui est plus grand que soi", que signifie-t-elle pour vous ?

Quelque chose qui vous dépasse. Car, j'en suis certain, on ne peut réellement se voir qu'à travers les yeux des autres.

Vous voulez dire qu'on ne se découvre vraiment que dans sa relation aux autres ?

Tout mon travail, je crois, vient de cette idée, pour moi fondamentale. Mes poèmes, mes romans, même *L'Invention de la solitude* sont issus de cette force originelle. Il ne s'agit pas de sortir de soi pour aller vers les autres, mais sans les autres nous ne sommes pas entiers, complets. Nous nous entremêlons tous. C'est dans cet enchevêtrement que peut naître la connaissance de soi.

Le regard peut inventer… Les premières images de Lulu on the Bridge *ce sont des photos d'actrices punaisées sur le mur d'une loge. Le malheur des hommes est d'inventer sans cesse des femmes inaccessibles ?*

Je pense que cela se passe souvent ainsi dans la vie ! Cette poursuite de l'amour impossible, de l'amour inventé, procure les plus vastes délires et les plus grandes joies. La grande majorité des déceptions amoureuses vient de ce côté imaginaire de l'amour. Au fond, les hommes rêvent davantage que les femmes. Ce qui me frappe, chez ces dernières, c'est leur profond réalisme. Les hommes projettent sans cesse des fantaisies de femmes, et partent à la poursuite de cet idéal, de ce rêve.

Depuis ses origines, le cinéma ne parle que de cela…

Exactement ! C'est une de ses fonctions que de projeter partout, sur les murs, sur les écrans, des images de femmes afin de susciter les rêves des hommes. Les actrices de cinéma sont des êtres de chair et de sang dont on oublie très vite la réalité : le mythe prend toute la place. Ces images de femmes sur pellicule ont, je crois, influencé énormément l'idée que les hommes se font des femmes qu'ils croisent dans leur vie quotidienne.

Vous avez, vous aussi, été influencé ?

Oui, bien sûr ! Il n'y a que des images de femmes partout : à la télévision, au cinéma, dans la rue, dans les pages des magazines. Qui sont toujours des "idées de femmes" mais jamais des femmes réelles. Cela ne peut qu'influencer la pensée. Lorsque j'étais adolescent, j'ai vécu une expérience qui m'a bouleversé et m'a changé pour toujours. J'ai assisté à la projection de ce grand film de Billy Wilder, *Certains l'aiment chaud*... Je me souviendrai toujours de l'apparition de Marilyn Monroe dans sa robe presque invisible. Je me trouvais juste au moment de la vie où je pouvais être sensible à une telle vision. Oui, je le répète, cette robe transparente m'a complètement changé.

Vous êtes parti ensuite à la recherche d'une Marilyn Monroe ?

Non, pas du tout. Mais c'était comme une sorte de porte merveilleuse qui s'ouvrait sur une autre vie.

A l'origine Lulu on the Bridge *était un livre, je crois ?*

Vous avez raison. Dans un premier temps, j'ai pensé que cette histoire devait être écrite pour le cinéma. Mais j'étais dans la postproduction de *Smoke* et de *Brooklyn Boggie*, les choses traînaient et je voulais me retirer, retourner à l'écriture. Pour la première fois dans ma vie d'écrivain j'ai trahi mon instinct : cette histoire est bonne, me suis-je dit, scénario ou roman, peu importe[30]... Quelle erreur ! J'ai peiné sept mois sur un roman qui ne me satisfaisait pas. Trop d'éléments purement cinématographiques entraient en ligne de compte : la lumière bleue de la pierre, l'idée du film dans le film, etc. Autant d'éléments plus intéressants à voir qu'à raconter. J'ai tout arrêté. Deux ans après les premières ébauches, cette histoire était toujours là, ne me quittait pas. Je suis retourné au scénario !

Pourquoi avoir choisi comme film dans le film le personnage de Lulu ?

Je voulais un personnage d'actrice qui fût une jeune femme vivante, pleine d'esprit, d'humour et de tendresse. Je trouvais intéressant de mettre une comédienne dans une situation qui est aux antipodes de ce qu'elle est dans la vie. Lulu est un monstre, une version féminine d'Izzy. Lulu est en fait une histoire mythologique plus que psychologique, une créature inventée par les hommes. C'est étrange, cette force neutre capable de rendre les hommes fous sans rien faire. Lulu est comme une machine qui produit sans cesse chez les autres de l'émotion.

Que représente l'étrange pierre bleue ?

Chacun peut avoir son interprétation. La mienne n'est ni meilleure ni moins bonne que celle de n'importe quel spectateur. Elle est à mes yeux une sorte de représentation d'une force invisible qui met en relation les choses entre elles. C'est cette force qui rend l'amour possible et fabrique de la compassion. Tant de forces, dans le monde d'aujourd'hui, sont répulsives, la pierre bleue unit et rassemble.

Elle crée un lien entre les instances magiques et les choses de la vie ?

Elle est une sorte de glue qui agglutine les êtres et les choses entre eux, une colle bénéfique.

Izzy et Celia jouent à un jeu singulier, à base de questions : "Es-tu un océan ou une rivière, une voiture ou un vélo ? Etc." C'est une sorte de questionnaire de Proust intimiste ?

Il y a plusieurs années, nous étions, Siri, ma femme, Sophie, ma fille, et moi bloqués dans un embouteillage. J'ai inventé ce jeu pour amuser Sophie qui avait alors sept ans. C'est une manière de se connaître, au fond. Ce jeu me touche beaucoup. Il dévoile nombre d'aspects cachés de l'individu. Il est à la fois drôle, inattendu et tellement sérieux.

Le travail de l'écrivain est très différent de celui du cinéaste. Vous ne gérez plus seulement votre création mais aussi une équipe entière, des relations humaines, des individualités. Comment avez-vous vécu cette expérience ?

Ecrivain ou cinéaste, vous racontez toujours une histoire, mais les moyens sont tellement différents que les deux expériences ne peuvent être comparées. Il faut avouer que j'aime énormément cette forme de travail en groupe. J'ai éprouvé une immense joie à travailler avec des gens qui sont remplis d'énergie, très sérieux, très professionnels. Il régnait sur le plateau une émulation extrêmement inspirante. Tout se mêlait : humour, amitié, travail éprouvant...

Pouvez-vous me parler de Harvey Keitel qui joue le rôle d'Izzy ?

C'est un ami véritable. Tellement professionnel, capable de rester totalement concentré malgré le bruit, la confusion, les heures de travail dures et longues. Ses propositions d'interprétations étaient si riches que j'aurais pu faire deux films totalement différents en choisissant l'une ou l'autre de celles qu'il me proposait.

Et Mira Sorvino[31] *qui est Celia Burns donc Lulu ?*

Elle est très intelligente, comprend très vite les choses et leurs implications.

Autant je devais canaliser Harvey pour qu'il ne sorte pas des bornes fixées, autant je devais être aux côtés de Mira afin qu'elle comprenne qu'elle pouvait prendre tous les risques et que je serais là pour la rattraper si jamais elle tombait. Elle possède une merveilleuse énergie et une sorte d'étrange "rapacité" à vouloir bien faire. Quelle perfectionniste !

Celia dit, dans le film : "Je n'ai jamais été que moi-même." Et vous ?

Oui, je n'ai jamais été que moi-même, hélas... On a parfois envie de faire autrement mais on ne peut pas.

Quelles différences faites-vous entre un roman et un film ?

Le roman, le film, ce sont des choses très différentes. La forme cinématographique me fascine. C'est une autre manière de raconter. C'est la narration qui fait le lien entre le cinéma et la littérature. On raconte des histoires. Aujourd'hui, je voudrais voir si je suis capable de raconter des histoires grâce à cet autre moyen. Raconter des histoires d'une autre manière. On verra si j'ai raison ou tort.

Le cinéma n'est plus un travail solitaire. Le calme du bureau de l'écrivain disparaît...

Un des grands plaisirs procurés par le cinéma c'est celui de pouvoir travailler avec des gens, surtout lorsque les rapports sont bons. J'aime ce respect mutuel, cette admiration réciproque, cette sorte de solidarité. Certes, la solitude de l'écrivain disparaît, mais l'on commence toujours par un objet écrit : le scénario. Ecrire un scénario, c'est un acte d'écriture. On est seul. Et ce travail écrit devient comme les fondations d'une œuvre plus vaste qu'on construit avec l'aide des autres. Mais, jamais, on ne peut oublier l'origine écrite du film. On revient toujours au travail de l'écrivain.

Les moyens sont différents, mais roman et film sont une seule et même chose ?

Il me semble que cette façon d'employer la cinématographie, la lumière, les mots, les acteurs, les scènes, n'est rien d'autre qu'une sorte de syntaxe. C'est comme lutter avec une phrase. Le désir est toujours identique : raconter une histoire. Les moyens sont différents mais le résultat est le même. Je suis très frappé par le fait suivant : lorsque vous lisez un roman, vous êtes plongé dans un monde de mots. Une fois le livre terminé, et dans l'hypothèse où celui-ci vous a plu, où vous jugez qu'il requiert à vos yeux une importance fondamentale, vous en garderez un souvenir visuel. Vous ne vous souvenez pas de ses mots mais des images qu'il a suggérées. On voit des images, des personnages, des événements. On ne voit pas des mots mais ce que les mots disent. D'une certaine manière, la même expérience se reproduit avec le cinéma. Une fois sorti de la salle de projection, vous conserverez du film un ensemble d'images. Ce que je pourrais appeler "l'arrière-vie" d'un film ou d'un livre est plus ou moins la même chose. Avec le cinéma j'arrive, en quelque sorte, plus rapidement à l'image. Le grand danger vient du fait que l'image cinématographique passant tellement vite, on ne la retient que très rarement.

Vous avez été juré au cinquantième Festival de Cannes, que retirez-vous de cette expérience ?

Une expérience unique. Je n'avais aucune idée de ce qui m'attendait. Je pensais que j'irais à Cannes voir des films en compagnie de gens admirables et qu'entre-temps je pourrais jouir de "vacances" au bord de la mer. Avec du soleil, du calme, la plage. Ce fut tout le contraire. La foule partout. Une sorte de frénésie humaine. Beaucoup de fatigue. Mais, cependant, j'ai beaucoup aimé tous les membres du jury. Des gens éminemment sympathiques, compétents. Comment dire : tous étaient des gens de substance et d'intelligence. J'ai éprouvé un immense plaisir à être parmi eux pendant ces deux semaines. Même si cela prenait parfois des allures de planète Mars. Je n'ai aucun regret sur l'attribution de la Palme et sur les choix du jury. Nous avons fait le mieux que nous avons pu face à une sélection qui n'était peut-être pas de très grande qualité...

Au fond, tout fait expérience. La vie, c'est un peu comme la littérature...

On peut dire cela.

Chaque instant déborde sur le suivant, tout se tient, tout est lié ?

Oui, absolument. L'écrivain répond toujours à des choses qu'il a déjà faites. Un livre peut être une réponse à son livre précédent, à ses contradictions intérieures, un effort pour échapper à ce qu'il a vécu, une tentative lui permettant de trouver une nouvelle approche de travail, une façon différente de raconter une histoire. Au bout du chemin, on se retrouve toujours face à soi. On effectue de grands voyages et de longs détours, mais c'est toujours la même personne qui initie le départ. Il y a comme des traits irréductibles, des empreintes génétiques.

Dans ce long voyage, l'homme est maître de sa vie ?

Bien sûr. Un ami latino-américain m'a dit récemment quelque chose qui m'a beaucoup touché : "Dans mon pays, on prétend que l'homme doit, chaque jour de sa vie, tuer un nouveau lion." C'est très beau, n'est-ce pas, et tellement juste...

Dans Lulu on the Bridge, *Catherine dit à Celia : "Nous avons tous des rêves en nous. La seule question c'est comment on les laisse s'envoler ?" Celia lui répond en faisant mine de lâcher un papillon... C'est l'image de l'écrivain qui se demande comment sortir de ses rêves, comment écrire ?*

Tous les arts tentent de dire la même chose. Le créateur cherche au fond de lui les matériaux qu'il va montrer aux autres. C'est toujours le même voyage, plein d'incertitudes et d'ombres, durant lequel rien n'est jamais donné immédiatement. Cet effort qui consiste à trouver ces matériaux puis à les présenter de la meilleure façon possible aux autres, voilà la tâche de l'écrivain, mais aussi celle du peintre, du compositeur et de l'acteur.

Tous les êtres humains, créateurs ou non, ne se posent-ils pas finalement les mêmes questions ?

Les questions fondamentales sont : comment vivre et comment être une vraie personne, bonne et digne ? Si vastes et énormes questions... Je pense cependant qu'il y a un domaine spécifique à l'art. Vous pouvez croiser des gens qui ne savent pas vivre et qui sont des artistes merveilleux, et d'excellents artistes qui sont aussi des êtres magnifiques. Il n'y a pas de règle, voilà tout.

On a besoin des autres pour vivre, ce sont les autres qui donnent conscience de soi ?

Oui, exactement. Tous les psychologues disent la même chose. Un enfant naît sans conscience de soi. Il n'a pas conscience de son corps ; il ne sait pas où il commence et où il prend fin. C'est dans sa relation à sa mère, dans les yeux de cette femme qui le regarde qu'il prend peu à peu conscience de lui. Et cette maturation demande des mois. Quelque chose arrive et naît une personnalité qui émerge de cet amas de matière. Lacan parle du stade du miroir. Ce concept me fascine : on se voit dans les yeux de l'autre...

Le metteur en scène vit dans les yeux des comédiens ? On a l'impression que vous aimez vraiment les acteurs ?

Je me devais d'être pour eux une sorte de présence amicale et douce, presque paternelle, au fond. Nous avons beaucoup discuté ensemble avant le tournage sur ce que devaient être exactement les personnages. Je voulais qu'ils se sentent, dans les limites du cadre choisi, entièrement libres et capables d'expérimenter des propositions nouvelles. Les acteurs sont des gens sérieux, vous savez, généreux, qui aiment leur travail avec passion. Ce ne sont pas des animaux de cirque. Devant la caméra, ils livrent tellement de leur être ! Je devais être à la fois souple et rigide. C'est vrai, la plupart des acteurs sont des gens égoïstes, concernés avant tout par eux-mêmes, donc tellement fragiles. Comme je les comprends : il est, vous savez, si difficile de passer sa vie à être quelqu'un d'autre que soi.

Dans vos livres, autobiographie et fiction sont intimement mêlées…

Mes livres ne sont pas des récits autobiographiques. Il s'agit de quelque chose de plus profond que cela. Ce ne sont pas les événements de surface qui comptent mais la structure intérieure de l'être profond, de l'inconscient. L'autobiographie touche à l'enveloppe extérieure, ce qui m'intéresse, c'est le dedans.

Vos personnages poursuivent souvent des sortes de quêtes ; la vie est, selon vous, constituée d'épreuves à franchir ?

Il est toujours très difficile de répondre à une question comme celle-là. Ce que j'écris représente quelque chose de très profondément ancré en moi. La personnalité de mes personnages, la structure même de mes histoires sont très liées à ma propre intimité. Tous mes livres racontent un morceau de moi qui doit être exprimé.

Vous m'avez dit un jour : "Je ne me suis jamais considéré comme un romancier mais comme un raconteur d'histoires." Que voulez-vous dire ?

Dans le cinéma, la solitude de l'écrivain disparaît, mais l'objet de départ est toujours l'écrit : rédiger un scénario, c'est un acte d'écriture. Roman et film ne sont guère éloignés l'un de l'autre. L'utilisation, par le metteur en scène, de la lumière, des acteurs, des scènes, crée une sorte de syntaxe. En filmant, vous luttez aussi avec des phrases. Mais le désir fondamental reste le même : raconter une histoire.

LE PÈRE,
AUGUST 1998

"Ma relation à mon père reste un problème qui ne sera jamais résolu ; sans doute est-ce une des raisons pour lesquelles je l'aborde à de nombreuses reprises dans mes livres."

Dans vos livres, vous faites souvent référence au père. Nombre de vos personnages se lancent dans des sortes de recherche de paternité. L'exemple du jeune garçon, dans votre film Smoke, *est significatif. De quel ordre étaient les rapports que vous entreteniez avec votre père ?*

Avant de répondre à votre question, je voudrais préciser qu'à mon sens, dans *Smoke*, la question fondamentale est celle posée par tous ces enfants perdus. La question est : qui sont les parents de tous ces enfants perdus ? Venons-en à mon père. Ma relation avec lui n'était pas des plus simples, des plus faciles. Cela reste un problème qui n'est pas résolu ; sans doute est-ce une des raisons pour lesquelles je l'aborde à de nombreuses reprises dans mes livres.

En revanche, vos livres abordent très rarement le sujet des mères. Les mères en sont pratiquement absentes...

Ma relation avec ma mère[32] a toujours été extrêmement nette, claire, simple, chaleureuse. J'ai l'impression qu'on écrit plus volontiers sur les choses difficiles. Or, la relation avec ma mère était presque trop facile. On n'éprouve guère le besoin d'écrire sur des moments heureux, des souvenirs joyeux, sur ce qui a pu vous arriver de beau, d'exaltant. C'est déjà un miracle d'avoir vécu de tels moments, alors pourquoi les faire revivre dans un livre ? Pourquoi les examiner à nouveau, aller les visiter ?

Vous vous souvenez de moments joyeux, bons, agréables passés avec votre père ?

Bien sûr. Je n'ai pas voulu dire que je vivais avec lui un cauchemar, que l'horreur était là, pesante, chaque jour, non, pas du tout. Ma relation était, comment dire, trouble, un peu vague, oblique, difficile. J'essayais perpétuellement de comprendre cet homme sans jamais y parvenir : il m'échappait constamment. Ce n'est pas la seule personne, vous savez. Je connais beaucoup de gens comme lui, renfermés, silencieux, difficiles. Ceci étant dit, cette attitude n'exclut nullement un attachement profond, de la tendresse.

L'écriture vous a permis de trouver des réponses aux questions que vous vous posiez dans la relation à votre père ?

Il n'y a pas eu de réponse, plutôt des descriptions, la relation de faits, si vous voyez ce que je veux dire. On ne résout rien avec un livre. Dans mon cas, les questions que je pose au début du livre ne trouvent aucune réponse une fois le livre refermé. Il faut avouer que je ne suis pas un écrivain des idées, des concepts. Je ne me mets jamais à la table de travail en me disant : voilà, ce matin, je vais écrire sur le malheur des hommes au XXe siècle. Ou encore : vais-je trouver une histoire susceptible de raconter ce fait particulier là ? Il s'agit toujours, dans mon cas, de quelque chose de plus organique, de plus inconscient.

Vos livres naissent de l'inconscient ?

Exact. Mes livres naissant de l'inconscient, je peux difficilement me trouver sur un autre terrain que celui qui était mon terrain initial. Je me dis : je n'en ai pas encore fini avec ce terrain particulier, il faut que j'y retourne, cela est nécessaire, indispensable. Ceci étant dit, sur ce même terrain, les situations, les personnages, l'action, la structure ne sont jamais les mêmes.

Pour rester sur cette image du "terrain". En existe-t-il que vous ne souhaitez pas aborder ?

Non. J'espère avoir le courage de visiter chaque terrain nécessaire. Si je pensais une seule seconde, "je me refuse d'aller sur tel ou tel terrain", je devrais arrêter d'écrire. Il y a nécessité absolue de me rendre sur cette terre inexplorée. Le voyage est difficile, mais nécessaire, dur, âpre. Mais il faut le faire.

Sinon ?

C'est du temps perdu, de la vie gaspillée.

Vous souvenez-vous de certains moments heureux passés avec votre père ?

Ils sont très nombreux. Je me souviens que, de temps en temps, il me racontait des histoires extrêmement bizarres, totalement inventées par lui. Il adorait jouer au tennis, et je me souviens de parties mémorables et heureuses avec lui. Je peux affirmer que là où il était le plus heureux c'est lorsqu'il jouait au tennis.

Vous avez le souvenir d'une de ces histoires bizarres ?

L'une d'entre elles relevait de l'aventure la plus pure. Il me racontait que lorsqu'il était jeune il était parti chercher de l'or en Amérique du Sud. C'était, comme toutes ses histoires, des récits à la fois très drôles et fascinants.

Il a vraiment été chercheur d'or ?

Bien sûr que non ! Quand j'étais petit, j'étais certain qu'il disait la vérité. En grandissant, j'ai compris que tout était inventé, mais curieusement cela n'a rien enlevé au plaisir que j'avais à continuer d'écouter ces récits fantstiques.

Vous avez été déçu, malgré tout, quand vous avez compris qu'il n'était pas chercheur d'or ?

Un petit peu, mais au fond ce n'était pas si grave.

Cela le rend plutôt sympathique…

Oui, je trouve.

Au fond, il devait réellement chercher son or à lui…

Exactement. C'est une sorte de métaphore de sa vie.

Vous parliez du judaïsme avec lui ? C'est une question essentielle, n'est-ce pas ?

Oui.

Un jour vous m'avez dit : "C'est tout ce que je suis, c'est là d'où je sors."

Oui, c'est totalement vrai. Je suis très lié à tout ce que cela implique, aussi. En même temps, je dois dire que je ne suis ni pratiquant, ni croyant. Il s'agit plutôt d'une sorte de tradition de pensée qui m'intéresse ; une histoire à laquelle je suis lié, malgré moi. Mais, forcément, je suis parti de tout cela…

Vos parents n'étaient pas religieux ?

Non. Ils étaient juifs, mais non pratiquants. Je n'ai donc pas été élevé dans la religion.

A quel moment, dans cette enfance, vous comprenez que vous êtes juif ? Que se passe-t-il à ce moment précis ?

Je ne peux pas dire à quel moment exactement je l'ai appris, parce que c'était toujours ce que j'étais. Je n'ai pas non plus le souvenir précis du jour où toutes ces choses relatives à la dernière guerre mondiale sont arrivées dans ma vie d'enfant. Tout ce que je peux dire c'est que passer une enfance dans la période de l'immédiat après-guerre n'est pas une histoire anodine. Je sais que cela m'a fabriqué, a influencé le cours de ma vie. Cette énorme tragédie, cette horreur innommable qui entourait tout cela, et perdure d'ailleurs aujourd'hui, étaient pour moi inséparables de ma judaïté. J'étais juif et d'autres Juifs avaient été persécutés. Bien que je n'aie jamais été mis en danger, bien que je n'aie jamais eu à souffrir dans ma chair, dans ma famille de toute cette horreur, cela m'a je crois donné très tôt l'idée de l'extrême fragilité des choses. Survivre est un miracle. Ces faits historiques sont aussi importants, essentiels, que les faits de la religion elle-même.

A quel moment avez-vous appris l'existence de l'Etat d'Israël ?

Cet Etat est né la même année que moi… Quand j'étais jeune, on envoyait des pièces de monnaie pour planter des arbres en terre d'Israël.

Vous saviez que votre pièce de monnaie servait à ça ?

Très confusément. A la même époque, une marque de céréales avait eu l'idée de coller sur ses boîtes des petits coupons qu'on pouvait acheter pour quelques cents et grâce auxquels vous deveniez propriétaire d'une parcelle de terre en Alaska. L'argent envoyé, vous receviez un acte de propriété ! Tous les enfants de mon temps ont écrit pour recevoir le précieux document. L'argent pour Israël, c'était un peu la même chose. Cet envoi était trop abstrait et ne faisait pas véritablement partie de ma vie…

BASE-BALL, SEPTEMBER 1999

"Je crois que le base-ball, sans doute est-ce bizarre de le formuler de cette façon, c'est un peu ma manière à moi de pénétrer dans le monde, de participer à quelque chose avec les autres."

J'ai relevé, dans votre œuvre, plus de cinq cents références au base-ball…

Dans *Fausse balle* ?

Non, dans tous vos livres ! Fogg, par exemple, dans Moon Palace, *confie : "A l'école, le base-ball m'a aidé à franchir certains obstacles." Quinn, dans* Cité de verre, *est supporter des Mets. Nashe, dans* La Musique du hasard, *se fait apporter dans sa chambre du* Plaza *un sandwich et une bière, allume la télévision et regarde un match "jusqu'à la neuvième manche".*

Mon intérêt pour le base-ball va bien au-delà d'un simple attachement nostalgique à ma jeunesse. Je crois que le base-ball, sans doute est-ce bizarre de le formuler de cette façon, c'est un peu ma manière à moi de pénétrer dans le monde, de participer à quelque chose avec les autres. Quand j'étais petit, j'entends dans ma très petite enfance, j'étais malingre, maladif, je n'avais pas beaucoup d'amis. Mais, dès l'âge de six ans, j'ai commencé à jouer au base-ball, et ce sport m'a véritablement fait entrer dans le monde des autres. Le base-ball n'était donc pas seulement un sport, mais une manière de mieux connaître le monde.

Vous avez joué longtemps au base-ball ?

Jusqu'à l'âge de dix-sept ans, beaucoup, et avec une réelle passion.

Dans L'Invention de la solitude *vous écrivez que le base-ball est lié au souvenir de votre grand-père.*

De mon grand-père maternel. Oui, en effet. A la différence de mon père, qui ne s'intéressait absolument pas à ce sport, mon grand-père y faisait constamment référence. C'est avec lui que je suis allé voir mes premiers matchs de base-ball. A ses yeux, le base-ball était une affaire de paroles autant que de spectacle.

C'est un point de vue très intéressant.

Absolument. Le base-ball n'est pas un sport comme les autres. Il possède un rythme propre, interne, permanent. Le basket, le football sont des sports qui n'évoluent guère, rapides du début à la fin du match. Le rythme du base-ball est complètement différent, tantôt lent, tantôt rapide. Parfois le match s'emballe, des choses extraordinaires se passent, beaucoup d'actions, beaucoup de mouvement, puis soudain tout redevient très lent, très calme, presque ennuyeux, des longueurs s'installent, puis tout repart, tout explose. Face à ce spectacle, il est très facile d'en évoquer par la suite le déroulement, de se souvenir de certaines phases de jeu, donc d'en parler, d'en discuter. Le souvenir de tel ou tel moment de la partie peut susciter d'interminables conversations. C'est un sport plein de nuances, tout en stratégie. Il est impossible d'en oublier tel ou tel moment, tel ou tel geste plus ou moins importants, plus ou moins dramatiques. Alors oui : on regarde le spectacle puis on en parle, pendant des heures, des jours entiers. C'est ce que je faisais avec mon grand-père.

L'oncle Victor, dans Moon Palace*, compare la conversation à un échange de balles.*

Au base-ball, un bon partenaire vous envoie la balle droit dans le gant, de telle sorte qu'il vous est impossible de la rater. Quand c'est à lui de recevoir, il est capable de tout rattraper, même les coups les plus difficiles. Le base-ball est un échange permanent comme l'art de la conversation. Aux Etats-Unis, les enfants jouent souvent à ce qu'on appelle le *game of catch*. C'est-à-dire qu'ils se lancent tout simplement une balle qu'il faut rattraper. Que signifie un tel jeu ? qu'il existe des gens très doués dans le monde pour aider les autres, qui sont sympathiques, ouverts. D'autres, au contraire, qui sont fermés, raides, durs. La conversation, c'est comme le lancer de balle, c'est un échange. Si on ne ménage pas l'autre, si on n'est pas attentif, si on refuse l'écoute, toute discussion est impossible. Si vous lancez la balle trop fort, n'importe où, celui qui doit la recevoir la laissera filer ; le jeu deviendra impossible.

Dans Fausse balle, *Klein, le privé, évoque la "blancheur idéale" des bases, la "symétrie du monticule du lanceur", il parle de la géométrie du terrain qui "accapare totalement l'attention du spectateur".*

Il fait de l'espace où ont lieu les matchs une sorte d'œuvre d'art. Lorsqu'on pénètre sur un terrain de base-ball, il est impossible de rester insensible à toute cette géométrie, aux lignes blanches, à l'herbe verte, à l'emplacement des bases, oui, au petit monticule sur lequel va se placer le lanceur, à tous ces éléments statiques qui vont s'animer quand le match va commencer, les tribunes, les spectateurs, les panneaux d'affichage, etc. Avant un match, il est très intéressant de voir l'attention avec laquelle on prépare le terrain, on blanchit les lignes, on tond la pelouse avec un soin infini…

Quelle est la durée d'un match de base-ball ?

Un match peut durer à l'infini. Il est gouverné par le temps. Je me souviens d'une partie qui a duré huit heures ! Ce qui caractérise avant tout le base-ball, c'est que tous les retournements sont possibles et à tout moment.

Le fameux squeeze play, *le "coup suicide", qui est aussi le titre que vous avez donné à votre roman policier, fait partie de ces coups impossibles à comprendre pour un néophyte…*

Le *suicide squeeze play* nécessite la présence de plusieurs joueurs. Quand le lanceur *(pitcher)* envoie la balle, le joueur qui est à la troisième base doit courir vers le *home plate*, et le toucher pour marquer un point. Dans le *suicide squeeze play*, le frappeur *(batter)* doit impérativement toucher la balle, cette dernière devant toucher terre dès que l'autre joueur s'est élancé en direction du *home plate*. Si le lanceur *(pitcher)* ne parvient pas à toucher la balle, c'est le receveur *(catcher)* qui va s'en emparer, mettant le joueur out. C'est un coup de la dernière chance, un coup "suicidaire" qui, lorsqu'il réussit, va totalement renverser le déroulement du match.

Vous avez, à l'époque où vous "tiriez le diable par la queue", pour reprendre le titre d'un de vos livres, essayé de commercialiser un jeu de cartes qui reproduisait une partie de base-ball…

Oui, il s'appelait Action baseball. En somme, tous les événements d'un match de base-ball peuvent être convertis en chiffres mathématiques. Il s'agissait de tenter de reproduire une partie grâce à des moyens mentaux, abstraits. Mais comme je n'étais pas un homme d'affaires avisé le projet a tourné court. Il est aujourd'hui reproduit, intégralement et en couleur dans mon livre *Hand to Mouth*. Quelqu'un, récemment, m'a raconté une histoire qui m'a bouleversé. Des détenus, dans une prison, auraient découpé les cartes reproduites dans le livre afin de jouer à cet Action baseball qui ne connut lors de sa sortie aucun succès.

Une saison de base-ball dure très longtemps, je crois ?

Un match par jour pendant six mois ! Cent soixante-deux matchs ! Le base-ball est une leçon de vie, il vous dit : ne soyez pas trop heureux lorsque vous gagnez ni trop déprimé lorsque vous perdez… Tous les revirements sont possibles ! Tout est possible, le moins bon comme le meilleur ! Les plus grandes équipes de base-ball ne gagnent que soixante pour cent de leurs matchs. Les quarante pour cent sont constitués de défaites qui peuvent être cuisantes… Le base-ball est une belle leçon d'humilité et de ténacité. D'ailleurs, ne dit-on pas ici : *"Base-ball is like life."*

Vous évoquez, dans vos livres, trois ou quatre grands joueurs, ce sont vos joueurs préférés ?

Willie Mays, joueur noir, considéré par le *Sporting News*, dans les années soixante, comme le "meilleur joueur de ces dix dernières années”. Jay Hanna (“Dizzy”) Dean, célèbre joueur des années trente. Joe DiMaggio, joueur de champ extérieur *(outfield)*, dans l’équipe des Yankees, qui n’apparaît pas en tant que tel dans mon roman où il meurt, tué par une batte de base-ball…

Un autre joueur de base-ball, premier joueur noir du circuit, a joué dans votre vie un rôle important, je veux parler de Jackie Robinson…

Il a commencé sa carrière en 1947 dans l’équipe des Dodgers de Brooklyn, qui n’existe plus aujourd’hui. Dans la vie américaine, il est considéré comme un véritable héros. Le fait qu’il ait été un grand joueur est presque secondaire. Ce qui est remarquable c’est la force avec laquelle il a dû faire face à l’adversité, à toute une série d’ennuis et de préjudices du simple fait qu’il était noir. Il apparaît dans mes livres, dans mes films. Il a réellement beaucoup compté pour moi.

Vous lui devez, en quelque sorte, votre “entrée en littérature”, si je ne me trompe pas ?

Oui, oui, je vois à quoi vous faites référence ! Je devais avoir autour de quatorze ans, et nous faisions à cette époque dans mon école des sortes de concours de discours. Chaque élève devait prononcer un discours sur un sujet de son choix, étant entendu que celui-ci devait porter sur “la personne que j'admire le plus" ! L'exercice avait lieu en public. J'ai rédigé pour l'occasion mon premier texte. J'étais très timide et cela m'a coûté beaucoup. Mais je ne pouvais pas ne pas le faire. J'ai donc fait l'éloge de Jackie Robinson en me cachant derrière ma feuille de papier.

Vous racontez qu'il y a une quarantaine d'années, alors que vous croisez dans les couloirs du stade votre idole Willie Mays, vous n'obtenez pas l'autographe tant désiré parce que personne n'a de stylo. Cette histoire a connu un épilogue étonnant...

C'est exact. J'ai publié le récit de cette déception enfantine dans la presse, et en retour j'ai reçu un matin, par la poste, un paquet qui m'a ravi. Un lecteur, à qui on avait offert, il y a une vingtaine d'années, une balle de base-ball dédicacée par Willie Mays, avait trouvé qu'il était plus important qu'elle soit chez moi, plutôt que chez lui ! Et voilà comment, à des années de distance, j'ai enfin obtenu l'autographe tant convoité...

Lorsqu'on se promène, à New York, dans les librairies, on est fasciné par la place occupée par les livres consacrés au base-ball, les encyclopédies, les cassettes vidéo, les dictionnaires en dix volumes. On a le sentiment que le base-ball est plus qu'un jeu, qu'il permet d'une certaine façon de toucher de près l'histoire des Etats-Unis...

J'ai le sentiment que nombre de femmes et d'hommes marquent, aux Etats-Unis, le temps avec les saisons de base-ball. On ne se souviendra pas de tel ou tel événement politique relatif, par exemple à l'année 1926, mais on saura que cette date marque la victoire des Cardinals sur les Yankees par 4-3. Ou qu'en 1960 Charles Dillon ("Casey") Stengel a quitté les Yankees qu'il entraînait depuis 1949... On peut retrouver toute l'histoire des Etats-Unis à travers celle du base-ball.

Un mot revient souvent dans une partie de base-ball, écrit en énormes lettres blanches sur fond noir, bien visibles, home run...

C'est le meilleur coup possible pour un frappeur. Celui-ci doit expédier la balle hors des limites du champ extérieur. Le *home run*, littéralement c'est le "coup de circuit". Pendant que le frappeur fait le tour du circuit, tous les coureurs *(runners)* présents sur les bases marquent un point. Les spectateurs attendent cette phase de jeu avec impatience. Un *home run* réussi rend tellement heureux !

Dans les cafés, les transports en commun vous voyez des lecteurs plongés dans les pages des magazines consacrées aux matchs de base-ball, des colonnes et des colonnes de chiffres qu'ils semblent dévorer avidement. Je dois avouer que cela constitue pour moi une forme de mystère très étrange...

En lisant ces colonnes de chiffres qui ne sont ni plus ni moins que la retranscription très fidèle d'un match de base-ball on peut sans problème reconstituer entièrement la partie. On peut la revivre, ou la vivre si on n'a pas assisté au match. On peut voir comment par exemple les Expos de Montréal ont battu les Mets de New York. Figure la liste des joueurs qui ont joué et dans quel ordre, et dans quelle position. Si tel joueur a commencé dans le *right field*, si tel autre a fini en jouant un *shoot stop*. Combien de fois il a été batteur (BA) ; combien de points *(runs)* il a marqués ; combien de *heats* il a réalisés ; si tel ou tel batteur a fait ou non un point (BI) ; si tel joueur est arrivé à la première base sans toucher la base ; comment telle équipe a fait trois points dans la sixième prise et telle autre quatre dans la septième, etc. Ce qui me gêne un peu, ce sont les commentaires. Je préfère les chiffres secs. Faire soi-même les commentaires, mettre ses propres mots sur cette partie que j'ai vue ou à laquelle je n'ai pas pu assister constitue un plaisir intense.

On est là, avec son journal, on décrypte le match, et on est heureux ?

Totalement ! *(Rires.)*

ILLUSIONS,
OCTOBER 2002

"Qu'est-ce que ça peut faire ? La vie n'est qu'une illusion, de toute façon – pas vrai ? Te bile pas pour ça."

The Locked Room*, le troisième volume de la* Trilogie new-yorkaise*, a été traduit en français par* La Chambre dérobée. *Or* lock *désigne une serrure, il s'agirait donc plutôt d'une chambre fermée à triple tour…*

Vous trouvez que ce n'est pas un bon titre ?

Je ne sais pas s'il rend exactement compte du contenu du livre…

Nous avions pensé, mon éditeur et moi, à *La Chambre close*. Mais le titre était déjà pris… En France, on ne peut pas reprendre un titre qui existe déjà, n'est-ce pas ? *Locked room* fait référence au roman policier. On parle volontiers de *locked room mysteries*. Un crime se passe dans un endroit sans qu'on sache par où est entré le meurtrier, ni comment il en est sorti. C'est une sorte d'allusion à cette atmosphère de mystère qui entoure certains faits tragiques qui se produisent dans une chambre close. Le jeu, très intellectuel, consiste à essayer de reconstruire un puzzle, d'en retrouver tous les éléments. Une sorte de traque, en somme.

Le roman noir, le film noir sont des genres qui vous ont intéressé, qui vous ont influencé ?

Il y a une vingtaine d'années j'ai lu beaucoup de romans policiers, avec une certaine frénésie, un peu comme lorsqu'on se jette sur un paquet de bonbons et qu'on ne peut plus s'arrêter. Mais cette fringale m'est passée.

Qu'y trouviez-vous alors, une source de réflexion, d'écriture ?

J'ai trouvé que les bons romans noirs américains, qu'on situe volontiers comme une sorte de genre mineur écrit en marge de la "vraie" littérature, sont en réalité parfois bien meilleurs que des livres dits "littéraires". Dans le bon roman policier, chaque phrase compte, la structure ne connaît aucune faille, conduit à de la pensée, à de profondes réflexions. Ceci dit, l'influence du roman policier sur mon œuvre est tout à fait négligeable. En tout cas beaucoup moins importante que ne l'ont écrit certains.

Les influences sont parfois étranges, inattendues. Par exemple, dans Lulu on the Bridge*, le spectateur attentif peut apercevoir trois affiches de film punaisées sur les murs du studio. Elles ne sont pas là par hasard. Je suis prêt à parier que chacune représente une sorte d'"influence oblique"...*

L'affiche de *Singin' in the Rain* est une référence à cette merveilleuse chanson interprétée par Gene Kelly, et qui constitue à mes yeux tout ce que le cinéma peut parfois fabriquer de miraculeux. Un moment de magie pure, d'élégance, d'optimisme très américain. Il fait un temps de chien, tout est triste, il pleut des cordes, mais, qu'importe, je chante donc tout va pour le mieux !

On voit aussi l'affiche de The Incredible Shrinking Man, *un film tourné en 1957 par Jack Arnold, et diffusé en France sous le titre* L'homme qui rétrécit.

Un très mauvais film de science-fiction que j'ai vu quand j'avais dix ans, mais qui m'a vraiment touché, car il possède une réelle dimension spirituelle et philosophique. C'est l'histoire d'un homme qui pénètre dans le monde de l'infiniment petit. Il commence par rétrécir, puis il disparaît et devient invisible sans pour autant perdre l'usage de la parole. Il est invisible et n'est plus que parole. Ce qu'il nous dit est très intéressant ; en deux mots : "Je suis une partie de l'univers et ne peux pas disparaître totalement." Ce film m'a réellement bouleversé et a laissé en moi des traces durables. D'une certaine façon on retrouve des résonances de ce *shrinking man* dans *Lulu on the Bridge*.

La troisième et dernière affiche est celle de La Grande Illusion…

C'est un de mes films préférés. L'affiche est là pour le titre, simplement pour le titre, et ce mot : illusion. Dans la scène qui suit la rencontre entre Philip Kleinman, le producteur, et Izzy, celui-ci retrouve des amis à la *White Horse Tavern.* Ils ont une discussion, et l'un d'entre eux, Dave, dit en voix off : "Qu'est-ce que ça peut faire ? La vie n'est qu'une illusion, de toute façon – pas vrai ? Te bile pas pour ça." Cette réplique vient évidemment comme en écho à l'affiche. Mais comme quelque chose de léger.

Quelques années plus tard, vous publiez d'ailleurs un livre qui porte le titre suivant : Le Livre des illusions...

L'histoire de David Zimmer, écrivain anéanti par la mort accidentelle de sa femme et de ses enfants, qui pour échapper au désespoir se lance dans la rédaction d'un livre consacré à une gloire du cinéma muet... Oui, une nouvelle référence à ce thème de l'illusion de la vie. Vous savez, chacun porte en soi quelque chose qui le conduit à se tenir en marge, à être comme à l'écart du monde. Ce peut être une religion, une couleur de peau, une sorte de "tache" de naissance qui me laisse à penser que tout n'est qu'illusion.

Vous éprouviez déjà ce sentiment d'illusion lorsque, enfermé dans la grande bibliothèque de Columbia, vous classiez et déclassiez et reclassiez les milliers de volumes pour gagner un peu d'argent quand vous étiez étudiant ?

D'une certaine façon, un peu. Vous savez, c'était une expérience pour le moins curieuse. J'étais seul, complètement seul à déambuler le long de ces immenses couloirs tapissés de livres de chaque côté et de haut en bas. J'étais ce qu'on appelle un *page*, une sorte de chasseur, comme on en voit dans les hôtels, ou de page à la cour d'on ne sait quel roi, chargé tout spécialement des livres. Je partais à la recherche du livre puis, une fois trouvé, le posais sur un monte-charge – qu'on appelle en anglais du doux nom de "serviteur muet" – qui le remontait à la surface.

Où est l'illusion ?

La plupart du temps, je n'avais rien à faire et me laissais porter par des idées bizarres sur la vie, sur la mort, quand je ne m'évanouissais pas dans d'improbables et tenaces rêveries sexuelles…

Restons dans les "petits boulots". Lors de votre retour à New York, après votre séjour en France, vous avez travaillé chez un bibliophile ?

Oui, il vendait des livres rares, et je rédigeais le catalogue. C'était à la fois très déprimant, choquant, et terriblement amusant. Il possédait notamment une œuvre de Marcel Duchamp, un livre dont la couverture n'était autre qu'un sein en caoutchouc, avec écrit dessus, non pas "interdiction de toucher" mais "prière de toucher". Cette pièce unique coûtait très cher. Ce sein nu était emballé sous des tonnes de films plastique ! De nouveau, on ne pouvait pas toucher l'œuvre sur laquelle était écrit "prière de toucher". C'était absurde et très déroutant. Un jour John Lennon est entré, charmant, très drôle, et a acheté une photo de Man Ray.

Vous avez travaillé dans une bibliothèque mais vous avez aussi hérité d'une bibliothèque... Dans Moon Palace, *Fogg hérite d'une bibliothèque étrange. Après avoir enlevé les livres qu'ils contenaient, il conserve les cartons et s'en fait des meubles...*

Voilà un bon exemple de l'absence de lucidité de l'écrivain. Après avoir écrit cette scène, dans laquelle l'oncle Victor donne à Fogg une bibliothèque d'un millier de volumes, je me suis demandé où j'avais bien pu trouver une idée pareille. Puis je me suis souvenu de cet oncle traducteur parti vivre en Europe une quinzaine d'années, et qui avait laissé sa bibliothèque dans le grenier de notre maison. Un jour ma mère m'a dit qu'il était temps de descendre ces livres, de leur faire prendre l'air, que toute cette poussière ne leur valait rien de bon. Nous avons sorti les volumes un par un et les avons mis sur les rayonnages. Voilà comment je me suis soudain retrouvé à la tête d'une extraordinaire bibliothèque.

De quelles sortes de livres était-elle constituée ?

De toutes sortes de livres. Beaucoup d'ouvrages classiques, des recueils de poèmes, des romans. C'était une chance formidable, car mes parents ne lisaient pas beaucoup. Evidemment, l'épisode de *Moon Palace* vient de cette bibliothèque, mais lorsque j'écrivais le livre je peux vous assurer que je n'en avais aucunement conscience. J'avais tout simplement oublié cet épisode familial. Ce n'est que bien après qu'on peut dire : voilà, ces pages, ces phrases viennent de là, de ce moment précis, de ce souvenir plutôt que d'un autre.

Vous n'utilisez que très rarement le souvenir de façon volontaire, consciente ?

Oui. La plupart du temps, j'ai recours à l'invention pure, il ne m'arrive que très rarement de tirer des événements littéraires de mes propres expériences.

Vous pouvez me donner un exemple de cette utilisation volontaire du souvenir ?

Dans *La Chambre dérobée*, le moment où le narrateur va s'allonger au fond d'une fosse dans un cimetière enneigé, et qu'une fois ressorti il doit reprendre sa voiture ensevelie sous une épaisse couche de neige afin de retourner chez lui où il finit par découvrir son père mort, est très exactement ce qui est arrivé à un ami. J'ai tiré cette histoire de la réalité, et ne l'ai nullement inventée.

Vos livres regorgent cependant de personnes que vous avez rencontrées…

A qui pensez-vous ?

A Mr and Miss Smith dans Moon Palace, *par exemple.*

C'est une histoire étrange, en effet. J'ai vraiment rencontré ces deux personnes qui apparaissent avec leur vrai nom dans mon livre. La femme était la petite-fille d'un célèbre homme de l'Ouest, un certain Cassidy. Quant à l'homme que j'avais d'abord pris pour un vrai paysan de la région, il avait été danseur à Broadway et avait fait ses études dans le même lycée que moi !

Vous pensez que ces rencontres étaient inévitables ?

Certainement. Mais peut-être vous répondrai-je différemment un autre jour ou dans plusieurs années. On change tellement dans une vie. Aujourd'hui, j'ai l'impression d'être beaucoup moins pessimiste qu'avant. D'un autre côté, j'ai l'impression que le désarroi et la misère gagnent chaque jour du terrain. Tout cela est très contradictoire. Avant, je pleurais quand je pensais à ce que les nazis ont fait aux Juifs. A présent je pleure aussi devant la générosité, le sacrifice, le don de soi. Les larmes coulent quand j'écoute de la musique, quand j'assiste à une pièce de théâtre qui me touche particulièrement. Enfin, rassurez-vous, je ne pleure pas tout le temps. Mais vous comprenez très bien ce que je veux dire. La vie d'un écrivain est traversée par des moments de doute horrible et par des instants de confiance absolue, lumineuse…

11 SEPTEMBRE, SEPTEMBER 2004

"And so the twenty-first century finally begins."

Que pensez-vous de la thèse soutenue par Samuel Huntington, ancien conseiller de Jimmy Carter et auteur d'un livre très polémique Who Are You ? (Qui sommes-nous ?), *affirmant que le reniement des valeurs anglo-saxonnes par les élites américaines a ouvert la porte au multiculturalisme et ainsi facilité le déclin de l'Occident*[33] ?

L'idée fondamentale qui a constitué les Etats-Unis est celle d'un pays ouvert à tous. Nous ne pouvons pas ne pas être une société multiculturelle. Nous n'avons pas le choix. D'ailleurs, les événements du 11 Septembre n'ont absolument pas modifié notre volonté d'intégration. Il y a toujours eu dans l'histoire des Etats-Unis un courant très hostile à tout ce qui est étranger, donc aux émigrants, mais cette propension n'est pas majoritaire. Aujourd'hui, et de plus en plus, il est intéressant de constater que les gens sont ouverts au brassage des langues et des cultures, ainsi qu'à une société multiraciale. Ce mouvement est très visible même chez les défenseurs de la droite traditionnelle.

Pourquoi ?

Parce que c'est un fait, et que les conséquences de cette ouverture ne sont pas un facteur de déstabilisation de notre société. Le droit de vote accordé à la population noire, l'ouverture des écoles à tous sans discrimination n'ont pas créé de cataclysme !

Que pensez-vous de ceux qui avancent qu'il faut aujourd'hui faire face à un choc majeur entre l'Islam et l'Occident susceptible de déstabiliser le monde ?

Cette question, me semble-t-il, touche plus l'Europe que les Etats-Unis. Ce qui se passe en France, vu d'ici, ressemble à une revanche des colonisés prise sur les colonisateurs… La question du voile islamique est un excellent exemple du côté très paradoxal de toute cette histoire. Dans les premiers temps, je n'avais guère d'opinion sur la question. A force de lire des articles sur le sujet j'ai compris combien cette séparation de la religion et de l'Etat était une question fondamentale pour la France, pour l'idée de la France, et que cette vision des rapports existant entre Etat et religion était la bonne. Aux Etats-Unis une telle séparation est impossible. La religion joue un grand rôle dans la société. Une loi interdisant le port du voile islamique serait immédiatement vécue chez nous comme une atteinte à la liberté.

Ce "choc des civilisations" ne concerne donc pas la société américaine ?

Je ne parlerai pas de “choc des civilisations” mais plutôt d’une manifestation accrue de la haine. Il est fascinant de voir ce qui s’est passé depuis le 11 Septembre. Les lois ont changé, notamment avec l’introduction de l’*USA Patriot Act* qui donne un pouvoir énorme à la police, au FBI, à la CIA, et réduit de façon significative les libertés individuelles. Nous sommes entrés dans une sorte d’ère du soupçon. Les premiers touchés étant les Américains d’origine arabe. Beaucoup ont été gardés à vue et interrogés sans qu’aucune raison valable n’ait motivé leur arrestation. La peur diffuse qui s’est emparée de la population constitue un réel danger pour la démocratie. Le changement le plus important, né de l’après-11 Septembre, est cette peur de l’Arabe. Non pas parce qu’il est de religion musulmane mais parce qu’il est considéré comme un terroriste potentiel.

Peut-on parler d’un changement de mentalité ?

Cela relève davantage de problèmes internationaux plus que d’un changement profond de la société. La haine du monde arabe est suscitée évidemment par les meurtres et les monstruosités perpétrés par les groupes terroristes. Les questions que je me pose ne portent pas sur la réalité effroyable de la situation mais sur la manière dont le gouvernement Bush agit face à tous ces problèmes. A l’origine de tout cela se trouve, à mon sens, une question de langage : annoncer une guerre “contre le terrorisme” ne veut rien dire. Le terrorisme est une tactique, ce n'est pas un mouvement. On doit bien évidemment être contre le fanatisme fondamentaliste d'individus dont l'objectif est de détruire notre société, mais le terrorisme n'est qu'une des méthodes employées par ces derniers pour nous anéantir. Mais, par exemple, les terroristes palestiniens qui agissent contre l'Etat d'Israël n'attaquent pas directement les Etats-Unis. Tout cela est très spécifique. L'autre problème relève de l'arrogance américaine pour tout ce qui est étranger, envers tout ce qui ne correspond pas aux valeurs que nous défendons. On ne cherche pas à comprendre les causes profondes du fanatisme. L'obligation majeure des Etats-Unis et de tout l'Occident est d'essayer d'analyser les conditions, l'enchaînement des faits qui produisent une telle haine conduisant à des actes aussi horribles que ceux perpétrés le 11 Septembre.

Quelles sont à vos yeux les causes profondes de ce fanatisme ?

Elles sont évidemment multiples et complexes, mais je pense que derrière tout cela se cache une réalité fondamentale qui est celle de la question du pétrole. Les Etats-Unis ont soutenu, dans cette région du monde, des régimes autoritaires voire de véritables dictatures, au nom de nos seuls intérêts pétroliers. Une des leçons à tirer du 11 Septembre aurait été d'essayer de trouver immédiatement de nouvelles sources d'énergie. Ce qui n'a pas été fait.

Nous continuons toujours de dépendre totalement du pétrole étranger. L'entourage proche de Bush est constitué d'hommes ayant des intérêts dans le pétrole. A mes yeux donc, il ne s'agit pas uniquement d'un conflit de civilisations mais aussi plus largement de problèmes politiques et économiques.

Le fanatisme n'est pas l'apanage de certains musulmans extrémistes…

Evidemment. Aux Etats-Unis, les fondamentalistes chrétiens ont un énorme pouvoir. Dans l'Etat du Kansas, ils sont parvenus à interdire dans les écoles l'enseignement des théories de Darwin. Les adeptes de la pensée créationniste appliquent à la lettre les récits bibliques selon lesquels le monde a été créé en six jours, ce qui rejette de fait la théorie de l'évolution ! Les fondamentalistes juifs affirmant que Dieu leur a donné une terre d'élection exacerbent la haine qui a conduit à la situation que nous connaissons en Israël. En un mot, lorsque la raison quitte l'esprit la personne devient fanatique. Toute discussion devient alors impossible. Et, cette folie-là, nous la rencontrons aussi bien dans le monde arabe que dans le monde occidental.

Bush est-il le seul responsable de cette situation, n'est-il pas suivi par une bonne partie de l'opinion américaine ?

La faute essentielle de Bush réside dans ses erreurs de jugement, il a proposé une analyse erronée de la situation. Le déclenchement de la guerre en Irak constitue un très grave échec de la pensée. Bien entendu Saddam Hussein était un dictateur, bien entendu il ne fallait pas soutenir sa politique, mais il ne représentait pas une menace majeure pour les Etats-Unis. Le mensonge principal est d'avoir laissé croire à l'opinion américaine que Saddam Hussein et Ben Laden marchaient main dans la main et que tous deux étaient responsables du 11 Septembre. Plus de soixante-dix pour cent des Américains ont cru que Bush disaient la vérité. Aujourd'hui une majorité d'Américains est contre la guerre, Bush perd chaque jour des soutiens. Beaucoup de gens sont bien obligés de constater qu'au lieu de calmer la situation l'intervention en Irak a dressé une partie de l'humanité contre les Etats-Unis. Notre devoir était de gagner la guerre engagée en Afghanistan. C'est loin d'être le cas, et ce pays sombre aujourd'hui dans le chaos.

Doit-on aujourd'hui faire preuve d'un optimisme raisonnable ou adopter un point de vue résolument pessimiste ?

Je dirai les deux à la fois. La situation en Irak est si catastrophique qu'on se demande si une solution existe. Je ne vois pas comment les Etats-Unis pourraient maintenant quitter ce pays. John Kerry, dans son programme électoral, n'envisage d'ailleurs pas un départ de l'administration américaine de cette région du globe. Il propose simplement que d'autres pays, comme la France ou l'Allemagne, s'engagent davantage à la construction de la paix en Irak… Mais il est trop tard, n'est-ce pas…

Pensez-vous que Bush puisse être battu aux élections de novembre ?

Sincèrement, oui. Cela relève plus de l'intuition que du raisonnement scientifique. Mais je pense que parmi les électeurs qui avaient voté pour Gore aux dernières élections aucun ne votera cette fois pour Bush. En revanche nombre de gens ayant voté pour Bush reporteront cette fois leurs voix sur Kerry. Un nombre non négligeable de républicains disent publiquement qu'ils ne voteront pas pour Bush. Les reproches principaux faits à l'encontre de l'administration Bush portent évidemment sur l'aventure irakienne mais aussi sur ses mauvais résultats économiques. Clinton était parti en laissant une économie en bonne santé et de nombreux excédents financiers. Après avoir réduit les impôts des plus riches, Bush a vidé les caisses de l'Etat, le chômage ne cesse de croître et le déficit national atteint des sommes records.

Vous avez écrit une chanson contre Bush ?

Oui, juste après le déclenchement de la guerre en Irak. Il fallait que je fasse quelque chose de concret. Je voulais m'engager. On peut l'écouter sur internet ! La mobilisation de nombre d'Américains, et notamment d'intellectuels, contre la guerre et l'administration Bush, est bien réelle. J'ai participé plusieurs fois à des lectures publiques avec d'autres écrivains, à des collectes destinées à récolter de l'argent pour la campagne du candidat démocrate, et à la manifestation du 4 août. Celle du dimanche 29 août, à laquelle j'ai participé avec ma femme, Siri Hustvedt, et ma fille, a réuni plus de cinq cent mille personnes et a été considérée comme une des plus importantes de l'histoire de New York. Je voulais absolument être là, physiquement, manifester avec les autres. Les New-Yorkais sont descendus dans la rue afin de dire aux républicains réunis dans le cadre de leur convention qu'ils n'étaient pas les bienvenus dans notre ville.

Qu'est-ce que le 11 Septembre a changé dans votre vie d'écrivain américain vivant à New York ?

Toute ma vie durant j'ai suivi avec beaucoup d'attention ce qui se passait ici et dans le monde. La chose politique m'a toujours passionné. Il me semble qu'avec le temps j'ai envie de m'impliquer davantage, de devenir plus "activiste". Comme si je me rapprochais de mes années d'étudiant, de cette jeunesse vécue alors que se poursuivait la terrible guerre du Viêtnam.

C'est l'écrivain ou le citoyen qui s'engage ?

Mon travail n'est pas de "m'engager", mon travail c'est d'écrire. La politisation n'est pas de mon ressort. Mais à présent, lorsqu'on me demande de me battre pour une cause, j'ai l'impression que je le fais plus facilement qu'avant. Je participe à telle ou telle manifestation, à tel ou tel engagement, non parce que je suis écrivain mais en tant que citoyen. Participer à des mouvements de protestation contre l'administration Bush est un devoir. La situation aujourd'hui aux Etats-Unis est une des pires de son histoire. L'idée d'une nouvelle victoire de Bush en novembre fait froid dans le dos. Ce que je vous dis n'est d'ailleurs pas tout à fait exact. La "victoire" de Bush aux dernières élections est le fruit d'un vol, d'un mensonge. Battu par Gore, il a véritablement volé sa victoire. Toute cette tragédie a commencé par un vol symbolique légal.

La révision de la constitution américaine permettant un autre mode de scrutin n'est pas au programme du candidat John Kerry ?

Non. Nous restons avec ce mode de scrutin particulier dans lequel ce qu'on appelle des grands électeurs peuvent contredire le suffrage universel. Faut-il rappeler qu'un nombre important de voix donnait la majorité à Gore, et malgré cela Bush a été élu ! Le collège électoral regroupe cent sénateurs. L'absurdité réside dans le fait que les cinquante Etats de l'Union sont représentés par deux sénateurs. Le Wyoming qui compte environ quatre cent cinquante mille habitants est représenté par deux sénateurs. L'Etat de Californie qui compte trente millions d'habitants est aussi représenté par deux sénateurs !

Revenons au 11 Septembre. Cet événement a-t-il changé quelque chose dans votre écriture même, dans votre travail d'écrivain ?

Je ne sais pas. Non, pas vraiment. Deux semaines avant le 11 Septembre, je venais de terminer *Le Livre des illusions*. Je n'ai rien écrit pendant six mois. Je ne pouvais pas écrire, c'était impossible. Je ne pouvais rien faire. J'étais tellement déprimé. Lentement j'ai retrouvé mes cahiers, et ai commencé à écrire *La Nuit de l'oracle*. Dans le livre que je suis actuellement en train de terminer il y a plusieurs références à la politique contemporaine. D'une certaine façon cela a toujours été le cas. *Léviathan*, *Anna Blume*, *La Nuit de l'oracle*, *Mr Vertigo* sont des livres dans lesquels la politique joue un rôle important. De la même façon, je n'ai pas attendu le 11 Septembre pour être horrifié par les choix de société défendus par l'administration Bush et qui sont ceux d'une extrême droite la plus radicale. La grandeur des Etats-Unis est d'avoir très souvent choisi d'être gouvernés par des hommes représentant le centre. Il est très rare que les électeurs aient porté au pouvoir une administration fanatique qui est celle que nous avons malheureusement aujourd'hui. La droite comme la gauche ne peuvent marcher aux Etats-Unis. Je pense sincèrement qu'un sursaut va de nouveau permettre au centre de revenir à la Maison-Blanche.

NOTES

1. Extrait de *Rythmes II* (1918).

2. Derniers fragments de *Pour un tombeau d'Anatole* figurant dans *L'Invention de la solitude*.

3. Ami de Paul Auster et funambule. Auteur d'un livre autobiographique traduit en anglais par P. Auster en 1985, *On the High Wire*.

4. Auster y consacra un essai. Cf. *L'Art de la faim*, éd. Actes Sud, 1992, p. 103-109.

5. *Balades*, par H. D. Thoreau. Traduit de l'américain par Léon Balzagette, éd. La Table ronde, 1995.

6. *A Tomb for Anatole*. Traduit et présenté par Paul Auster. San Francisco, North Point Press, 1983.

7. *Histoires de la frontière*, par Bret Harte. Traduit de l'américain par Thierry Marignac, éd. Ombres, 1995.

8. Paul Auster, "Conversations" avec Larry McCaffery et Sinda Gregory, 1989.

9. *Murales*, par Paul Auster. Traduit de l'américain par Danièle Robert, éd. Unes, 1987.

10. Médecin accoucheur, il pratiqua son art cinquante années durant. Poète (1883-1962), on peut lire notamment : *Poèmes* (Aubier, 1981), *Paterson* (Flammarion, 1981). Il fut aussi

romancier : *La Fortune* (Flammarion, 1984), *Mule blanche* (Flammarion, 1981).

11. Poète américain (1879-1955). Parmi ses œuvres : *Idées d'ordre* (1935), *L'Homme à la guitare bleue* (1937), *Aurores d'automne* (1950).

12. Ce favori (1552-1618) de la reine Elizabeth Ire, courtisan et navigateur, mena une expédition dans l'Orénoque. Outre le récit de ses voyages, il a laissé des poèmes et une *Histoire du monde* (inachevée).

13. Texte repris en France dans le journal *Libération :* "Il porte notre croix à tous et il m'est désormais impossible de songer à ce que je fais sans penser à lui."

14. M. Hindelsheimer, *Mozart*, Pocket, 1990.

15. Cf. dans *L'Art de la faim*, éd. Actes Sud, 1992, p.103-109.

16. Le film sera finalement réalisé en 1993 par Philippe Haas.

17. Sir Thomas Wyatt ou Wyat (1503-1543), poète et diplomate. Cet ancien amant d'Anne Boleyn mena le sonnet à la perfection. Son œuvre est posthume : *Certains psaumes mis en vers anglais* (1551), *Mélanges Tottel* (1557).

18. Henry David Thoreau, *La Désobéissance civile*. Traduit de l'américain et préfacé par Micheline Flak, éd. Climats,1992.

19. Henry David Thoreau, *Walden ou la Vie dans les bois*. Traduit de l'américain par L. Fabulet, éd. Gallimard, "L'Imaginaire", 1990.

20. *La Scène américaine*, Henry James, Editions de la Différence, 1993.

21. Dylan Thomas est mort en 1953.

22. Cf. *Les Cafés littéraires*, Gérard-George Lemaire, Editions de la Différence, 1996.

23. Ossip Mandelstam, *Entretien sur Dante*, éd. L'Age d'homme, 1977.

24. Siri Hustvedt, *Les Yeux bandés*, éd. Actes Sud, 1994.

25. Cf. notamment "Noir sur blanc", texte de Paul Auster sur David Reed publié dans *L'Art de la faim*, éd. Actes Sud, 1992, p. 59-61.

26. Il s'agit du *Diable par la queue* publié en novembre 1996 par les éditions Actes Sud.

27. *Pourquoi écrire ?*, éd. Actes Sud, 1996. Texte de Paul Auster publié hors commerce.

28. En 2003, Paul Auster a repris un autre bureau, en dehors de la maison.

29. Cf. le livre *The Story of my Typewriter* (New York, 2002), publié en français aux éditions Actes Sud, en septembre 2003, sous le titre *L'Histoire de ma machine à écrire*.

30. *Le Livre des illusions* est au cœur de ce problème.

31. On sait aujourd'hui que la production avait songé à Juliette Binoche pour jouer Celia Burns, rôle tenu par Mira Sorvino.

32. Cet entretien a été réalisé en août 1998. La mère de Paul Auster mourut quelques années plus tard en mai 2002.

33. Première édition partielle de cet entretien dans *Le Figaro magazine* du samedi 11 septembre 2004.

CHRONOLOGIE

“Un pas dans un livre ou un pas dans la vie : c’est la même chose.”

1946
Mariage des parents. Samuel Auster a trente-quatre ans et Queenie Bogat vingt et un. Les parents de Samuel sont nés à Stanislav, en Galicie. La mère de Queenie est née à Minsk et son père, juif polonais, est arrivé à Toronto alors qu'il était enfant. "Pendant la brève période où il lui faisait sa cour, il avait été chaste. Pas d'avances audacieuses, aucun de ces assauts de mâle haletant d'excitation. De temps à autre, ils se tenaient les mains, échangeaient un baiser poli en se disant bonsoir. En bref, il n'y eut jamais de déclaration d'amour, ni d'une part ni de l'autre. Quand arriva la date du mariage, ils ne se connaissaient pratiquement pas" *(L'Invention de la solitude).*

1947
Naissance de Paul Auster, à Newark (New Jersey), le 3 février.

1950-1956
Le 12 novembre, naissance de Janet, la sœur de Paul Auster. Le petit Paul grandit dans les banlieues de Newark, à une trentaine de kilomètres au sud-ouest de New York ; à East Orange puis à Maplewood où il va au lycée : "J'ai grandi près d'une carrière, une grande fosse d'où l'on extrait des roches et du gravier" (lettre à Tomoyuki Iino). Passe de nombreux week-ends dans l'appartement new-yorkais de ses grands-parents,

au 240, Central Park South. Visite, en 1953, à la statue de la Liberté (épisode relaté dans *Léviathan*). Découvre le base-ball qui va désormais faire partie de sa vie : "Par où commencer ? Tout d'abord, il s'agit d'un sport qu'on pratique lorsqu'on est jeune, et l'attachement nostalgique à sa jeunesse existe en chacun de nous. D'autre part, c'est un jeu où l'esthétique tient une grande place : les lignes visuelles du terrain, d'une clarté particulière, contribuent à fabriquer des souvenirs tenaces." En 1955, à la fin d'un match opposant les Giants aux Milwaukee Braves, il tombe sur son idole Willie Mays "Say Hey Kid" qui veut bien lui signer un autographe, mais personne n'a de stylo ! "Je ne voulais pas pleurer, mais les larmes se mirent à m'inonder les joues" *(Pourquoi écrire ?)*.

1957
Découverte fondamentale, celle de la bibliothèque de son oncle, Allen Mandelbaum, futur traducteur de Virgile et d'Homère en anglais : "Il possédait une somptueuse bibliothèque. Ça me changeait de chez moi où il n'y avait pas un seul bouquin. Ma mère avait gardé ses livres dans un coin du grenier et j'ai ouvert les cartons un par un avec elle. Ce fut ma première bibliothèque. Sans ces ouvrages, je ne serais peut-être pas devenu écrivain." Tombe, par hasard, sur un numéro de *Mad Magazine* et y découvre avec stupéfaction qu'il a "des âmes sœurs dans le monde, que d'autres avaient déjà déverrouillé les portes [qu'il] essayai[t] d'ouvrir" *(Le Diable par la queue)*.

1959
Commence à écrire, "des poèmes et des petits récits stupides" : "Mais je ne sais pas pourquoi j'ai aimé ça immédiatement. J'étais un enfant tout ce qu'il y a de plus normal, je jouais au base-ball tous les jours ; mais j'aimais beaucoup lire, et l'idée d'être écrivain m'a très vite fasciné."

1962
Devient supporter des Mets de New York, équipe de base-ball dont le terrain, le Shea Stadium, est à Brooklyn. Lit Fitzgerald, Faulkner, Hemingway, Dos Passos, Salinger. Se plonge dans *Crime et Châtiment* : "Dès lors, ma vie a changé. L'idée qu'un roman puisse être «ça», je veux dire quelque chose d'aussi extraordinaire, m'a renversé. L'idée de devenir écrivain s'est mise à me hanter sérieusement. Je passais mon temps à écrire des histoires où il était question d'enfants, de jeunes gens solitaires, de poètes aussi. J'avais seize ans et, au New Jersey, je me sentais comme en exil intérieur."

1963
Passe deux mois comme serveur dans un camp de vacances au nord de l'Etat de New York. Il y croise des "épaves, clochards des bas quartiers, hommes au passé louche".

1964
Divorce des parents. Sa mère emménage dans un appartement à Weequahic, un quartier de Newark. Allen Mandelbaum revient aux Etats-Unis. Il sera le premier lecteur, sévère, des poèmes de Paul Auster. L'été, travaille dans le magasin d'appareils électroménagers de son oncle Moe, à Westfield.

1965
La mère de Paul Auster se remarie avec un homme dont la mort en 1982 lui causera un réel chagrin : "Cet excellent homme au cœur généreux m'avait fidèlement soutenu dans mes ambitions vagues et irréalistes" *(Le Diable par la queue)*. Etudes à Columbia University, qu'il terminera en 1970. Paul Auster étudie les littératures française, anglaise et italienne : "Des années absolument essentielles pour moi. Quel long et intense voyage." Tout en s'engageant contre la guerre au Viêt-nam, il travaille à ses premières traductions du français. Premier séjour (un mois) à Paris (habite dans le 13e arrondissement).

Voyage en Italie, en Espagne et à Dublin, pour explorer la ville de James Joyce : "J'étais tellement timide que je n'osais même pas parler. A cette époque, je lisais Joyce avec passion et voulus donc explorer sa ville… J'ai passé deux semaines à Dublin. J'étais seul et n'ai parlé à personne. Je n'osais même pas entrer dans un pub. Je ne faisais qu'arpenter les rues de Dublin en tous sens. C'était effrayant de voir cet imbécile d'adolescent affublé d'une telle timidité." En deux mois et demi, il perd plus de dix kilos…

1967
Important travail poétique de septembre à novembre. Envisageant de rester à Paris (il habite un hôtel rue Clément qui fait face au marché Saint-Germain), il passe le concours de l'IDHEC et le rate. Il écrit des scénarios, aujourd'hui disparus, pour films muets.

1968
Travaille aux premières versions d'*Anna Blume* et de *Moon Palace*. Publie, dans *The Columbia Daily Spectator*, ses premiers articles critiques consacrés essentiellement au cinéma.

1969
Obtient un BA *(bachelor of arts)* en littérature anglaise et comparée. Publication dans la *Columbia Review Magazine* d'une fiction qui peut être considérée comme la forme préliminaire du *Voyage d'Anna Blume*. Publie de nombreux articles dans la presse, dont certains sous le pseudonyme de Paul Quinn (ses honoraires sont de vingt-cinq dollars par article). Crée le "Prix annuel Christopher Smart" dans le but de "faire connaître les grands antihommes" de son temps… Sans succès.

1970
Termine, à l'université de Columbia, son MA *(master of arts)*. Travaille comme employé du recensement à Harlem. S'engage

en août sur un pétrolier qui croise dans le golfe du Mexique : le *S. S. Esso Florence* : "J'étais astreint aux tâches les plus basses : je faisais les lits, je nettoyais les toilettes. J'ai été par la suite affecté à l'entretien du pont, je me suis occupé du service des repas. Je faisais mon travail en deux heures : il me restait vingt-deux heures de libres pour écrire..." Avec l'argent gagné, il projette de venir à Paris. Travaille à *Moon Palace*. Traduit Dupin, Breton, Michaux, Du Bouchet.

1971
S'installe à Paris en février : "J'ai choisi la France parce que je parlais le français. Je ne pensais pas y rester quatre ans. Ça m'a vraiment aidé, cette distance. Quand vous habitez l'étranger, vous êtes obligé de revenir à vous-même." Pour subsister il est successivement traducteur, professeur d'anglais, nègre, standardiste de nuit au *New York Times*... Séjourne un mois au Mexique, à Cuernavaca, afin d'aider la femme d'un producteur à écrire un livre dont le sujet est Quetzalcóatl. Ce travail alimentaire est un échec : "Les trente jours que j'ai passés au Mexique comptent parmi les plus sombres, les plus inquiétants de ma vie" *(Le Diable par la queue)*.

1972
Vit dans une minuscule chambre de bonne, prêtée par Jacques Dupin, rue du Louvre. Publication, à New York, de *Little Anthology of Surrealist Poems*. Décide de ne plus écrire de fiction et de ne s'en tenir qu'aux poèmes et aux essais critiques : "Cette activité, écrire sur des écrivains, m'a aidé à clarifier la question de la prose. J'ai abandonné la prose pendant environ cinq ans. J'ai recommencé à en écrire avec *L'Invention de la solitude*." Visite du père à Paris. Traductions de Daumal et Jabès. Publication de poèmes dans le numéro de mars de la revue *Poetry*.

1973-1975
Alors qu'il s'apprête à repartir à New York, un ami lui offre de garder sa maison de campagne à Moissac-Bellevue, près d'Aups, dans le Var. Publication dans *La Revue des Belles-Lettres* d'extraits de *Unearth*. Edite, avec Mitchell Sisskind, la revue *Living Hand*. Publication en juin 1974 de *Fits and Starts : Selected Poems of Jacques Dupin* et de *Unearth*, son premier recueil de poèmes. Retour à New York, en juillet. S'installe, avec Lydia Davis, dans un appartement de Riverside Park : "La terrasse donnait sur l'Hudson River. La vue était magnifique. J'ai découvert ici que New York était une ville entourée d'eau." Le jour de leur mariage, en octobre, Paul Auster reçoit un coup de téléphone de Charles Reznikoff : "«C'est Charles Reznikoff», dit la voix chantante, faisant des méandres ironiques, avec une évidente bonne humeur. Je lui expliquai que je ne pouvais lui parler parce que je me mariais. Reznikoff a éclaté de rire : «C'est la première fois que j'appelle un homme le jour de son mariage ! *Mazel tov, mazel tov !*»" (Paul Auster, *Souvenir de quelque chose qui est arrivé un jour à ma mère*). Rédige des catalogues de bibliophilie pour Ex-Libris : "Un fonds de livres d'art spécialisé dans les publications en rapport avec l'art du XXe siècle." Ecrit de nombreux articles dans les journaux. Lit et relit : Kafka, Hamsun, Beckett, Celan. "Années sombres", dit Paul Auster… Ingram Merrill Foundation Grant for Poetry. Relit le manuscrit de Jerzy Kosinski, *Cockpit*, "s'assurant que l'anglais est correct".

1976
Publication de *Wall Writing* (poèmes) et de *The Uninhabited : Selected Poems of André Du Bouchet*. Compose plusieurs pièces de théâtre en un acte : *Laurel and Hardy go to Heaven*, *Black-out*, *Hide and Seek*. Séjours au Canada (dans les montagnes des Laurentides au Québec) et en Californie.

1977

Naissance de son fils Daniel en juin : "Assister à la venue au monde de Daniel a été pour moi un instant de bonheur suprême, un événement d'une telle importance qu'au moment même où je fondais en larmes à la vue de son petit corps et le tenais dans mes bras pour la première fois, j'ai compris que le monde était changé, que je venais de passer d'un état à un autre." Publications : *Effigies*, *Fragments from Cold*, *Jean-Paul Sartre : Life / Situations.*

1978

Année très éprouvante. "Tout allait mal. Je n'avais pas d'argent, mon mariage se désintégrait alors que mon fils était tout jeune, les murs se refermaient sur moi. A cette époque, j'ai décidé de ne plus écrire de poésie. Je ne faisais plus rien." Pour tenter de gagner un peu d'argent, Paul Auster invente un jeu de cartes *(Action baseball)* qui ne connaît aucun succès et écrit un roman policier sous pseudonyme qu'il ne publie pas : *Fausse balle* de Paul Benjamin. Columbia-PEN Translation Center Award. Creative Artists Public Service (CAPS) Grant for Poetry.

1979

Paul Auster et Lydia Davis se séparent. Auster prend un appartement au 6, Varick Street à TriBeCa : "J'ai éprouvé là des choses très importantes pour moi, formatrices. C'était horrible. La misère absolue." Ecrit *White Spaces*, texte en prose qui joue un rôle primordial dans la suite de son œuvre. Le jour même où il finit ce texte, il apprend la mort de son père : "Ecrit en un mois, j'ai terminé *Espaces blancs* un samedi de janvier 1979, il devait être deux ou trois heures du matin, et je suis allé me coucher. J'avais la certitude que ce texte formerait le pont entre mes deux vies d'écrivain. Le téléphone a sonné à huit heures, c'était mon oncle qui m'annonçait la mort de mon père – une mort subite. J'ai eu aussitôt une certitude : je savais qu'il me faudrait écrire sur mon père… j'ai commencé *L'Invention de la solitude* quelques semaines plus tard, en prose, cela venait naturellement." Il lui laisse un modeste héritage qui lui permet de continuer d'écrire un certain temps. NEA Literary Fellowship for Poetry. Traduit un texte de Simenon.

1980
S'installe, en janvier, à Brooklyn. Vit la moitié de la semaine avec son jeune fils, Daniel, âgé de trois ans : "Après avoir perdu la chambre de la rue Varick, je n'avais plus d'appartement et en cherchais un autre à Manhattan, mais tout était trop cher. J'ai décidé de traverser l'East River." Publication de *White Spaces* et d'un recueil de poèmes : *Facing the Music*. Rencontre le funambule Philippe Petit. Traduit Mallarmé et Joubert.

1981
Le 23 février, il rencontre Siri Hustvedt : "Le coup de foudre fut immédiat." En mai, ils décident de vivre ensemble. Essais sur Hamsun et Apollinaire.

1982
Paul Auster et Siri Hustvedt se marient en juin. Publie *The Random House Book of 20th Century French Poetry*. Le roman policier, écrit en 1978, paraît enfin, mais toujours sous pseudonyme : "J'ai reçu un matin un coup de téléphone d'un inconnu qui lançait une maison d'édition et me demandait si je n'avais pas de manuscrit. Je me suis souvenu du roman oublié. Je lui ai donné. Le livre a été fabriqué et la maison d'édition a fait faillite avant qu'il soit distribué ! J'en ai eu assez et j'ai chargé un agent littéraire de me trouver un éditeur. On m'a offert un à-valoir de deux mille dollars et j'ai donné mon accord. Le livre est paru en poche quelques mois plus tard." Publication de *The Art of Hunger and Other Essays* ainsi que de *The Invention of Solitude*, chez un petit éditeur, et qui reçoit un succès d'estime.

1983
Publication de deux traductions très importantes : *The Notebooks of Joseph Joubert : A Selection*, ainsi que de *Stéphane Mallarmé : A Tomb for Anatole*. Ecrit un essai sur Charles Reznikoff.

1984
Ingram Merrill Foundation Grant for Prose.

1985
City of Glass, malgré le succès certain de *The Invention of Solitude*, est refusé par dix-sept éditeurs. Lorsqu'il paraît il figure sur la liste du "Edgar Allan Poe Award for Best Mystery Novel of 1985" : "L'éditeur de Los Angeles vint à New York et, après le dîner, nous invita tous à prendre un verre à *L'Algonquin*... Je portais mon unique veste acceptable et ma seule cravate présentable... L'événement exigeait que l'on sablât le champagne... Le serveur est arrivé avec une bouteille à la main et l'a débouchée si maladroitement que le contenu a fusé sur mes pauvres vêtements, un vrai tuyau d'arrosage ! J'étais trempé des pieds à la tête... Ce fut mon baptême littéraire... Comme un bateau..." NEA Literary Fellowship for Prose.

1986
Paul Auster accepte une place de professeur à Princeton et effectue un remplacement d'un trimestre à Columbia : "Dès que je franchissais le seuil de Columbia, je sentais une grande tristesse m'envahir. Il y avait comme un pénible retour à mes années d'étudiant..." Publication de *Ghosts* et de *The Locked Room*. Traduction de textes de Joan Miró : *Selected Writings and Interviews*. Publication, dans *Paris Review*, de "In the Country of Last Things".

1987
S'installe à Park Slope. Publication de *In the Country of Last Things* et de *The New York Trilogy* : "Ecrire un roman, c'est un processus organique, et pour une grande part, ça se passe de manière inconsciente." Publie dans la revue française *Banana Split* des extraits de *Fragments du froid*. Publication dans *Art News* de son essai : "Moonlight in the Brooklyn Museum." Actes Sud commence la publication en français de l'œuvre de Paul Auster avec son roman *Cité de verre*.

1988
Naissance de Sophie, fille de Paul et de Siri. Publication de *Disappearances : Selected Poems*.

1989
Publication de *Moon Palace* : "Mon livre le plus long et sans doute celui qui s'enracine le plus dans un temps et un espace spécifiques." Siri Hustvedt, qui n'avait jusqu'alors publié qu'un recueil de poésies, se lance dans le roman. *Les Yeux bandés* (Actes Sud, 1993) connaîtra un succès immédiat. Le chroniqueur du *New York Times* parle de Harold Pinter et de Peter Handke, de Samuel Beckett et de Thomas Bernhard. Le livre, récit en quatre histoires d'une dépossession de soi, a depuis sa sortie été traduit en plusieurs langues. Essai sur sir Walter Raleigh *(City Limits Magazine)*.

1990
Publication de *The Music of Chance*. Projet d'un film avec Wim Wenders mais qui n'aboutit pas faute de production. Parution, dans le *New York Times*, de "Auggie Wren's Christmas Story" qui sera remarqué par Wayne Wang, le futur réalisateur de *Smoke* et de *Brooklyn Boogie*. Auster quitte son poste de professeur à Princeton. Publication de *Ground Work : Selected Poems and Essays, 1970-1979*. American Academy and Institute of Arts and Letters : Morton Dauwen Zabel Award. *Moon Palace* élu livre de l'année par la revue *Lire*.

1991
Wayne Wang rencontre Paul Auster. *The Music of Chance*, sur la liste du prix PEN/Faulkner.

1992
Edition revue et augmentée de *The Art of Hunger*. Publication de *Selected Poems of René Char* et de *Selected Poems of Jacques Dupin*. Publication de *Léviathan*.

1993
Installation dans la maison de Park Slope. Publication de *The Red Notebook*. *Léviathan* obtient le prix Médicis étranger. *La Musique du hasard*, film de Philippe Haas, adapté du roman. Publication de *Autobiography of the Eye*.

1994
Publication de *Mr Vertigo*. *City of Glass* paraît en bande dessinée. Tournage de *Smoke* et de son "compère" *Blue in the Face*. *The Review of Contemporary Fiction* consacre son numéro de printemps à Paul Auster.

1995
Publication des scénarios de *Smoke* et de *Blue in the Face* aux éditions Hyperion, à New York, et Faber & Faber, à Londres, et sortie en salles des deux films. Les éditions de l'University of Pennsylvania publient un recueil d'essais autour de Paul Auster, *Beyond the Red Notebook* ; les éditions Actes Sud, les actes d'un colloque qui s'était tenu à Aix-en-Provence, en juin 1994, et le *Magazine littéraire* consacre, en décembre, un dossier à Paul Auster.

1996
Succès mondial de *Smoke* qui obtient le prix du meilleur film étranger au Danemark et en Allemagne. Publication de *Why Write ?* Paul Auster entame la rédaction d'un essai sur l'argent,

qu'il publie en première édition mondiale, en français, en novembre, sous le titre : *Le Diable par la queue*. Y figurent ses trois pièces de théâtre, son projet de jeu de cartes et son roman *Fausse balle* publié sous le pseudonyme de Paul Benjamin : "La question fondamentale est la suivante : comment gagner sa vie si l'on n'exerce pas une vraie profession ? Les travaux littéraires ne font pas partie du jeu économique mis en place par et pour le monde du travail normatif. J'assumerai le roman policier, mais dans ce contexte particulier. Il sera là comme une pièce à conviction." Siri Hustvedt fait paraître son deuxième roman, *The Enchantment of Lily Dahl*, dont la traduction française *(L'Envoûtement de Lily Dahl)* est publiée en septembre par Actes Sud. Paul Auster est, à ce jour, traduit en vingt et une langues.

1997
Publication de *Translations* (éd. Marsilio), recueil qui reprend des traductions de Paul Auster devenues introuvables. Publication de *Hand to Mouth*. Le Théâtre de la Bastille envisage de monter les trois pièces de Paul Auster. En janvier, il se rend à Jérusalem, avec sa fille et sa femme. Il découvre "un pays déchiré, sans doute le plus tourmenté qu'il lui ait été donné de visiter". En mai, il fait partie du jury du cinquantième Festival de Cannes. Tournage de *Lulu on the Bridge* ; scénario et mise en scène de Paul Auster.

1998
Sortie en France, en octobre, de *Lulu on the Bridge*. Les vedettes en sont Harvey Keitel, Mira Sorvino et Willem Dafoe. Il est sélectionné à Cannes dans la catégorie "Un certain regard". Le livre paraît simultanément en France et aux Etats-Unis. Siri Hustvedt publie un recueil d'essais : *Yonder*. Sophie Calle publie, aux éditions Actes Sud, le *Gotham Handbook* (New York, mode d'emploi – livre VII), jeu dont Auster avait fixé les règles en 1994. A l'automne, voyage à Varsovie. Son

éditeur polonais lui donne un annuaire des téléphones de Varsovie datant d'avant-guerre. Dans la liste des abonnés figure un certain Auster ! On sait que cet annuaire occupera, par la suite, une place très importante dans son futur roman *La Nuit de l'oracle*, roman publié en 2003. Arte consacre une soirée Thema à Paul Auster, au cours de laquelle est projeté *Paul Auster Confidential*, film réalisé par Gérard de Cortanze et Guy Seligmann.

1999
Publication de *Timbuktu*, chez Henry Holt, à New York. Parution en France sous le titre : *Tombouctou*. Très mal reçu par la presse parisienne. Naissance du projet *National Story Project* qui donnera plus tard le livre *I Thought my Father Was God*. Publication de *Accident Report*. Après *Le Carnet rouge* et *Le Diable par la queue*, *Accident Report* est le troisième recueil dans lequel Paul Auster rassemble des textes divers : récits, articles, préfaces. A la page 29, on peut lire cette phrase : "Le monde est dans ma tête. Mon corps est dans le monde." Ces lignes datent de 1968…

2000
En février, le Théâtre de la Bastille à Paris crée la pièce de Paul Auster *Laurel et Hardy vont au paradis*, dans une mise en scène de Philippe Faure et Daniel Znyk. Les deux personnages en sont Stan Laurel, un bâtisseur de mur, et Oliver Hardy, un autre bâtisseur de mur…

2001
11 Septembre. Auster, du dernier étage de sa maison, voit la fumée qui envahit le ciel de la ville. Le vent entraîne vers Brooklyn des odeurs de l'incendie qui pénètrent à l'intérieur des maisons, "une odeur terrible et cuisante, mélange de plastique, de fils électriques et de matériaux de construction brûlants". Il consacre au tragique événement un article repris par la presse du monde entier et qui se termine ainsi : "Toute

la journée, en regardant les images horribles sur l'écran de télévision et la fumée à travers la fenêtre, j'ai pensé à mon ami, le funambule Philippe Petit, qui évoluait entre les tours du World Trade Center en août 1974, juste après que les travaux de construction des tours eurent été achevés. Un petit homme dansant au bord d'un vide de plusieurs centaines de mètres dans un acte d'une beauté indélébile. Aujourd'hui, ce même endroit s'est transformé en un lieu de mort. Cela me terrifie d'imaginer combien de gens ont été tués. Nous savions tous qu'une pareille chose pouvait arriver. Nous avions évoqué l'hypothèse depuis des années, mais, maintenant que la tragédie a frappé, c'est bien pire que ce que quiconque avait pu imaginer. La dernière attaque étrangère sur le sol américain a eu lieu en 1812. Nous n'avons pas d'autres précédents pour ce qui est arrivé aujourd'hui et les conséquences de cette agression seront sans doute terribles. Davantage de violence, de mort, de douleur pour tout le monde. Et c'est ainsi que le XXIe siècle a finalement démarré." Publication de *I Thought my Father Was God*. Le livre est en librairie le lendemain du 11 Septembre.

2002
Publication de *The Book of Illusions*. Avril : voyage à Buenos Aires. Le jour de son retour, en mai, Paul Auster apprend la mort de sa mère, "qui n'était pas quelqu'un de cultivé, mais qui était tout amour"... Publication de *Hawthorne at Home* (Ohio State University Press, Chicago), lecture bouleversante du texte méconnu de Nathaniel Hawthorne, *Vingt jours avec Julian et le Petit Lapin, selon papa*.

2003
Publication de *Collected Prose* (Faber and Faber) et de *Three Films*, chez Picador à New York, qui rassemble les textes de *Smoke*, *Brooklyn Boogie* et *Lulu on the Bridge* : "Ecrivain ou cinéaste, vous racontez toujours une histoire, mais les

moyens sont tellement différents que les deux expériences ne peuvent être comparées.” Publication de *The Story of my Typewriter (L'Histoire de ma machine à écrire).* En juillet 1974, Paul Auster revient à New York après un long séjour en France. En défaisant ses bagages, il constate que sa vieille Hermès a rendu l'âme. Pour survivre, il rédige des catalogues de bibliophilie, écrit des articles, relit des manuscrits. Comment, dans ces conditions, s'acheter une nouvelle machine à écrire ? Un soir, un ami lui vend son Olympia portable. Depuis lors, “chacun des mots qu'il a écrits a été tapé sur cette machine”. Trente ans après, le peintre Sam Messer, en une série de croquis et de tableaux, métamorphose cet objet fétiche en un être “doué de personnalité et d'une présence au monde”. Siri Hustvedt publie son troisième roman, *What I Loved* qui paraît en français sous le titre *Tout ce que j'aimais*. Publication en français de *Accident Report*, sous le titre *Constat d'accident et autres textes.* Publication de *Oracle Night* (Henry Holt and Company, New York), roman qui paraît en 2004 en français sous le titre *La Nuit de l'oracle. Paul Auster endeckt Charles Reznikoff*, anthologie de poèmes choisis et présentés par Paul Auster, paraît en Allemagne.

2004
Participe à des manifestations anti-George Bush, rédige des articles contre la politique américaine, et écrit le texte d'une chanson intitulée *King George Blues*. Publication de *Collected Poems* (The Overlook Press, New York), anthologie de textes écrits entre 1967 et 1977, et préfacée par Norman Finkelstein. Reçoit, en avril, à Montréal, le grand prix littéraire international Metropolis bleu.

BIBLIOGRAPHIE

"Pour une raison qui m'échappe, j'ai toujours gardé mes manuscrits, mes papiers, des lettres, toutes sortes de choses qui s'entassent, dans des cartons que je finis d'ailleurs par ne plus ouvrir… Simplement, je n'arrive pas à les jeter… Je ne peux pas…"

BIBLIOGRAPHIE EN FRANÇAIS

Sauf indications contraires, les ouvrages de Paul Auster sont publiés aux éditions Actes Sud et traduits par Christine Le Bœuf.

Unearth (poèmes). Traduit par Philippe Denis. Ed. Maeght, collection "Argile", 1980.

Espaces blancs (poèmes). Traduit par Françoise de Laroque. Ed. Unes, 1985. (Edition bilingue).

Effigies (poèmes). Traduit par Emmanuel Hocquard. Ed. Unes, 1987.

Cité de verre (roman). Traduit par Pierre Furlan. 1987. Rééd. Livre de Poche, 1994. Une cassette audio de ce texte, lu dans sa version intégrale, a été éditée en 1995, Ed. Thélème.

Murales (poèmes). Traduit par Danièle Robert. Ed. Unes, 1987.

Revenants (roman). Traduit par Pierre Furlan, 1988. Rééd. Livre de Poche, 1994.

La Chambre dérobée (roman). Traduit par Pierre Furlan. 1988. Rééd. Livre de Poche, 1994.

Dans la tourmente (poèmes). Traduit par Danièle Robert. Ed. Unes, 1988.

Fragments du froid (poèmes). Traduit par Danièle Robert. Ed. Unes, 1988.

L'Invention de la solitude (roman). 1988. Rééd. Babel, 1993. Avec une lecture de Pascal Bruckner. Livre de Poche, 1995.

Le Voyage d'Anna Blume (roman). Traduit par Patrick Ferragut. 1989. Rééd. Babel, 1993. Avec une lecture de Paul Grimal. Livre de Poche, 1995.

Moon Palace (roman). 1990. Rééd. Babel, 1993. Livre de Poche, 1995.

Trilogie new-yorkaise (roman). Traduit par Pierre Furlan. Comprend : *Cité de verre*, *Revenants*, *La Chambre dérobée*. Rééd. Babel, 1991. Préface de Jean Frémon. Lecture de Marc Chénetier.

La Musique du hasard (roman). 1991. Rééd. Editions Corps 16, 1992. Babel, 1993. Livre de Poche, 1995.

Le Conte de Noël d'Auggie Wren (récit). 1990 (hors commerce). Rééd. dans "2 films de Paul Auster", *Smoke* et *Brooklyn Boogie*. 1995.

L'Art de la faim, suivi de *Conversations avec Paul Auster* (essais). 1992. Rééd. Babel, 1995. Avec *Le Carnet rouge*. Livre de Poche, 2000.

Le Carnet rouge (récits). 1993. Rééd. Babel, 1995. Avec *L'Art de la faim*. Livre de Poche, 2000.

Léviathan (roman). 1993. Rééd. Babel, 1993. Livre de Poche, 1996.

Disparitions (poèmes). Traduit par Danièle Robert. Préface de Jacques Dupin. Comprend : *Rayons*, *Non-terre*, *Murales*, *Disparitions*, *Fragments du froid*, *Dans la tourmente*. Coédition Actes Sud/Unes, 1994.

Mr Vertigo (roman). 1994. Rééd. Babel, 1995. Livre de Poche, 1997.

Smoke suivi du *Conte de Noël d'Auggie Wren* et de *Brooklyn Boogie*. Traduit par Christine Le Bœuf et Marie-Catherine Vacher. 1995. Rééd. Babel, 1997. Livre de Poche, 2001.

Cité de verre. Bande dessinée adaptée du livre de Paul Auster par Paul Karasik et David Mazzucchelli, 1995.

Pourquoi écrire ? (récits). 1996. (Hors commerce.) Rééd. Babel, 1999. Avec *Le Diable par la queue*. Livre de Poche, 2002. Avec *Le Diable par la queue*.

L'Invention de la solitude, *Le Voyage d'Anna Blume*, *Moon Palace*, *La Musique du hasard*, *Léviathan*, *Smoke*, *Le Conte de Noël d'Auggie Wren*, *Brooklyn Boogie*. Titres réédités en un seul volume ; t. I, collection "Thesaurus", Actes Sud, 1996.

Le Diable par la queue (comprend : *Le Diable par la queue*, *Laurel et Hardy vont au paradis*, *Black-out*, *Cache-cache*, *Action Baseball*, *Fausse balle*), 1996. Rééd. Babel, 1999. Avec *Pourquoi écrire ?*

La Solitude du labyrinthe (entretien avec Gérard de Cortanze). 1997. Nouvelle édition augmentée, Babel, 2004.

Lulu on the Bridge. 1998. Livre de Poche, 2003.

Tombouctou. 1999. Rééd. Babel, 2001. Livre de Poche, 2003.

Trilogie new-yorkaise, *Espaces blancs*, *Le Carnet rouge*, *Pourquoi écrire ? Disparitions*, *L'Art de la faim*. Titres réédités en un seul volume ; t. II, collection "Thesaurus", Actes Sud, 1999.

Laurel et Hardy vont au paradis suivi de *Black-Out* et *Cache-Cache*. Actes Sud-Papiers, 2000.

Je pensais que mon père était Dieu. 2001. Rééd. Babel, 2002. Livre de Poche, 2005.

Le Livre des illusions (coéd. Leméac). 2003. Rééd. Babel, 2003. Livre de Poche, 2004.

Constat d'accident (coéd. Leméac). 2003. Rééd. Babel, 2004.

"Hawthorne en famille", préface au livre de Nathaniel Hawthorne, *Vingt jours avec Julian et le Petit Lapin, selon papa*. 2003.

L'Histoire de ma machine à écrire (avec Sam Messer). 2003.

La Nuit de l'oracle. 2004.

SUR PAUL AUSTER

L'Œuvre de Paul Auster. Collectif (A. Duperray, éd.), actes du colloque tenu à l'université d'Aix-en-Provence en 1994. Actes Sud, 1995.

The Review of Contemporary Fiction. Collectif. Spring 1994, vol. XIV, n° 1. Illinois State University.

Beyond the Red Notebook, "Essays on Paul Auster". Sous la direction de Dennis Barone. University of Pennsylvania Press, 1995.

Paul Auster : a Comprehensive Bibliographic Checklist of Published Works 1969-1993. Introduction de Robert Hughes. Compilation et édition William Drenttel. Trade & Limited Editions, 1994.

Lectures d'une œuvre : "Moon Palace" de Paul Auster. Collectif sous la direction de François Fallix. Ed. du Temps, Paris, 1996.

Toiles trouées et déserts lunaires dans "Moon Palace" de Paul Auster, par Catherine Pesso-Miquel. Presses de la Sorbonne Nouvelle, Paris, 1996.

Moon Palace, collectif sous la direction d'Yves-Charles Granjeat. Ed. Ellipses, Paris, 1996.

Paul Auster as the Wizard of Odds, par Marc Chénetier. Didier érudition, CAPES/agrégation, Paris, 1996.

Essai sur Paul Auster, Tomoyuki Iino. Tôkyô, 1996 (ouvrage en japonais).

"Paul Auster, de la *Trilogie new-yorkaise* à *Smoke*." Collectif (sous la direction de Gérard de Cortanze). *Magazine littéraire*, n° 338, décembre 1995.

La Soledad del laberinto, par Gérard de Cortanze. Suivi d'un entretien avec Paul Auster. Editorial Anagrama, 1996.

Le New York de Paul Auster, par Gérard de Cortanze. Ed. du Chêne, 1996.

Gérard de Cortanze, *La Solitude du labyrinthe*, essai et entretiens avec Paul Auster. Actes Sud, 1997. Edition augmentée, Babel, 2005.

Torfi H. Tulinius, *Séritt Paul Auster* (Bjartur og frù Emilia). Islande, 1997.

Gérard de Cortanze, *Una menzogna quasi vera*, conversazioni con Paul Auster. Minimum fax, 1998.

Berud Herzogenroth, *An Art of Desire : Reading Paul Auster*. Rodopi, 1999. (Amsterdam et Atlanta.)

Gérard de Cortanze und Paul Auster, *Die Einsamkeit des Labyrinths*. Rowohlt Taschenbuch Verlag, 1999.

Pablo Martinez Rosado, *La Sombra de Auster*. Madrid, 2000.

François Gavillon, *Paul Auster : gravité et légèreté de l'écriture*. Interférences, 2000.

Carsten Springer, *Crises : The Works of Paul Auster*. Peter Lang Publisher, 2000.

Carsten Springer, *A Paul Auster Sourcebook*. Peter Lang Publisher, 2001.

Aliki Varvogli, *The World that is the Book.* Liverpoool University Press, 2001.

Clara Sarmento, *As palavras a pàgina e o livro : a contruçao literaria na obra de Paul Auster*. Ulmeiro ed., 2001.

Paul Marten et Robert Erni, *Paul Auster : "Moon Palace." Teacher's Book.* Verlag Moritz Diesterweg (publié en Allemagne mais écrit en anglais), 2001.

Ilana Shiloh, *Paul Auster and Postmodern Ouest.* Peter Lang Publisher, 2002.

Annick Duperray, *Paul Auster*. Belin, 2003.

BIBLIOGRAPHIE EN ANGLAIS

POÉSIE

Unearth. Weston, Conn: *Living Hand 3* (Spring 1974).

Wall Writing. Berkeley: The Figures, 1976.

Effigies. Paris: Orange Export Ltd., 1977.

Fragments from Cold. Brewster, N.Y.: Parenthèse, 1977.

Facing the Music. Barrytown, N.Y.: Station Hill, 1980.

Disappearances: Selected Poems. Woodstock, N.Y.: The Overlook Press, 1988. (Woodstock, N.Y.: The Overlook Press, 1988.)

Ground Work: Selected Poems and Essays, 1970-1979. London: Faber and Faber, 1990. (London: Faber and Faber, 1991.)

Autobiography of the Eye. Portland, Ore: The Beaverdam Press, 1993.

Collected Poems. USA: Overlook Press, 2004.

ROMAN ET PROSES

White Spaces. Barrytown, N.Y.: Station Hill, 1980.

The Art of Hunger and Other Essays. London: The Menard Press, 1982.

The Invention of Solitude. New York: Sun Press, 1982. (New York: Avon Books, 1985; New York: Penguin Books, 1988; London: Faber and Faber, 1988.)

City of Glass. Los Angeles: Sun & Moon Press, 1985. (New York: Penguin Books, 1987.)

Ghosts. Los Angeles: Sun & Moon Press, 1986. (New York: Penguin Books, 1987.)

The Locked Room. Los Angeles: Sun & Moon Press, 1986. (New York: Penguin Books, 1988.)

The New York Trilogy. London: Faber and Faber, 1987. (London: Faber and Faber, 1988; New York: Penguin Books, 1990.)

In the Country of Last Things. New York: Viking, 1987. London: Faber and Faber, 1988. (New York: Penguin Books, 1988; London: Faber and Faber, 1989.)

Moon Palace. New York: Viking, 1989. London: Faber and Faber, 1989. (New York: Penguin Books, 1990; London: Faber and Faber, 1990.)

The Music of Chance. New York: Viking, 1990; London: Faber and Faber, 1991. (New York: Penguin Books, 1991; London: Faber and Faber, 1991.)

Leviathan. New York: Viking, 1992; London: Faber and Faber, 1992. (New York: Penguin Books, 1993; London: Faber and Faber, 1993.)

The Art of Hunger: Essays, Prefaces, Interviews. Los Angeles: Sun & Moon Press, 1992. (New York: Penguin Books, 1993.)

Auggie Wren's Christmas Story. Birmingham, U.K.: The Delos Press, 1992; New York: William Drenttel New York, 1992.

Mr. Vertigo. New York: Viking, 1994; London: Faber and Faber, 1994.

City of Glass. A graphic mystery. Adaptation: Paul Karasik, David Mazzucchelli. Graphics: David Mazzucchelli. New York, AVDN Books, 1994.

Smoke & Blue in the Face, Hyperion, New York, 1995 ; Faber and Faber, London, 1995.

The Red Notebook (True Stories, Prefaces and Interviews), London: Faber and Faber, 1995.

Why Write? Burning Deck, 1996.

Hand to Mouth. 1997, Henry Holt, USA ; Faber and Faber, London.

Lulu on the Bridge. 1998, Henry Holt, USA ; Faber and Faber, London.

Timbuktu. 1999, Henry Holt, USA ; Faber and Faber, London.

I Thought my Father Was God and Other True Tales From NPR'S National Story Project. 2001, Henry Holt, USA. Published in London by Faber and Faber under the title *True Tales of American Life*.

The Red Notebook. 2002, New Directions, USA.

The Story of my Typewriter (with Sam Messer). 2002, DAP, New York.

The Book of Illusions. 2002, Henry Holt, USA ; Faber and Faber, London.

Three Films. 2003, Picador, USA.

Oracle Night. 2003, Henry Holt, USA ; Faber and Faber, London.

TRADUCTIONS

A Little Anthology of Surrealist Poems. New York: Siamese Banana Press, 1972. (Translations of Breton, Eluard, Char, Péret, Tzara, Artaud, Soupault, Desnos, Aragon, Arp.)

Fits and Starts: Selected Poems of Jacques Dupin. Weston, Conn.: *Living Hand 2* (June 1974).

The Uninhabited: Selected Poems of André Du Bouchet. New York: *Living Hand 7* (1976).

Jean-Paul Sartre. *Life/Situations: Essays: Written and Spoken*. Trans. Paul Auster and Lydia Davis. New York: Pantheon Books, 1977; London: Andre Deutsch, 1978. (New York: Pantheon Books, 1977.)

Georges Simenon. *African Trio: Talatala, Tropic Moon, Aboard the Aquitaine*. Trans. Stuart Gilbert, Paul Auster, and Lydia Davis. New York: Harcourt Brace Jovanovich, 1979.

The Random House Book of Twentieth Century French Poetry. New York: Random House, 1982. Ed. Paul Auster. Trans. Auster (of 42 poems by various poets). (New York: Random House/Vintage Books, 1984.)

The Notebooks of Joseph Joubert: A Selection. Ed., trans., and preface Paul Auster.

Afterword Maurice Blanchot. San Francisco: North Point Press, 1983.

Stéphane Mallarmé. *A Tomb for Anatole*. Bilingual edition. Trans. and introduction Paul Auster. San Francisco: North Point Press, 1983.

Philippe Petit. *On the High Wire*. Trans. Paul Auster. Preface Marcel Marceau. New York: Random House, 1985.

Maurice Blanchot. *Vicious Circles: Two Fictions XX "After the Fact"*. Trans. Paul Auter, Barrytown, N.Y.: Station Hill Press, 1985. (Barrytown, N.Y.: Station Hill Press, 1985.)

Joan Miró: Selected Writings and Interviews. Ed. Margit Rowell. Trans. (French) Paul Auster. Trans. (Spanish and Catalan) Patricia Mathews. Boston: G.K. Hall and Co., 1986.

Selected Poems of René Char. Ed. Mary Ann Caws and Tina Jolas. Includes translations by Paul Auster of five early Char poems. New York: New Directions, 1992.

Selected Poems of Jacques Dupin. Selected by Paul Auster. Trans. Paul Auster, Stephen Romer, and David Shapiro. Preface by Mary Ann Caws. Winston-Salem, N.C.: Wake Forest University Press, 1992. New Castle-upon-Tyne, U.K.: Bloodaxe Books, 1992.

Translations (Joseph Joubert, Stéphane Mallarmé, André Du Bouchet, Philippe Petit), Ed. Marsilio, New York, 1997.

TABLE

574. DAVID HOMEL
Un singe à Moscou

575. RAYMOND JEAN
La Lectrice

576. ISABELLE EBERHARDT
Lettres et journaliers

577. VÉRONIQUE OLMI
Bord de mer

578. ANNA ENQUIST
Le Secret

579. KEN SARO-WIWA
Sozaboy

580. DON DELILLO
Outremonde

581. MARTHA GRAHAM
Mémoire de la danse

582. JEAN PÉLÉGRI
Ma mère, l'Algérie

583. PIERRETTE FLEUTIAUX
Des phrases courtes, ma chérie

584. ASSIA DJEBAR
Les Nuits de Strasbourg

585. HUBERT NYSSEN
Le Bonheur de l'imposture

586. ELIAS KHOURY
La Porte du soleil

587. ARTHUR MILLER
Mort d'un commis voyageur

588. HENRY BAUCHAU
Jour après jour. Journal (1983-1989)

589. WILLIAM SHAKESPEARE
Beaucoup de bruit pour rien

590. JEAN-PAUL GOUX
Mémoires de l'Enclave

591. PAUL AUSTER
Le Livre des illusions

592. REZVANI
L'Enigme

593. BARBARA GOWDY
Anges déchus

594. ZOÉ VALDÉS
Trafiquants de beauté

595. CATHERINE DE SAINT PHALLE
Après la nuit

596. JOSIANE BALASKO
Nuit d'ivresse / L'Ex-Femme de ma vie /
Un grand cri d'amour

597. PIERRETTE FLEUTIAUX
Histoire du gouffre et de la lunette

598. ANNE BRAGANCE
Casus belli

599. ARNO BERTINA
Le Dehors ou la Migration des truites

600. CLAUDE PUJADE-RENAUD
Au lecteur précoce

601. LAURENT SAGALOVITSCH
La Canne de Virginia

602. JULIEN BURGONDE
Icare et la flûte enchantée

603. DON DELILLO
Body Art

604. JOSÉ CARLOS SOMOZA
La Caverne des idées

605. HELLA S. HAASSE
Locataires et sous-locataires

606. HODA BARAKAT
Le Laboureur des eaux

607. INTERNATIONALE DE L'IMAGINAIRE N° 16
Politique culturelle internationale

608. TORGNY LINDGREN
Paula ou l'Eloge de la vérité

609. IMRE KERTÉSZ
Kaddish pour l'enfant qui ne naîtra pas

610. ALBERTO MANGUEL
Dans la forêt du miroir

611. NAGUIB MAHFOUZ
Les Fils de la médina

612. SALVAT ETCHART
Le monde tel qu'il est

613. LAURENT GAUDÉ
Cris

614. FLORA TRISTAN
Pérégrinations d'une paria

615. ANTON TCHEKHOV
Platonov

616. MADISON SMARTT BELL
Le Soulèvement des âmes

617. GUILLERMO ROSALES
Mon ange

618. VÉRONIQUE OLMI
Privée

619. CÉDRIC PRÉVOST
Sain et sauf

620. INTERNATIONALE DE L'IMAGINAIRE N° 17
Le Patrimoine culturel immatériel

621. JAVIER CERCAS
Les Soldats de Salamine

622. JAMAL MAHJOUB
Le Train des sables

623. AKIRA YOSHIMURA
Naufrages

624. DALTON TRUMBO
Johnny s'en va-t-en guerre

625. COLLECTIF
Israël autrement

626. CHI LI
Trouée dans les nuages

627. ZHANG XINXIN
Une folie d'orchidées

628. JEAN-MICHEL RIBES
Théâtre sans animaux
suivi de Sans m'en apercevoir

629. REBECCA SOLNIT
L'Art de marcher

630. PAUL AUSTER
Constat d'accident

631. ILAN DURAN COHEN
Mon cas personnel

632. THÉODORE MONOD
L'Hippopotame et le Philosophe

633. KHAYYÂM ET HÂFEZ
Quatrains / Ballades

634. RAINER MARIA RILKE
Elégies de Duino

635. FRIEDRICH HÖLDERLIN
La Mort d'Empédocle

636. V. KHOURY-GHATA
Le Moine, l'Ottoman
et la Femme du grand argentier

637. NANCY HUSTON
Nord perdu *suivi de* Douze France

638. MAJA LUNDGREN
Pompéi

639. ELIAS KHOURY
Le Petit Homme et la Guerre

640. COLLECTIF
Jérusalem

641. DENIS LACHAUD
Comme personne

642. JEAN CAVÉ
Une femme d'esprit

643. YOKO OGAWA
Parfum de glace

644. SONALLAH IBRAHIM
Charaf ou l'Honneur

645. TIM PARKS
Comment peut-on aimer Roger !

646. CLAUDE PUJADE-RENAUD
Le Jardin forteresse

647. HENRY BAUCHAU
Le Régiment noir

648. VÉRONIQUE OLMI
Numéro six

649. ANNE BRAGANCE
Les Soleils rajeunis
(à paraître)

650. NANCY HUSTON
Une adoration

651. HELLA S. HAASSE
Des nouvelles de la maison bleue

652. STIG DAGERMAN
Automne allemand

653. SEBASTIAN HAFFNER
Histoire d'un Allemand

654. MILJENKO JERGOVIĆ
Le Jardinier de Sarajevo

655. INTERNATIONALE DE L'IMAGINAIRE N° 18
Islande de glace et de feu

656. RUSSELL BANKS
Survivants

657. PATRÍCIA MELO
Enfer

658. LIEVE JORIS
Danse du léopard

659. BALTASAR PORCEL
Méditerranée

660. MAJID RAHNEMA
Quand la misère chasse la pauvreté

661. KHALIL GIBRAN
Le Prophète

COÉDITION ACTES SUD – LEMÉAC

Ouvrage réalisé
par l'Atelier graphique Actes Sud.
Achevé d'imprimer
en octobre 2004
par l'imprimerie Liberdúplex
à Barcelone
pour le compte
d'ACTES SUD
Le Méjan
Place Nina-Berberova
13200 Arles.

N° d'éditeur : 5617
Dépôt légal
1re édition : novembre 2004
(Imprimé en U. E.)